著名中学师生推荐书系

长歌当啸

卞毓方／原著　刘晓惠　毕伟玉／编注

中国出版集团
東方出版中心

序

于 漪

读书对人生建树的重要性，中学生均略知一二，有的理解得还比较深刻。难的是如何把认识化为行动，使书(当然是精品、佳品)成为自己的亲密伙伴，深深地爱，从中吮吸养料，滋润精神成长。

怎样才能化解艰难，养成读书的习惯？首要在真正提高认识。行动受思想指挥，认识模糊、低下，行动必然朝三暮四，摇摆不定。须知：读书是人独有的神圣权利。北大教授贺麟早在半个世纪前就语重心长地对新大学生说：人是能读书著书的动物。读书是划分人与禽兽的界限，也是划分文明人与野蛮人的界限。读现代的书即与同时代的人作精神上的沟通交谈，读古人的书能承受古圣先贤的精神遗产。读书可以享受或吸取学问思想家多年的心血的结晶，所以读书实为人类特有的神圣权利。这段话认真咀嚼一番，可思考的内容甚丰。人有文字，禽兽没有，文字承载文明，传久行远，恩泽后代。后代要继承文明，健康成长，进而发展创造，须臾离不开文字的杰作——书中的醍醐与琼浆。

然而，在当今生存的环境中，金钱至上、物欲横流、急功近利思潮泛滥，对中学生精神的成长构成了种种威胁。读书的意识淡薄了，读书的欢乐消失了，嗜书如命的那份执著已凤毛麟角，读书的神圣权利在不知不觉中受到冷遇。责任在谁？求学不下工夫读书的局面形成，确实有多种因素，学业负担重，题海围攻围堵，难辞其咎。即使如此，中学生仍要坚定读书的信念，冲出不良气氛的包围，做一名爱书、读书、心灵充实、大脑富有的人。

有一种观点，认为做现代人，只要是电脑操作的行家里手，与键盘为友，需要什么资料，都可以搜索，可以下载，要花工夫读那么多书干什么。这不仅对“现代人”的内涵缺乏深入的探讨，而且太小看了自己。走向现代化的中国，迫切需要现代人去发展创造。现代人要求具有崇高的人格和道德观念，具有宽厚的自然科学、社会人文科学知识基础和自主求索、运用知识、创新发展、服务社会的观念和能力。或者说，要具有现代的文化心理素质，主体意识、进取意识和创造意识能充分发挥。一句话，须全面提高素质。知识经济时代的到来，它不是以某种能够运用的技术为基础，而是以整个知识进步为基础，因此，对人才的评价标准，主要不是看某一方面的技能运用，而是要看人才的整个知识的结构、知识的容量、知识的水平、知识积聚和更新的能力。也就是说，知识方面也需要综合素养。社会文明程度越高，对人的全面发展、道德修养、文化素养的要求越高。

全面提高素质最重要的途径之一是读书。其他姑且不论，单是文学的辉煌殿堂对每一位有志青年都敞开着，只要有入深山探宝的精神走进去，你会受到清澈的思想、精辟的见解、深邃的洞察力、文字的生命力的感染，如行走在山阴道上，山川自相映发，使人应接不暇。

读书要慎加选择，绝不滥读。而今，由于利益驱动，平庸的作品，乃至坏书，经包装与炒作，搅乱人的视线，以时尚、时髦诱惑年轻的读者。坏书犹如疯生狂长的野草，伤害庄稼，使庄稼枯死，它戕害人的思想、情感往往无影无形，令人受害而不自知。人不可能活二百年，人生苦短，特别是青春年少的黄金岁月，更是应万分珍惜，不能让坏书、无益的书销蚀自己的青春。有人说得好：单靠报纸和偶然得到的流行文学，是学不会真正意义上的阅读的；读，就必须读杰作。杰作常常不像时髦读物那么适口，那么富于刺激性，但那里有心血，有智慧，有学问，有价值，能使你精神上获得财富。

“著名中学师生推荐书系”的编注者不仅深知阅读杰作对青年人

的人生建设的重要与必要，而且躬身践行，体会成长的快乐。为此，怀着对中学生的关心与爱护，从现当代经典散文的编注入手，引领大家与作品中的一个个个性极其鲜明的作家、伟人对话、交流，沟通心灵，认识他们的思想，感受他们的文采，体悟他们洋溢时代精神的人格魅力。

读书要虚心。无谦虚心理，狂妄自大，就难以入门，更不用说登堂入室。书中常会有“罅缝”，可深思、可探究，绝不是拿来审问。当今读书有种倾向，不管什么读物，先“批”字当头、否定、贬斥，美其名曰自己高明，批判性思维强。殊不知这种阅读连浅尝辄止都谈不上，又何能从阅读中收到成长的实效？经典之作不可能迎合你的思想，也不可能轻而易举就完全能得到其中的真谛。要想真心实意地得到他们的教诲，须进入他们的思想，辛苦探寻，用力打凿，比较辨识，熔炼吸收。读书是辛苦的，而人也就是靠辛苦的陶冶而成其为人的。朱子说的“读书须一棒一条痕，一掴一掌血”的执著追求的读书精神，在现代社会仍然散发光芒。

祝愿中学生朋友在学业繁重的情况下，挤时间阅读编注的这套经典之作丛书，集众人之精气神，打好做现代中国人的文化基石，为明日的发展蕴孕充分的底气。

于漪，著名语文特级教师。

目 录

第三单元

师生推荐的N个理由

SHI SHENG TUI JIAN DE N GE LI YOU

只有从根本上提高人文素养，才能在考试中高屋建瓴，应付裕如，稳操胜券。

黄玉峰

卞先生的散文不同于一般的人物传记，功功过过，如数家珍地道出，而是试着分析这些历史文化名人一些做法背后的深意。

刘紫寒

在大家闲暇时刻如果能读上一篇这样带有深刻意义和总结性的好文章，不仅仅能学到文字技巧上的知识，不仅仅能感受到审美层面上的享受，而且能切切实实借鉴到许多青年做人的准则。

陈孝贤

千江有水千江月，万里无云万里天

上海中学　刘紫寒

“我们于日用必需的东西以外，必须还有一点无用的游戏与享乐，生活才觉得有意思。我们看夕阳，看秋河，看花，听雨，闻香，喝不求解渴的酒，吃不求饱的点心，都是生活上必要的——虽然是无用的装点，而且是愈精练愈好”；也才能体会到“在多雨的冬季，落座江村小屋，靠着玻璃窗，烘着白炭火钵，喝清茶，同友人谈闲话”的那种欢愉，那种逍遥；也才会像他一般忙中觅趣，“于瓦屋纸窗之下，清泉绿茶，用素雅的陶瓷茶具，同二三人共饮，得半日之闲，可抵十年的尘梦”。

看卞毓方先生的《高峰堕石》之前，我对周作人的了解，仅限于几篇阅读练习的散文，曾经按部就班地赏析他的语言风格，从容典雅，平和冲淡；曾经浅尝辄止地从字里行间寻觅，妄图对其思想情感加以评析，行到水穷处，坐看云起时；曾经据理臆断他的故事，他的思想，他的很多很多。然而直到今天，我才发现自己的可笑，曾经有过那样一段历史，有过那样一个家庭，有过那样一个文化背景，如果跳离故事发生的场景，对那些一无所知便妄下结论，只能说是一种虚妄的幻想，对文字，对历史，对文化，对周作人的不尊。

卞先生的散文不同于一般的人物传记，功功过过，如数家珍地道出，而是试着分析这些历史文化名人一些做法背后的深意，其中提到的不少故事和推断，都引发了我的好奇，去查阅了相关的文献记载，了解特定背景下发生的特定情节，透过说故事的人的眼睛看故事，在故事里面理解故事，从中获益匪浅。由于《长歌当啸》重在“管窥20世纪的思想、文化大家”，书中提到了很多20世纪相关的史料，从五四新文化运动，到十年“文革”，交错纵横在每个人物生活命运背后的，实际上是近现代中国社会的历史发展。我所理解的与不理解的，都在这本书中或多或少得到了新的答案，循着百年来祖国的发展，大家起伏的洪流脉络，我似乎穿越了已经尘封在岁月里的百年历史，继续延伸，看到现在、未来，很多可以联系在一起的发展趋势，早已不仅仅局限于几篇散文的意义。这时，我方理解了《长歌当啸》中，“长”和“啸”的内涵。“长”，不仅仅是一个世纪；“啸”，则是卞先生作此书引导我们的真正意义。从一个人的遭遇看到社会的成熟与发展，这是卞先生给我上的第一课。

还是拿周作人来举例子。由“镇日关门听草长，有时临水羡鱼游”的都市大隐，堕落为千夫所指、万众唾骂的民族蠡贼，“高峰堕石”一词可谓贴切恰当。然而石终是石，虽然在某一时间被某股风吹得滚落山崖，滑至深渊，一时间不见天日，也终是属于那座高峰的。当时过境迁，昨日的风已经吹过，今日的高峰还是昨日的高峰，那块石头，也会被赋予他在此时此景应有的价值。他便是这样一块灵石。周作人，或许说他天生是个隐士，与他身处的环境格格不入，他是个享受生活的人，看夕阳，看秋河，看花，听雨，闻香……此中花语茶道，虹影梵音，现在的人们都乐于追求，王世襄养鸽放筝，引起全民对生活情趣的追求。但在鲁迅兄弟生活的那个时代，“飞沙走石，狼虎成群”，人们更多需要的是投枪，是匕首，是机关枪，是大炮，周作人的小品文在昔日遭贬，是时，也是命。卞先生在文中提到，周作人有句口头禅：“怪好玩的”，是以学生们背后常叫他“怪好玩先生”。他到生命最后也没有意识到降寇的严重，大概正是出于他对生活随意的态度，一切皆不用如此上心，自是随缘便可。这种思想，放在今日，定是为人称道的从容淡泊，那时却只能给他带来“汉奸”的帽子，甚至失去用真名发表作品的自由。时至今日，我们慢慢重新拾起周作人的文章，发现其中的价值，实际上也是一种社会的成熟，社会的进步，人的成长与发展受到所处环境的极大制约,人,要放在其所处的社会环境看,这是卞先生给我上的第二课。

“鲁迅是什么?在我看,首先是一股扑面而来的元气。”卞先生用元气来形容这个斗士,在他的文字中,浮动着的,是热辣辣、响当当、火爆爆的生命。事实上,鲁大师的战斗性早已贯穿于从小学到高中的教材里,然而,我却是第一次去看别人对于鲁迅的批评和攻击,假设他的其他可能。许多人讽刺他追怀过去的夕日,追悼没落的封建情绪,他反映的只是社会变革期中的落伍者的悲哀,无聊赖地跟他弟弟说几句人道主义的美丽的话。然而,常常是对手有多强大,才逼得你也有多强大。鲁迅还是用他的怀疑精神,用他的忧患意识,用他的斗士锋芒把他的敌人抨击得哑口无言,给予黑暗中充当看客的国民一剂猛药。他就是这样,总是坚守自己的原则,锋芒毕露,疾恶如仇,只相信自己所见到的,用自己的力量来唤醒身边沉睡的灵魂。以前便听说过这样的猜想,“如果鲁迅活到建国以后,‘文革’时一定会被打成右派”。是呀,他是性情中人,他才不管执政党是谁,只是用自己的方式探索光明。那些疾如烈火的言辞,有些难免片面、偏激、形而上学,抓他七条八条,乃至十条二十条的小辫子,易如反掌。毛主席对他再是敬佩尊敬,也要以社会主义发展为重。就是这样一个鲁迅,火热的有血有肉的,有人支持也有人攻击,却始终坚持走自己的路,用独特的方式引导光明的鲁迅,灼灼燃烧着的元气,是一个斗士的尊严和骄傲。鲁迅斗士式的骄傲,让我联想到自己自以为是的骄傲,总是幻想着自己是亚瑟,可是我没有我的骑士。每当脑子里出现一个想法,不管对的错的,总有那么一股不撞南墙不回头的气势和冲劲,不管前进的路途是如何漫长而艰辛,都要高高地扬着下巴,脚掌起泡也要执拗地甩着最精致的步伐,坚定地,相信着,走自己的路。每个人都有自己的信仰,不管做什么都朝着同一个方向。其实在很多时候,这些信仰会成为束缚我们的枷锁,仿佛负重的马拉松,或许冲破牢笼,我们可以更加肆意纵情，张扬伸展，擦过每一缕过往的风，给生命注入更多自由和鲜活。但是，至少，我，那个骄傲的我，并不希望这样做。不管会遇到什么困难和挫折，人总要期待点什么，总要留点东西给自己，开心的，或是不开心的时候，回首过往，可以告诉自己，至少有一件事我是坚持下来了，心里的那块地方，没有任何东西可以动摇，外界多少风雨，内心仍然有一股力量支撑自己走下去，供给着滚烫的生命的热情。或许，这是鲁迅的元气所在，在我，只是满足自己小小的骄傲，留一个空间给自己张扬跋扈，在那里，我做我的王。这段路程，长而劳累，却不苦涩。心间那淡淡的一抹温暖，于我，已经足够。

韶峰郁郁，湘水汤汤，在清澈灵魂的源头，卷了裤腿，打了赤脚，在黪黪苔藓、涓涓清流中且探且行，我发现伟人的伟大，正是源于山一般的宽厚博大，水一般的源远流长。

春风化雨，兼容并包，在北大这所煌煌上庠，蔡老推出了陈独秀、胡适、李大钊、鲁迅等新派文人，续承了辜鸿铭、刘师培、黄侃、黄节等老派学者，为新中国的发展储备力量，影响了整个时代。

一种思想是与潮流同步，因而最功利，也最稳当，尽管瞻之在前，忽焉在后，转瞬就有可能化作明日黄花。一种思想是超前半步，属于不乏新鲜，也不乏风险，然而，当卫道士们正要抡起大棒申斥，已被社会前进的脚步裁判为真理。一种思想是领先百家，超越时代，注定要被视为异端邪说，大逆不道，常常要等上几十年，甚至几百年，才为后来者逐渐认识、接纳。马寅初，便是思想者的第三种造型。

不仅仅是鲁迅，在这本书的文化旅程里，许多文化大家的经历都引起了我的共鸣，虽然不能在思想上与之处于同一境界，总会在某个时刻，读到某一段文字，或多或少的，触动了心底的某一根弦。他们的思想，他们的故事，他们的诗，带给我很多关于人生的感悟，或是生活态度，或是处事方式。不同的他们身上具有同一种特点，坚持自我的勇气和韧性，在那样的一个时代里用各自独特的方式锻造文学、思想的奇迹，却是殊途同归，其成果至今仍然熠熠生辉。正如那句佛家偈语："千江有水千江月，万里无云万里天。"这，就是卞先生给我上的第三课。

先觉者总是超前的，超前者总是孤独的，孤独者总是忧郁的，在忧郁中抉择，在期待中觅路前行，这是古往今来一切大智者生命的基本造型。他们的路坎坷崎岖，用自己生命的全部热情，战斗在时代的风口浪尖，波涛汹涌，却也无怨无悔。虽然在战斗的过程中，会有许许多多的遭遇，而正是这种遭遇，使一批又一批的竖子成名，而使一批又一批的布鲁诺、曹雪芹愤世嫉俗，慷慨悲歌。

20世纪涌现了如此多的思想、文化大家，和社会背景多少有些相关，正是这样一个风云变幻、历史变革、万象更新的时代催生了这样一批人类思想的先驱者。现在的生活，少了动荡，多了安逸；少了思考，多了浮华……随着国学大师季老的辞世，这样的大家再难寻觅。现在的我们带着漠然的面具，标榜着自己的非主流，在潮流中迷失了自己本来的样子，将时代的责任抛却脑后。或许在未来的某个时间，我们会重新爱上思考，爱上探索，重新拾起国学的奥义，留给我们转圜的时间不多，要迅速行动起来，早日迎来思想文学的新纪元。

读好书学做人

上海中学　陈孝贤

1933年9月，黄炎培先生回故乡上海浦东川沙省亲，听说老家附近新办了一所陈行乡中河小学，为方圆数十里的孩子提供了唯一的学堂，即兴冲冲携友前往道贺，并受校长盛邀欣然题写了“学做人”的三字校训。至今，这三个意味深长的字还端端正正镌刻在浦江第一小学的墙上。

此语道出了学校的根本使命。做人是一辈子的事，自然，读书也是一辈子的事。才踏进大学之门如我这样的青年，生理上成人了，精神上却远不能算成人，尚未真正进入社会，只能算进社会的预备期，读书做人这两样也才刚刚开始，离一个严格意义上的“成人”的距离还十分遥远。

忆及前12年求学经历，小学时，数学、外语成绩挺好，对语文学习却没有一点感觉。尤其命题作文，搜索枯肠半天，仍不知如何下笔，写出的文字自己也不忍卒读，几年摸索，终不得要领，但到中学时，情况才有了改观，对语文学习开始摸到点门道，文章也常能得到老师的赞赏。我想这要归功于“阅历”的增长，加速了我对阅读的兴趣，而大量的课外阅读书籍增加了我的词汇，丰富了我的知识，开阔了我的眼界，锻炼了我的思辨力。古今中外，不论名著还是非名著，不论教科书还是教辅书，只要觉得对胃口，都一心要抱回家，俗语说，“熟读唐诗三百首，不会做诗也会吟”。以我的体会，小孩子刚开始看书，不一定必求甚解，得先有数量，待读书到了一定数量，人也到了一定年龄，自然就有了质量。曾听老人们讲，他们小时读《三字经》、《千字文》等，也并不清楚全部字义，老师只要求能熟读背诵，真所谓“小和尚念经，有口无心”。但后来自然就懂了。记得读过这样一个故事：传说有个年轻人千里迢迢拜在鲁班门下学艺。鲁班说，拜师学艺可以，但要先到百里外的高山上，砍下999棵大树，再锯成9 999段，然后剖成99 999片，最后再凿999 999个榫眼。完了，你再到我这里来拜师吧。年轻人焚膏继晷用了三年时间做完了这些，再次来到鲁班门前请求学艺。鲁班说，不用拜了，你已经出师了。到了高中三年级，即高考前夕，我读过的书已装满了四个书橱，填满了家里所有的收纳箱，大约不下“三千册”，如照这样的速度，用不了几年，将破“万卷”了。人说：神枪手是子弹“喂”出来的，书生是书“填”出来的。信哉斯言。

在语文成绩大幅提升的同时，却也舍不得放弃数理化，以至在高三选择文理分科时，迟迟拿不定主意。斟酌再三，我还是选择了文科。因以我个人的经验和认知，与理工科比较而言，文科对完善一个人的气质、性格、情趣、节操，乃至人格精神的养成，具有更加重要的意义。理工科确实也能完善一个人的人格，但文科自身的性质决定了这种完善和培养更优先、更直接、更有效。试问哪一个理工出身的大家，不是首先从文科的乳汁中吸收了最初的营养？我敢斗胆断言，一个人在校求学时只有学好了文科，才能兼学其他的；否则，很难在别的学科学有所成。

一年前，凭着高中的基础，我跨进了名校复旦的大门，学的自然也是文科。我庆幸自己没有选错。但我觉得我个人的学习经验不一定能适应所有人，特别是在当前信息爆炸的时代，出版业空前繁荣，人们获取知识的途径有多种，简直如“山阴道上，目不暇接”。不必讳言，其中有文化垃圾，也有无可无不可的娱乐性文字。究竟选择哪些有针对性的课外阅读书籍，才能最大限度地节约时间，提高效率，充实自己的头脑呢？

自收到为卞毓方先生的这本作品集写一些体会文字的邀请时，

我就眼前一亮，经验和直觉都告诉我，这样的书的确太适合高中生了！

卞先生是季羡林先生的学生，早年毕业于北大东方语言文学系日文专业，后来又从中国人民大学国际新闻研究生班毕业，曾长期在人民日报文艺部任高级记者。卞先生专业基础扎实自不必说，但他不走捷径，甘于寂寞。他的同学朋友中，后来当高官、大企业家的，不可胜数，他却从来待以君子之道，扎扎实实做自己的功课。

他以历史文化大散文的成就为世人所知，还是十余年间事。大致始于1995年——这一年，由余秋雨开启的文化大散文已热热闹闹了三年，图书市场也蓄势推出了一大批文化散文丛书。卞先生此时开写文化散文，是赶上了“时候”，却也更见难度。他写毛泽东、蔡元培、陈独秀，写鲁迅、胡适、马寅初，写胡耀邦、郭沫若、钱学森，写钱锺书、文天祥、周作人……这些历史人物，在他之前写的，不止一个，写得好的，也有。然而写“活”的，如他那般写绝了的，写出神髓来的，重要的是读者认为可信的，还是很少。当历史人物一个个从他笔端鲜活地走到读者眼前时，给人的审美感觉都是“立体”的。在我读过的卞先生的作品中，无不以历史人物为主角，说这样的散文为微型人物传记并无不妥。说他的作品上承太史公的《史记》也无不妥。他的文字时而燃烧似火，翰墨淋漓；时而沉郁悠远，长歌当啸，实为中国历史文化大散文开出了一条特立而独行的新路。难怪有论者言：20世纪90年代以来，中国历史文化大散文，以余秋雨、王充闾、卞毓方三人成绩最大，影响最为深远，堪称历史文化散文“三剑客”，其中又以卞毓方散文启动最晚，冲击力最大，是一匹响当当的“黑马”。和其他作家的散文不同，卞先生心里始终有一把尺子，他写下的这些历史人物走的都是正道。他的文字同他笔下的人物一样，都有正大气象，境界高、视界宽、眼界大、情感深。我们可从季羡林对其散文的评价领略一二。季先生说：“毓方之所以肯下苦工夫，惨淡经营而又能获得成功的原因是，他腹笥充盈，对中国的诗文阅读极广，又兼浩气盈胸，见识卓荦；此外，他还有一个作家所必须具有的灵感。”

比如《煌煌上庠》，是他费时近一年为北大百年校庆写下的“第一文”，此文1998年第1期在《十月》杂志问世后，接连被《新华文摘》、《散文·海外版》、《散文选刊》、《名作欣赏》等相继转载，中央人民广播电台也全文播发，赢得北大校内外、国内散文界的好评如潮。又如写毛泽东的《韶峰郁郁　湘水汤汤》，忠实于生活而又不失其浪漫；写周作人的《高峰堕石》，运用历史心理学方法，文章理性而又挺拔；《凝望那道横眉》则雄厚丰繁，“是一股扑面而来的元气”……评论界认为，卞毓方散文“有一股气”，即文气、生气、气势，又有“颇具个性的文心、文思和文采”，于是产生一种“感人、沁人、摄人的力量”，大气而大美。

我们的中学生活忙碌充实，在大家闲暇时刻如果能读上一篇这样带有深刻意义和总结性的好文章，不仅仅能学到文字技巧上的知识，不仅仅能感受到审美层面上的享受，而且能切切实实借鉴到许多青年做人的准则。相信大家一定会喜欢这样的好文字，读一遍便一生不会忘记。

第一单元

DI YI DAN YUAN

山，高大，巍峨。人类文明的进程中，多少伟岸的身形直如一尊山岳。

毛泽东以巉岩般的峭拔和执著屹立于惊涛骇浪，诠释了中流砥柱、擎天拔地的内涵；鲁迅，那决绝的怀疑精神，深广的忧患意识，其卓荦的文化品格和人格力量是一座高耸的孤峰；胡适，继往开来，有为有守的一代学术大师，其拥抱新文化、新思想的激情，执著于民主与科学的深挚，亦是我们当今社会宝贵的财富之山。

翻开这一单元，握手这一位位厚重如山的文化名人，感悟“高山仰止，景行行止”。

韶峰郁郁　湘水汤汤

一

韶山归来，在郁郁葱葱的记忆屏幕上突兀地耸立着一尊铜像，金芒万道地俯瞰着尘世。这就是毛泽东。这就是毛泽东的灵魂。毛的一生是他行动的总和，他只像他自己。如今，他右手握着文稿，两手优雅地叠在前胸，目光炯炯而探，穿云破雾，劈山裂水，形象地晓喻黎民百姓什么叫“中流砥柱”，什么叫“擎天拔地”。

毛泽东（1893～1976），字润之，湖南湘潭（今属韶山市）人。伟大的革命家、政治家、战略家、理论家，中国共产党、中国人民解放军、中华人民共和国的主要缔造者和领袖。《时代》杂志将他评为20世纪最具影响的100人之一。

我去的那天，朝圣者络绎不绝，基座前的大理石台阶上，搁满了姹紫嫣红橙黄皎白的鲜花。四顾，但见松柏苍苍，群山蟠蟠，祥瑞隐隐，天然一幅好风水。由于是阴天，不见日头，道路、房舍又极不规整，一时难以辨别铜像的方位。同伴便去问湘省的游客，一连问了数位，有说大概朝南，有说似乎朝北，末了都摇头，莫能断定。我默默神，猛地一拍巴掌：“不用问了，肯定坐西朝东。”同伴不服：“你有什么根据？”“就在毛泽东本人。”我说，“你想，泽东，泽东，泽施华夏，惠及东方，他的神目不是射向东天，还能射向哪里？”

思维，是时代波涛上高张的白帆，它泄露着风向。此刻，途中听得的关于长沙车站巨型火炬的传闻，便自然而然蹿上我和同伴的心头。那是“文革”年代思维的结晶。据说，当初设计的时候，火炬原是画成随风飘拂的形状，但在火舌的飘向上，让负责审查的领导陷入了泥潭式的苦恼。朝东吧，岂不意味着“西风压倒东风”；朝西，又怎能逃脱“向西方倾斜”的恶攻；朝北呢，北方守着苏修；朝南……唉，“真是真非安在？人间北看成南”。（宋·黄庭坚语）干脆说吧，朝哪也不行。最后由天才的脑瓜爆出奇思：伟大领袖不是说“纸船明烛照天烧”吗？我们的火炬就直指九霄好了。于是，就有了现在的景观：车站广场，一支硕大的火炬凌空直举，火舌尽情舔向赫赫昊昊的苍天。天若有灵，恐怕也会被烧得喊痛，或者喊辣——说来真是老大不敬，嗜辣的长沙人，每每爱把它形容成一只红滴滴、鲜拂拂的朝天椒。

火舌的飘向更像是特定年代的一场闹剧，费尽脑汁的设想到头来化作老百姓日常生活的必需品。历史在这里开起了玩笑。不唯上，只唯实，说起来容易，做起来太难。

再回到眼前的铜像。它揭幕于 1993 年 12 月 26 日，时值主席的百年诞辰。如潮的歌舞，由绿色的风一直传颂到今天。而且传说那一阵韶山的红杜鹃错令提前开放，而且传说那一天日月双球同步交辉。传者自传，听者自听，这本是自然界固有的现象，不足为神异。但这种现象或传说，一和毛泽东搅在一起，就升华为天人感应，就意味着乾坤动容……沐浴着关于伟人的传说是一种超凡的享受，如果我能有一只神话中的宝瓶，真想把这儿的风压缩了带回北京，输进壁上的空调机，那样，我就会时常步入太虚灵境，也许从此竟带动我的文思向高迈超绝飞升。长久以来，我一直苦恼我的文胆惴惴、文采索索，循毛泽东的脉动，行毛泽东的呼吸，再从中蝉蜕蝶化出自己，将不失为一种大诱惑，大自在。

同伴还在围绕着铜像转圈子,他一会儿站远了打量,一会儿贴近了比划,末了说出目测的高度:“基座加上塑像,大大超过七点一米,而又不足十二点二六米,当在十米左右。”我乐了,随口回答:“肯定是十点一米,合着国庆的数字。不信,你去问那在马路旁巡游的战士。”

二

走近韶峰,在我,这已是第四次了,不,第五。第四和第三次的印象重叠,记得那是 1976 年的夏末,我在湖南科技情报所谋事,偶尔客串为访湘的日本团体做翻译,连续两次去了韶山。其间琐琐屑屑的细节,已随阳光的销蚀而消失了,唯有两幅画,两幅挂在韶山陈列馆或其他什么场合的画,至今仍孤岛似的盘踞在脑海,抵死不肯潜隐。

一幅,是油画:背景为延安的窑洞,表现的是延安时期,毛的长子岸英从苏联留学归来,做父亲的扳着手指,教导他,你在苏联的大学毕业了,但学的是书本上的知识,只是知识的一半。这是不完全的,你还需要上另一所大学,这个大学中国过去没有,外国也没有,这就是“劳动大学”……据说,原来挂在墙上的,是一幅摄影作品。可是有来参观的政要指出,从拍摄的角度看,岸英显得比毛主席还要高大。这怎么行呢?! 这怎么行呢?! ——儿子高于父亲,答案是未必不行,甚至是求之不得的佳话。但这个道理,那时没人敢说,也不敢为此去请示主席本人。于是只好撤去,绘了一幅油画代替。自然,画面上的父与

又是据说,人嘴是堵不住的,群众觉得有趣的事,总是要交头接耳,心口相传。

子，经过艺术的修正，高矮已经相互移位。

另一幅，也是油画：毛泽东游罢长江，身披浴衣，屹立船头，朗吟“万里长江横渡，极目楚天舒”。视野，何等雄阔；气概，何等潇洒。偏偏毛泽东的一双赤脚，让画师不知如何遮掩。你想，刚刚从水中钻出来，当然不能着袜，更不能着鞋，浴衣并非曳地长裙，又不能拿它垂盖到甲板，看来，只有如实“曝光”了。——可是，在画面上公开伟人的光脚，在那个年月，就算借你十副虎胆，你敢？说句公道话，毛泽东本人未必拿它当回事，主要是追随者拥戴者的关卡难过。——那么多的忠诚卫士都在打扮毛泽东，有几人又真正识得毛泽东？画师一定为此绞尽了脑汁，最后无可奈何地在主席的脚旁，添画了一只老古董式的船碇，也就是石礅。

与火舌的飘向一样，还是历史的闹剧。

我是听在耳里，记在心间，看在眼底，挂在眉睫。不久就到了天崩地坼的那一天——九月九日，那个刻骨铭心的下午。我正在偏处省府大院一隅的斗室“啃”英文，忽然觉得眼跳心颤，六神无主。仿佛是在汪洋大海中乘了一叶扁舟，四肢百骸、五脏六腑都禁不住地随波摇荡。说声不好，慌忙撂下书，拉开房门，阴沉沉冷飕飕的一腔哀乐打四面八方旋来，旋来，惊得我一个趔趄，几乎立不住脚。马上明白发生了什么事，顾不得向左邻右舍证实，立刻奔下楼梯，跨上单车，冲出大院，冲上大街。这时，如同有谁把世纪末日山崩海啸、飞沙走石的绝响，灌进每一台收音机，每一只广播喇叭，以及每一副听觉神经。单车过处，但见，所有的窗口都豁然大敞，所有的行人都愕然止步，所有的街道都壅塞断流。晴天霹雳，猝不及防。悲声四起，天昏地暗。昏，昏，昏。暗，暗，暗。小贩纷纷歇业，店铺争相关门，机关提早下班，学校自动下课。我猛踩单车我想大哭我想大叫我想撕裂胸膛捧出赤心我在我神经上飞跑我在我脊髓上飞跑我在我肝脑上飞跑。我一气狂奔出十多里，然后冲到郊区冲到罗家老屋生产队见到正在菜园松土的岳母，我迎着她困惑不解的目光结结巴巴哆哆嗦嗦地说了一句：

不断句，以此来表现作者内心的悲痛。今天的人们也许很难想象毛泽东主席之于当时人的重要意义了。

“毛……毛主席……他、他老人家……过世了。”

“啊——？”老人撂下锄把，直愣愣地僵在田头，半晌，才匀过气来，丢魂失魄地问：“那何事搞（怎么办）哩？毛主席不在了，我们又何事（怎么）活哩？”

三

韶山的“韶”，拆开来看，是“音”旁加一个“召”字。音召，音乐召来了什么呢？相传上古时候，舜帝南巡到了这个地方，奏乐助兴，引得百鸟翔集，凤凰来仪。这乐，就名为“韶”。这山，也便缘了“韶”乐，得名为韶山。凤凰不落无宝地，古老的传说，已为伟人的出世埋下了久远的伏笔。

韶乐就是舜乐，代表着上古时期中国的音乐艺术，但更是一种思想道德的典范。孔子特别看重音乐的作用，听韶乐“三月不知肉味”，孔子在乎的是找到了一种有助社会的手段。

韶山冲上屋场，毛泽东的故居旧貌依然。1970年，我第二次来时是这样；1966 年，初次来时也是这样。门前盈盈着一弯莲塘，塘中绿叶田田，酡红点点。塘边，一座石砌的码头，极有韵致地，延伸到水中央。码头的左侧是木制的水车架，为防风剥雨蚀，在表层又抹了一道水泥。沿塘的四周，栽了十一棵树，为松，为杉，更多的为柳。屋后峰攒峦簇，高低远近错杂，蓊蔚从雾里腾起，烟霏在林梢变幻。故居是湖南农村常见的“凹”形结构，土墙，瓦顶，高而轩敞。房屋亦齐全，除“凹”形的一侧和邓姓人家共建，正堂之外尚有退堂，卧室之外又有卧室，柴屋之外另有仓库，猪栏之外另有牛栏。无论是第一次，还是这一次，我都认定，倘若稍加装修，即使在今日的湘中，仍不失为一座美庐。

变化了的是乡邻，是背景。突出的是莲塘对岸，正冲着故居的门楣，冒出了一栋洋派的“毛家饭店”。女店主叫汤瑞仁，当年这运动那运动中的积极分子。闻风善动的角色，常常比反应迟钝者占有更多的先机。汤瑞仁的这一招合乎民情，又得着地利，生意自然做得十分红火，招牌如今响遍三湘，还一路亮到北京。她无疑带了一个好头，故居附近的乡亲，几乎家家兼营饭馆，行的还兼营旅社。那招牌，一律神气地冠着“毛”字——这一刻，当我穿过故居后的晒谷坪，沿山路曲折，寻找毛泽东父母的坟墓，一路上，便不断有店家招呼用餐。不过，也仅仅限于机械性的招呼，不见有人上来拉客。变动中的韶山人，在踏入商海之际，仍然存着不卑不亢的矜持。守候在毛泽东父母坟山的小贩，就伶俐活络多了。游客刚到坡脚，他们就热情地迎上前来，兜售香烛、纪念品。你不买，他们就前后跟定，循循善诱，或者说纠缠不休。使用频率最高，也最能说动游客掏出钱包的，要数如下的台词：“这里是毛主席家的祖山，很灵的哟！你大老远地跑来，一定要带一点灵气回去哟！”

委实灵。山，还是普通的山；树，还是普通的树，合葬的坟墓，也不过是水泥地一圈，黄土一丘。但你

小人的闻风善动，往往察言观色，溜须拍马；智者的闻风善动，往往引领某一领域甚至时代的潮流，成为大潮中的领航人。

在中国，无论宗教的，还是现实的人物，往往都可以成为人们心灵上的寄托。进山烧香磕头，也是现今中国比较盛行的一幕。

往墓前一站，千般嘈杂，万种思虑，都会从脑海中退潮，消隐。五千年华夏青史随风飘逝，只剩一张白纸。八万里风云雷电傍谷沉落，太初般寂静。无所谓秦皇汉武，无所谓唐宗宋祖，记不起罗马人、高卢人，记不起耶稣、牛顿，远离了股市、房改，远离了麻将牌、世界杯。山川随地球旋转而旋转，草木赖谿壑清芬而清芬。你凝神，屏息，默数自己的心跳。然后闲眺墓侧的任意一截松枝，欣赏缀于鬣叶间的松果，体味蕴含在松果间的禅思；或者冥想左近的另一座土墓——毛泽东的元配毛罗氏之墓，没有墓碑，没有装饰，没有……或者你什么也没有眺望，什么也没有冥想。唯有空灵，绝对空灵。

滴水洞更添了一层神秘，毛泽东在这儿制定了“炮打司令部”的战略战术，还因为他在这儿草拟了那封涉及林彪，自称被“逼上梁山”，自剖有些“虎气”也有些“猴气”的著名信件。此地虽号称仙山洞府，实际上并无山洞，它只是万绿丛中的一处“世外桃源”。毛泽东祖上曾在此生息，祖父毛恩普就葬在西侧山腰的虎歇坪。因此，20 世纪 60 年代初，遵照毛本人的意愿，在此兴建了三栋别墅式的建筑群。毛的原话，是五九年上庐山前，对湖南省委书记周小舟讲的。那一天，毛在韶山水库游泳。他指着郁乎苍苍的滴水洞，和陪同的周小舟商议道：“小舟，咯个地方倒很安静，我退休后，在这儿给我搭个茅棚好吗？”领袖的措辞是极为艺术的。周小舟哪敢怠慢，随即当作头等大事来抓。没想到，周在庐山翻了船，被撸到浏阳县大瑶公社当了一名副书记。毛的指示，便改由周的继任张平化落实经办。

去滴水洞，浸透感官的是清，雅，幽，深。“一钩流水一拳山，虎踞龙盘在此间；灵秀聚钟人莫识，石桥如锁几重关。”毛氏宗谱记载的这首小诗，无疑在宣告——正如毛氏宗祠的一副对联所夸示：“太极所生历钟瑞气；华胄出后定有达人。”进洞的路呈上坡状，右侧是奇岫危峰，峰巅处长松绣天，涛声百沸。峰脚刻有若干当代人的题词，最醒目的是毛的次子岸青，分别用俄文、中文题写了“我酷爱韶山”，落款是“毛岸青”。一个“酷”字，托出了心头呼啦啦的烈焰。路的左侧是湛湛深潭，周遭密萝缠绕，修篁垂映，看上去渌渊镜净，波澜不惊。正当你左观右赏，频频回头之际，前方，或上方，或四面八方，传来了“红太阳”的颂歌，并配合着毛泽东讲话的录音。歌声忽强忽弱，话音忽柔忽刚。游客若在其外，若在其中。仿佛那逝去的日脚，又马蹄般得得得、得得得地踏来，踏来。红尘中能保留这样一个所在，也是主客共同的缘分。

回首既往，我曾经三次目睹“龙颜”。吾辈碌碌苍生，见一次已属殊荣，而我竟一而再，再而三，算是三生有幸了！佛家讲究“摄光”，我虽不是佛教徒，确实领受了伟人给予自己心灵造成的狂热体验。不过，三次都是在天安门前的群众集会，伟人立于高处，我居低处，以低望高，只能仰。仰视伟人，这也是那个年头特有的角度。毛泽东天纵雄姿，气概非凡，只一瞥，就在我的灵台永远生了根。“仰”，毕竟不是视觉的双向交流。就算毛泽东垂爱俯视，未必能看清我。他只是把我等同于眼前的一缕纤维，一滴水，一个抽象的概念。

高山仰止，景行行止。伟大的人物总是人们仰望的榜样。但是，仰望的同时也必须保留自我的本真，切莫失去了自我。同时，被仰望的人物，也应该对自己有更清醒的认识。

一味的仰视,无可挽回地诱发了悲剧。1968 年,在北大,我在“活学活用”的会议上即兴发挥,说:“我相信只要毛主席健在,中国就不会变修。因为毛主席火眼金睛,修正主义分子一露头,就会被他老人家发现……”雄赳赳气昂昂的工宣队、军宣队,正在校内大抓反革命,这下逮个正着。“好哇!毛主席一直强调反修防修,你却说中国不会变修!你这是打着红旗反红旗!”

终于有了平视。在故居旁的晒谷坪,我同一位卖纪念品的少女聊天,顺便问:“小姐,你知道毛主席家是什么成分?”“富农呀。”她平静地回答,“这一片二十二亩地,都是他们家的。”

“可是,一般书上,都含含糊糊地说成农民?”我认识一位姓刘的诗人,“文革”间无意中说出毛主席出身富农,便交出了十个月的自由,饱尝铁窗风味。

“富农也是农民嘛。”少女笑了,“从前这里没几户,就毛主席一家,姓邓的邻居一家,我祖爷爷一家,相互都知底的。我祖爷爷姓李,和毛主席从小一堆儿玩。二十年代,毛主席在韶山搞农民运动,县城的反动派要抓他,毛主席扮成郎中连夜出走,就是我祖爷爷他们把他抬下山的。”

叙述简练,有板有眼,还带了普通话的味儿,不由得对她高看一眼。“能谈谈你的情况吗?我看你不像是做小生意的。”

“我吗?在湘乡读师范,今年毕业,还没分配。今天替我爸爸看摊。爸爸是党员,上午去区里开会了。妈妈在看另外的摊子。我还有一个哥哥,在西安读武警技术学院。”

“附近总共有多少摊位?”

“三十三个。原则上每户人家只准摆一个,这星期我家领班,按规矩,就可以摆四个,所以忙不过来。”

“你不会留在冲里做生意吧?”

“哪能呢,我大概会分到县里教书。说实话,如今韶山冲的孩子,的确很少念书。他们早早就出来做生意,仗着这是旅游区,一年到头,总有客人来哩。”

四

初访韶峰,时值隆冬腊月。实难忘,最难忘啊,徒步长征的路上,情豪,胆壮,而且意气干云,健步如飞。扑入韶山,就像一滴水扑入大海。这里的一草一木,一峰一壑,都赋予我脉脉情思,勃勃诗思。伟大啊。神圣啊。如果让我作一个抉择,我宁愿化作这儿的一弯池塘,一株青杉。因为,只有在这儿,唯有在这儿,我才敢拍胸脯对世界说:我是个诗人。而在各地,在校园,先前是在党团组织,而今是在造反派的天目中,诗神的长笛已堕落为资产阶级的拐杖。愤懑。气恼。有时也觉得好生蹊跷。这道理你找谁去说,他们为什么不想一想,不想一想啊,发动这场“文化大革命”的统帅本人,难道不正是天才的诗家!

回过头来看,毛泽东,正是以他浪漫的气质和瑰丽的想象,在新中国掀起一场接一场的狂飙,“只争朝夕”地,“一天等于二十年”地,力图跨越社会发展的繁琐过程,一步迈入共产主义。天地旋转而旋转。

江河呼啸而呼啸。草木枯荣而枯荣。花开花谢，涛生涛灭。“一时人物风尘外，千古英雄草莽间。”毛泽东生前评古论今，创造历史如轻轻拨动地球仪；而他逝后，天地日月，山川草木，则奉还之永远的再评判。“历史是公正的”，是待一切都成了历史之后。这个命题太大，恕我在此不赘。还是让我们在韶峰的荫凉里，呼吸呼吸这带有绿意的风。有些事，在浪尖上是很难把握的，在潮头上是极难驾驭的；只有回到源头，才容许你卷了裤腿，打了赤脚，在黟黟苔藓、涓涓清流中且探且行。

千古兴亡，繁华一梦。

主席曾自评，七分功，三分过。

毛氏宗祠建于18世纪中叶，算得上是这一带的古迹。“大跃进”受到挫折之后，毛泽东回到阔别三十二年的故园，随众人步入宗祠，曾说：“不管三七二十一，先作个揖再说。”多么随和，多么富于人情味。但是，也就从那前后起，毛泽东的思想，乃至他的片言只语，一经播扬，就要连着向上翻几个筋斗，调门越拔越高，直至神化。

我们这一茬人，是在神话的氛围中长大的。20世纪60年代初，我念高一，作文得了学校的大奖。那篇作文注定了要受到青睐，因为我歌颂了人间的两个太阳，一个是自然界的红日，一个是毛泽东思想。这是时代的最强音。少年人的热血，渴望中流击水，渴望闻鸡起舞，渴望点燃新的长征火炬吹响新的渡江号角。宁为阳光下的一滴水，不作月色朦胧中的夜莺。宁为马克思的马前卒，不作赫鲁晓夫的殉葬品。但是纵马狂奔，先得牢牢抓住缰绳，在讴歌“红太阳”的同时，我却在为另一句口号苦苦思索。那也是时代的最强音。报上说呢：“六亿人民，只能有一个思想，就是毛泽东思想。”单纯，幼稚，无一丝一毫政治经验的我，竟为之几宿睡不好觉，一个劲地琢磨：“既然举国上下，只要一个脑袋就行了，那我们今后碰到难题，还要不要开动脑筋呢？”

二访韶峰，季节，已变成炎夏，生存背景，也从北大校园变成了湖南西洞庭湖农场。一群前途莫测、心绪缭乱的青年，从长沙登上去韶山的专列。列车开动了，我掏出自制的麻将型扑克，想热热闹闹地玩上几把。然而，牌还没码好，服务员就走过来，严肃而又不无自豪地说：“同志们，我们这趟是革命列车，禁止打牌。”

和专列的革命气氛相协调的，是一位狂热的“大侠”（我是听一位乘警这般称呼他的）。他大概是和我们一起从长沙登车的。枯藤似的瘦个，鹰隼般的锐眼。胸前挂着一块纸牌，上书“最新最高指示”。一张嘴，露出了浓重的湘西口音。“大侠”是来向我们宣传毛泽东思想的。他熟烂《毛主席语录》中的每一条，如果你觉得这庑啥稀奇，此公更有一绝：背得出“两报一刊”的所有社论。不信你拿了原文对照，保证一字不差。列车在前进。窗外风景在变换。车厢内“大侠”在“活学活背”。铿锵铿锵。山迎水招。滔滔不绝。风驰电掣的列车。风驰电掣的时代。风驰电掣的思绪啊。此刻，毕竟已进入了70年代。国情，党情，民情，已发生了微妙变化。“大侠”的豪举，反使我与他的目标越来越产生背离。老实说，我已不愿，或不忍凝视他眼中的热焰。

五

湖南毛泽东文学院的同志，此番陪同我访问韶山。清晨从长沙出发。经过湘潭县时，司机指着一条岔道，说："从那边插过去，不远就是彭德怀的老家。"到了韶山冲，司机又说："前面再向右一拐，就是去了刘少奇的老家。"

刘少奇的故居位于宁乡花明楼。彭德怀的故居位于湘潭乌石寨，恰恰一左一右，把韶山拱卫在当中。毛、刘、彭三人，不折不扣的乡党。"美不美，家乡水，亲不亲，故乡人。""老乡见老乡，两眼泪汪汪。"革命党人在茫茫人海中拼搏，乡谊难说不是一大优势。再加上志同道合，两肋插刀，那力量便十分可观。毛泽东对彭德怀，料想是敬爱有加；试看毛写于陕北的六言诗《给彭德怀同志》："山高路远坑深，大军纵横驰奔。谁敢横刀立马？唯我彭大将军！"毛泽东对刘少奇，相信是敬重参半；建国初期圈定刘为自己的接班人，就是明证。

然而，曾几何时，毛巨手一劈，天翻地覆慨而慷：建国后的两大公案，庐山会议和"文化大革命"，正是拿彭、刘祭旗。

毛泽东是韶山的儿子，不光因为他生于斯，长于斯，内中含有更深一层的底蕴。世人都道毛泽东是长子，其实是老三。他母亲先前生过两胎的，不幸都没能保住。所以生下他后，母亲按照乡俗，抱了他拜韶峰为干娘——希望冥冥中的神灵保佑他平安、长寿。毛泽东的乳名，由是被叫做了石三伢子。

毛泽东的名字与心灵，是和韶峰息息相通的。20世纪50年代末，毛回韶山，请父老乡亲吃饭。人到齐后，他左张右望，一本正经地问："怎么还缺一位没来呀？"

乡亲们面面相觑，闹不清还有谁没来。

毛泽东灿然一笑，"石头的干娘没来呀。"

这"石头"，是指他自己，干娘，是指韶峰。表面上，似乎毛为活跃气氛，精心设计了一个"包袱"。骨子里，谁敢说毛本人不是在借此酒席，为一直赐福他的韶峰虔诚祝祷哩！

韶山赋予毛泽东巉岩般的峭拔和执著。他从不后退，哪怕是到了生命垂危的晚年。他以屹立于惊涛骇浪为乐。他的存在本身，就是一部"刺破青天锷未残"的英雄史诗。

举凡掌兵马、施号令的英雄，大概命都"硬"。彭德怀的乳名便叫石穿，显得比顽石还要头角峥嵘。乳名归乳名，彭终归没能穿石，他不是毛的对手。

石头决不畏惧来自本族的挑战；相反，愈是硬碰硬，才愈能激发出生命的火花。

石头的克星是流水，不过，那需要时间。

天下攻坚强者莫胜于水，先贤们早就发现了这个自然的秘密。或者直接说，石头的敌人是时间，在时间面前，金字塔也会腐朽。

创巨痛深的疤痕，是最刻骨铭心的记忆。彭、刘公案引发的"心灵地震"，至今尚未完全平息。按情理，我是想到彭德怀的老家看一看的，由于从滴水洞出来，天色已经不早，一行遂决定不再走回头路，驱车径奔宁乡。

1998年11月，是刘少奇一百周年诞辰，临近花明楼地界，看到乡民们在整修道路，算是透露出一点纪念的讯息。抵达刘的故居，着实吃了一惊，整栋建筑，远比毛的宏大，走过一进，又是一进，堂屋轩爽，廊庑萦回，数一数，竟多达二十一间半。“高城过雨凉生席，残夜花明月满楼”，明人王世贞的雅句，蓦地跳上心头。遗憾的是，我来的这个下午，庭院寂寂，空旷的老屋里，只听得我和同伴脚板的回声。呜呼少奇，沉冤昭雪后依然寂寞。门前，倒也有一泓清澈的池水，面积是上屋场的数倍，惜哉无莲。清风未见徐来，也无波。斜阳投过来温煦的一瞥，从浓云乍裂的缝隙，映在水底，反而点化出双向的凄清。如此大好水面，说不定派了养鱼的用场吧，我想。钓客未至，罟具未现，无由证实，只能是，猜猜而已。

离开花明楼，寻小路返回长沙。路旁见一株古樟，巨干凌空。柯伸枝展，冠敞如盖。可惜枝干过于欹斜，超出自身承受的能力，不得不用了两根立柱支撑。瞬间想到上月在福州见过的一株千年古榕，也因为枝干斜伸出太长太长，自身无论如何也举不起，不得不动用了十八根托柱。唉，我轻轻叹息了一声，“一道篱笆三根桩，一个好汉三个帮”，由树及人，莫不如此。树啊人啊，人啊树啊。谁说草木无言？一花一草、一枝一叶都会讲话。

一枝一叶总关情。自然是无言的老师，明智之人善法自然。

车抵湘江，已是黄昏时分，我急切地想登上橘子洲头，追寻青年毛泽东的脚步。没曾想，这些日正逢洪涝，横贯在我眼前的，竟是汪洋一片，向往中的橘子洲，已成了水乡泽国，只露了些树梢和房顶在上面。无奈，我只得凭了湘江大桥的栏杆，对着洪峰兴叹。汤汤的湘水啊，浩浩的烟波。茫茫的洞庭和长江，莽莽的千山和万岭。一瞬间，我想起毛泽东的《湘江评论》，想起他“指点江山，激扬文字，粪土当年万户侯”的雄姿丰采，以及“不管风吹浪打，胜似闲庭信步”的斗争哲学。毛泽东一生酷爱游泳，缘起应是上屋场前的莲塘，实践就是中国革命的大海。毛是真正做到了“自信人生二百年，会当水击三千里”。他是蛟龙。他是神龙。他是人中龙。毛的游泳政治或曰游泳哲学，必将波及长远，在一代又一代后人的心海激起回澜。

这时，一只水鸟从西岸唧唧地飞来，扎破我的思维之网。我且丢开纷纭的思绪，目光随了它在水面盘旋。突然，它像听到了什么召唤，一个剪身，然后便箭一般地朝洲尾掠去，掠去，直至融入波涛，和苍冥泯化为一体。

猛然惊觉，万家灯火瞬间已映红了江面。

独秀的另类“文存”

一

眼前，陈独秀的故居已烟消云散，荡然无存，不是毁于兵燹，不是毁于“文革”，而是毁于20世纪的80年代，时值拨乱反正、改革开放之方兴未艾。先是被蚕食，一切在悄悄中酝酿，不显山，不露水。到了某一天，变然来个鲸吞，明火执仗，大张旗鼓。这或许就是哲人说的“量变引起质变”。于是乎，占地四千多平方米、前后五进的百年“陈家大院”，顷刻间就被摧枯拉朽，夷为平地。

陈独秀（1879～1942），字仲甫，安徽怀宁（今属安庆市）人。新文化运动的发起人和旗帜，中国文化启蒙运动的先驱，五四运动的总司令，中共创造人之一，一大至五大党的最高领袖。

即使没有被拆除，“陈家大院”也不可能完璧归于陈氏后裔。这是无须证明的时代公理。独秀三子松年长期留居老家，数种访问记都表明。他多年间赖以栖身的，仅仅是蜗居陋室。房内唯一能点明主人身份的，只是墙上挂着的陈独秀的相片。那是拍于国民党南京老虎桥监狱，年份为1937。历经半个世纪的日磨月蚀，烟熏尘染，望上去，依旧双目炯炯，英气灼人。

而今，2001年4月11日，当我来到安庆城南水关，追踪蹑迹，不仅报道中的蜗居陋室，无处觅影，松年本人，也早已撒手西去。昔日的“陈家大院”，已化为安庆市自来水公司的花圃、鱼池。春阳恍恍，春风惚惚。葡萄自在牵藤，红鲤即兴悠游。转去院墙外的深巷，勉强在新旧杂陈的楼阵中寻到两间低矮的破屋，据说，那便是独秀长子延年和次子乔年童年读书的地方。但是，一没有挂牌说明，二也没有任何陈列，是与不是，难以确认。问邻居，说，你们是从哪儿来的？别瞎搅乎了行不行?！什么读书处不读书处？生拉硬扯，搞得现在拆也不让拆，修也不让修！

一处弥足珍贵的历史文物，或曰爱国主义教育基地，就这样在近年内消失了。安庆至今仍保留有元代的“桐城文庙”，明代的“四代翰林宅”、“钱牌楼石牌坊”，清代的“铁砚山房”、“六尺巷”、“古戏楼”，等等，并引为门脸。但是，他们却永远失去了“从秀才到总书记”的陈独秀之故居！飒飒江风，漠漠浮云，黯黯心绪。此中况味，岂是一个“遗憾”所能概括！站在自来水公司大院的假山前，北望，依然临登云坡；东望，依然耸振风塔；南望，依然濒临长江，方位、走势，与独秀儿时所见一般无二，但中间已冒出了若干又若干犬牙交错的建筑，临江又拦起了一道大煞风景的防洪墙，视野就难免被挤逼得横狭竖窄，七零八乱。此时此地，若想啸吟“大江东去，浪淘尽、千古风流人物……”就得如王之涣，“更上一层楼”。

名人故居的多少是一座城市历史悠久和文化厚重程度的标志之一，能深化、细化城市的文化内涵，可以说，一个城市因名人故居镶嵌其中而显得耀眼。

世界各国都比较看重名人故居，而重视历史名人的遗迹更是中华民族的优良传统。《诗经·召南·甘棠》写有“蔽芾甘棠，勿剪勿伐”，即要人们爱护周朝开国功臣召伯休憩过的地方，从此留下了“棠荫”、“棠树”等词，专指曾有名人流连，并具有纪念意义的地方。保护这些地方的原貌，使之不因时间流逝而毁弃，不仅是让后人感受到我们文明长河的久远，更重要的是能形成一种文明氛围，让仰慕文化的人们汲取文化的力量。

二

独秀两岁丧父，六岁跟着人称“白胡爹爹”的祖父修习四书五经。老人家望孙成龙，法教森严。独秀背不出书，常常招致无情的体罚。然而，令这位

"白胡爹爹"愤怒而又伤感的，是独秀无论挨了如何毒打，总是咬牙硬挺，一声不哭。未必他小小年纪，就已懂得沉默是最好的反抗？气急败坏的祖父忿而诅咒："这个小东西，将来长大，必定是杀人不眨眼的强盗，真是家门不幸！"祖父还对乡人预言："这孩子长大后，不成龙，便成蛇。"

祖父看人看得准，这个孩子长大后果然成为20世纪中国的盗火者普罗米修斯。

"白胡爹爹"没有看走眼，独秀长大后，绝对是一条猛龙。他创办《新青年》杂志，领航五四运动，缔造中国共产党，搅得四海鼎沸，卓然不同凡响。"沧溟何辽阔，龙性岂能驯！"（独秀语）他的一生，称得上是行如其名。许多掀天揭地的大事，众所周知，本篇就不再缕述。试看一些生活小事，比如培养、训练子女，也莫不烙上他一贯主张的"兽性"，即"龙性"。话说1915年，独秀在上海创办《新青年》杂志，把延年和乔年从老家安庆接出。当时，老大十七岁，老二十三岁，独秀不让小兄弟俩与自己同吃同住，享受主编公子的特权，而是让他们睡在下属发行部门的地板上，白天出外打工，自食其力，饿了就咬大饼，渴了就喝生水，夜晚燃灯苦读。两个小"知青"食不果腹，衣不蔽体，日子过得可怜巴巴。继母高君曼心生不忍，提出让孩子回家吃住。独秀不以为然。君曼改请友人潘赞化从中说情，独秀向赞化剖析道："妇人之仁，徒贼之弟，虽是善意，发生恶果，少年人生，听他自创前途可也。"

杰出的才干往往是从苦难的烈焰中冶炼出来的，从苦难的坚石上磨砺出来的。

延年、乔年生于忧患，日后都自创成响当当的革命家。兄弟俩曾一道留学法国、苏联。都是先加入法共，而后转为中共。在短暂的革命生涯中，延年曾职至中共广东区委书记、江浙省委书记，并当选为中共中央政治局委员，为早期的红色风云人物，一度与赵世炎、周恩来齐名。凡先驱人物，都有他独特的个性。延年的个性，来自乃父的叛逆基因、底层的艰苦体验、克里姆林宫的红墙情愫以及广州的骄阳热浪。譬如，延年为了深入人力车夫，时常破衣赤膊，和他们一起上街拉黄包车，挣来的钱，也一文不留，统统交给车夫；他白天黑夜忙于工作，忙到根本顾不上找对象，热心的同事多次为之介绍，都被他以“没时间考虑”而婉拒；他在党的会议上与担任总书记的陈独秀见面，向来都是以“同志”称呼，公而废私，革命第一，等等。

面对白色恐怖，勇挑重担，忘我无私，像一头骆驼那样不知疲倦地工作，不避杀身之祸，延年是革命的苦行僧。

1927年4月12日，蒋介石策动反共“变脸”，延年在上海被捕。起初，延年化名陈友生，自称是打工谋生的烧饭师傅，与任何政党、任何主义无关。因他粗衣破裳，又一副皮糙肤黑的劳工模样，裤脚还扎着一圈刺拉拉的草绳，咋看咋都像一员伙夫，国民党军警信以为真，打算草草发落。节骨眼上，孰料胡适好心办了坏事。胡适出面找国民党中央监委吴稚晖，要他设法开脱延年。胡适找吴稚晖，自有他的道理。因为吴是陈独秀的老熟人，又曾帮助过延年兄弟赴法勤工俭学。但是，彼一时也，此一时也，如今的吴稚晖，已不是当初陈氏父子的朋友，而是国民党铁杆右派。吴得知延年被抓，立刻向上海警备司令杨虎“贺喜”。吴说：“今日闻尊处捕获陈独秀之子延年……不觉称快，先生真天人，如此之巨憝就逮，佩贺之至。”并且咒骂延年“恃智肆恶，过于其父百倍”。

好心办坏事，只因认识能力所限，看走了眼。

延年的身份，就这样为吴稚晖暴露了。杨虎大喜，亲自出马审讯。敌人的软诱、刑逼，只是为志士的崇高气节雕像，前者的手段愈狡猾，愈残暴，后者的丰碑就愈高大，愈不朽。杨虎束手无策，恼羞成怒，只得下令将延年秘密处死。临刑之际，延年昂首挺立。敌人喝令他“跪下”，延年回答：“革命者光明磊落，视死如归，只有站着死，决不下跪！”敌人不得不一拥而上，用力强按。然而，当他们的手稍微一撤，延年又一跃而起，惊得负责施刑的刽子手一刀落空，差点儿扑倒在地。

站着被乱刀砍死的延年永远挺立在人们心中。

第一單元

三

独秀次子乔年，从在安庆老家念私塾，到赴沪半工半读，再到留学巴黎和莫斯科，一直是大哥延年的伙伴与战友。1924 年夏，延年从莫斯科返国，被派往广州，担任社会主义青年团中央驻粤特派员。第二年春，乔年也回到北京，奉命当李大钊的助手。乔年小哥哥四岁，当时不过二十出头，但处事已颇为老练，斗争尤为坚决，深得大钊先生的器重。陈独秀与李大钊，是社会转型期的两颗巨星，世称“南陈北李”。乔年少时得“南陈”训练，现在又得“北李”指导，进步自然神速。他年纪轻轻，就做到中共湖北省委组织部部长、江苏省委组织部部长，“五大”并当选为中央委员。独秀一门，“五大”出了三个中央委员，也是党史之精粹，典籍之传奇。

乔年生得相貌堂堂，一表人才。在莫斯科东方大学读书时，与湖北籍女生史静仪相识，回国后结为伉俪。1927 年 5 月，静仪在武汉生下一个男孩，起名“红五”。独秀对这个小孙儿十分疼爱，因为同年 7

月，延年在上海遇难，8月，他又因“左倾投降主义”被解除总书记职务，正处于丧子、失势的生命低潮，红五的到来，极大地安慰了他内忧外困、创痕累累的身心。谁知风云不测，祸不单行，1928年2月，乔年继哥哥之后在上海被捕，6月，就义于龙华。这期间，红五也不幸染疾夭亡。

在中国现代革命史上，思想厚重，识见非凡，意志刚强，干出一番轰轰烈烈的事业，却慷慨就义，英年早逝的先烈，有一长串英名，一个名字就是一座丰碑，一个名字就是一条脊梁，他们是民族灵魂的金字塔。

乔年之妻静仪，在丈夫牺牲后，曾再度留学苏联，而后迭经政治挫折、婚姻打击，忍辱负重，九死一生。但这都是传闻，无从查实。我仅在一家内部资料上，觅到一则短讯：静仪后来改嫁李氏，生有一女；她是中央美院出身的著名雕塑家，年前，有感于陈独秀的悲剧命运和与自己的特殊因缘，她立志要为陈独秀塑像。

独秀长女玉莹，年龄排在延年、乔年之间。延年就义，是她带着三弟松年，瞒了母亲，到上海料理后事。隔年乔年被害，又是她同着松年到上海收尸。哪里还有什么遗体？哪里还有什么日月？朝前看，茫茫人海，不见老父踪影；往后瞧，生离死别，又如何向老母交代？玉莹悲恨交加，急火攻心，竟一病不起，殁于沪上。

天何乖戾，竟将大难降于一门，令人何其不平！

延年、乔年相继死难，有一段日子，独秀终日沉默不语，陷入刺骨椎心的悲痛。1938年抗战高涨声中，国民党为了装潢门面，企图拉拢陈独秀出山，派员居中斡旋。独秀严词正告说客：“蒋介石杀了我那么多同志，还杀了我两个儿子，我与他不共戴天！”

四

独秀三子松年，从小随生母住在安庆。20世纪

30年代初，独秀在南京坐牢，松年前去探监，记忆里，这是他第一次见到父亲，骨肉情深，不免潸然泪下。独秀却双眼一瞪，大声训斥道："没出息！"

1937年夏，抗战烽起，国民党政府迫于舆论，不得不为陈独秀减刑，并将其释放。1938年春，松年夫妇带着祖母谢氏和长女长玮，离开安庆，乘船西上，与父亲相会于武汉。随后一起转去重庆，最终定居在四川的江津。江津对于陈独秀，不啻是吼狮的沙漠、猎鹰的囚笼，头戴"叛徒"、"托派"、"汉奸"的高帽，辩白无门，进退失据，兼之病骨支离，穷愁潦倒。"病如檐雪销难尽，愁似池冰结愈坚"（《病中口占》）；"除却文章无嗜好，世无朋友更凄凉"（《寄魏建功》）。独秀始因旋转地球而独步神州，终因地球旋转而失去重心；大江流日夜，载走了他多少怅怅望眼、苍苍白发和浩浩悲叹。在这段流寓僻远、百事维艰的日子里，松年夫妇一边教书，一边尽其孝心，勉力侍奉老人。直至祖母、父亲相继辞世，第二任继母潘氏返沪，抗战胜利，他们才又举家迁回故里。

父亲一生在外勇打江山，开天辟地，经历跌宕；大哥、二哥、姐姐惨死，家破人亡，倾家荡产，处境艰辛险恶，恐怕松年这样的特殊经历少有人有。

新中国诞生，鉴于陈独秀的路线错误兜天盖地，延年、乔年的烈士功勋，向不为人重视，不言而喻，松年一家的日子，也好过不到哪里。1953年2月，毛泽东乘军舰沿长江东下，路过安庆，忆起故旧，遂召地委书记傅大章垂询。毛泽东首先关心：怀宁的独秀山是因陈独秀而得名，还是陈独秀因山而得名？傅答：原来就叫独秀山，是陈独秀因山而得名。毛泽东继而问起：陈独秀家里还有谁？傅说：有个儿子陈松年，在窑厂做工，生活比较困难。毛泽东正色道：陈独秀这个人，是有过功劳的，早期对传播马列主义和创建中国共产党，是有贡献的。他是五四运动时期的总司令。后期，他犯了错误，类似俄国的普列汉诺夫。末了，毛泽东作出指示：陈独秀后人的生活，还是要予以照顾。

毛泽东发了话，地方立刻雷厉风行。注意，毛泽东这里肯定的是陈独秀本人的历史贡献，而地方，却只能靠肯定他两个儿子的革命业绩，间接体现政策。具体做法是：确立延年、乔年的烈士身份，颁发烈士证书。因为延年终生未娶，乔年也没有留下后人，烈属的种种待遇，自然就落实到松年一门头上。

正是由于烈属光环的庇佑，松年及其子女在以后的历次政治运动中，才能涉险不惊，平安过渡。松年本人，仍留在窑厂干他的技师，他喜欢和砖头瓦块打交道，一干就是三十年，直至政通人和、百废俱兴，才脱下工装，走进市文史研究馆。大女儿长玮、二女儿长玙，靠国家的抚恤和补贴一路读到大学毕业。分配去外省，也都能援情调回家乡。儿子长琦，“文革”中下乡插队，两年后顺利回城，隔年又如愿进了大学。

五

独秀四子鹤年，秉承了父亲和两个哥哥的虎虎生气，中学时就投身革命洪流，被誉为“北平三大学生领袖之一”。怎奈陈独秀这个“品牌”，越来越只剩了负效应，鹤年意识到自己将无法为赤色社会兼容，于是和妻子许桂馨远走高飞，去了香港。

鹤年在香港改称“陈哲民”，埋头度日，不与外界打交道。只听说他长期在报馆服务，罹患贫血，时常晕倒。终生不涉政治，也不回内地，至多到广州，便不肯往北再走半步。松年晚年，曾积极谋求与这位同父异母的弟弟见面。有一次，松年到了广州，发电报通知鹤年，希望他能来深圳或广州一晤。彼时彼刻，鹤年不可能无动于衷。那将是陈氏两位仅存的兄弟有生以来第一次聚首，那也应是陈氏列祖列宗在九泉之下的无上安慰。生者翘首，逝者引颈，情殷殷，意拳拳。

但是，鹤年没有应约。

2000年，鹤年在香港走完了他帷幕深掩的余生。家人本着他一贯的低调，不予公告。连北京一家专门研究陈独秀的学会，想在研究动态中发个讣闻，简叙几句生平，也被峻拒。

独秀次女子美，早年学习无线电技术，兼妇产接生，经历不详。“文革”落难成了牛鬼蛇神，走投无路之下，遂与两个儿子泅海偷渡香港。那真是怵目惊心的生命大逃亡。想想看，夜幕下的南海，风悲浪吼，鱼龙出没，即使江洋大盗，铁人选手，也不敢贸然入水，而老妇弱子，仅凭一根稻草、一个锈迹斑斑的空油桶，就与回头无岸的“苦海”展开了孤注一掷的搏击。同一海域，小提琴家马思聪当年乘快艇偷渡，已经是惊险万状，赢得世人的大声欷歔、大把热泪。子美母子的“难度系数”，比起他来，更不知要超出多少倍！

这应是敷演小说、演绎剧本的绝佳情节，可惜都被海浪拍散，岁月尘埋。子美母子逃港成功，尔后又转去加拿大，最后落脚美国。那年头，这一切不会有人投眸，故事的主角也不愿被人关注。就此隐身异域。就此销声匿迹。时光流驶到1998年，纽约的华文报纸突然刊出一篇报道：陈独秀八十七岁的小女儿子美，孤身一人，住在市内一家老年公寓。近来，因为连续多月交不起房租，也得不到儿子的帮助，将有可能被房东逐出，流浪街头，云云。消息传出，在海外华人圈内，引起强烈的情感地震。读者纷纷致函我国驻纽约领事馆，要求伸手援助。引发震荡的，是现实，更是往事；是子美，更是独秀。古老的记忆复活了，陈独秀的名字又传递在人们暖融融的舌尖。听檐前黄鸟，声高声低，在为谁啼鸣？叹天际浮云，忽虎忽狗，在为谁怅惘？谁是青史不易传主？谁是舞台匆匆过客？

子美一生艰危曲折，亦属传奇。

关于子美，最后的消息，据说是由我国一家驻美机构出面，帮她还清了拖欠的房租。

六

松年生有一子三女。儿子长琦，在合肥工业大学下属某学院，任兼职总支书记。按他的这个职务需要，完全可以脱产。他不肯，情愿一肩担党务，一肩担教职。长琦是副教授，带研究生。“双肩挑，累，自然要累点，但人活得舒坦。”他说。

要想在千百人中，一眼认出长琦，是很容易的。前提是你要看过一张照片，也就是陈独秀做《新青年》主编时拍的那张。这张照片传布甚广，你仔细对照，长琦的相貌，从脑门、眉毛、眼睛、鼻梁，到嘴巴、面颊、耳朵、发型，莫不与其祖父酷肖。如果穿上西服，系好领带，出演中年独秀，不用化装，绝对可以乱真。唯一出格的，是身材略高于乃祖。不过这无关紧要，你想普天下又有几人，晓得大名鼎鼎的陈独秀身高仅有区区的一米六十三呢！

血，总是浓于水。隔天，我在安庆见到长琦的妹妹长璞，琢磨她的面孔，极像乃父，又像另外一个人。那人是谁？一时回忆不起。待稍后见到她的二姐长玙，端详之下，方才恍然大悟，姐妹俩长得很像她们的二伯父乔年，尤其是长玙，活脱神似。

长璞是松年最小的女儿。她出生晚，在需要打基础的年纪，没能正经读上几天书。然后就运动，然后就下乡。等到有一天招工回城，已经错过了继续深造的黄金岁月。但她也有引以为自豪的经历：她对爷爷陈独秀，从小就有一种天然的仰慕。招工后，一有空暇，就千方百计收集爷爷的资料。爸爸不许，小心翼翼地告诫她："孩子，你爷爷的事，是国家大事，自有国家来搞，你千万不要插手！"长璞不听。偏想："我爷爷的事，我不做，谁做？"从此她就瞒过父母，把收集、整理资料的地点，由家里改到单位。月复一月，年复一年。结果，单位改换了几家，她的研究，也上了几个台阶。如今，她是安庆市文物管理局副局长，也是研究陈独秀的一方权威。

只因心中坚信终会雨过天晴，历史会还一个公正、清白。

访问长璞，适逢她因腰病住院。长璞不愧是爷爷的隔代"追星族"，即便卧病在床，只要一说起爷爷，她立马神思飞越，激情澎湃。印象最深的，是她讲到 1994 年，爷爷的老朋友、艺术大师刘海粟举行百岁庆典，她前往上海祝贺。在海翁家里见到爷爷的手迹："行无愧怍心常坦，身处艰难气若虹。"这是爷爷当年在南京坐监，应前来探望的刘海粟的要求，当场书赠的。海翁告诉她：我一进监狱，见到你爷

监狱，往往能燃起高贵人心里潜伏的火焰。

爷，就握着他的手说，“你伟大！”你爷爷回答，“你伟大！敢画模特儿，和封建势力斗！”还大声抗议，说，“蒋介石要我反省，他倒要反省！”也许是触发了沉沉家世、悠悠国运，长璞今天谈起，犹然情不能抑，热泪泉涌。

七

前面说到，鹤年当初远走香港，一去不再回头。这只能说明他晚年的心性。早先，应该不是这样。否则，你又如何解释建国伊始，他把妻子许桂馨和四个子女，统统送回北京？

做梦也没想到，这竟是一条心寒骨惊之路。

鹤年的大女儿祯祥，回内地时，还只有十二岁。赶上抗美援朝，她踊跃报名。她太小了，理所当然地遭到拒绝。但她的心劲，得着时代的确认。很快，她就成了少年行列中的青年团员。祯祥尔后读中学，读师范学院，一直担任班上的干部，并且梦寐以求地争取入党。1957 年整风，她竭忠竭诚、尽心尽力地靠拢组织。哪知，愈靠愈远，最后反靠成了“右派”。

起因，是她响应上级号召，给所在学院提了一些纯属竹头木屑、鸡毛蒜皮的意见，譬如什么“图书资料太少”、“新教师的教学质量有待提高”，等等；而根源，却在弥漫朝野、愈演愈烈的血统论。且看人们对她的定性批判：

“你祖父是陈独秀，你父亲在香港，你反党是有意识的，你是天生的右派！”

天啊，这就叫在劫难逃！

母亲许桂馨惶惑了。该怎么办？要怎样才能向年轻的共和国剖示自己的赤诚？怎样才能保护另外三个孩子免遭厄运？

利剑断腕，快刀斩麻，许桂馨狠狠心，和滞留香港的丈夫解除婚约。

没曾想，离了婚，依然摆不脱陈氏家族的阴影。“文革”，大女儿祯祥，受到更残酷的批斗，连累她的丈夫刘邵也被迫害致死；二女儿祯荣，因为在思想汇报中说过“对陈独秀也要一分为二”，便被上纲为“替陈独秀翻案”，而后又被一脚踹成“五一六分子”；三女儿祯庆，在买毛主席像章时，脱口说了句“六角钱一个，太贵了！”从此祸从口出，沦为“现行反革命”；小儿子祯祺，1968 年去内蒙古插队，一去就是十三年，不管他如何玩命表现，就是招不了工，回不了城，更不用说入党、提干、上大学。

“怀疑一切，打倒一切”，导致“文革”时期疯狂动荡，腥风血雨，有多少人蒙受不白之冤，有多少人颠沛流离。

难怪陈鹤年多年来望北却步。

以后的日子当然有大变化。个人的大变化从属于客观环境的大变化。原子时代、宇航时代的全方位观照，绝对优于小米加步枪的时代、大字报加红袖章的时代；无论是审美，还是审丑。

变化之一便是陈独秀的显影。且看《红色后代》一书披露的一段鲜为人知的插曲——

1991 年 8 月，祯祥去香港探望老父。

祯祥说：“爸，今天陪您看场电影。”

鹤年摇头：“你自个去吧。我都三十年不进影楼了。”

“今天您一定要去，这是内地拍的片子，讲

的是我爷爷。”

“那就更不能去。内地都是说你爷爷坏话，拍电影也是糟蹋他。”

“这部不同，是新拍的，您还是去看看吧！”

架不住劝说，鹤年终于随女儿走进了影院。片名《开天辟地》，上下集，长达三个小时。然而，年届八十的陈鹤年，一开头就被吸引住了。在整个放映期间，他一直屏息凝神，挺胸端坐，没有靠过一下椅背。

片终，鹤年痴痴地望着银幕，半天，不说一句话。

他在想什么？是为了首次在银幕上看到父亲叱咤山河的高大形象而血波鼎沸？或是为了首次看到生母的光辉艺术造型而心旌摇曳？还是勾起了他也曾有过的那一段段慷慨激昂、金戈铁马？……

可惜，鹤年因为年老体弱，最终也没能回内地观光。倒是他在建国初期返回北京的子女，一个个，除了老二祯荣，如今都已作“孔雀东南飞”，重新回到了香港。

八

陈独秀祖传的老屋，已从安庆城内彻底消失。所幸，郊区还保留有他的坟墓。

墓地遭际，也是人世荣枯的投影。

陈独秀一生结过三次婚，元配为前清安庆统领高登科的长女高晓岚，再婚为高晓岚的妹妹高君曼，晚年又与女工潘兰珍同居。独秀大概是在辛亥革命前后，背弃晓岚而与君曼结合，并双双搬居他乡。独秀的发妻晓岚，则一辈子苦守在安庆老家。晓岚生前，在城外叶家冲置了一块茔地。她嘱咐儿子松年：我死后，就埋在这里。墓旁留一块空地，将来你爸爸百年归天，务必要和我合葬。

哀哀此心，生不同林，死要同穴。松年谨遵母嘱。1930 年，高晓岚在凄凉寂寞中谢世，葬于她预先买下的茔地。十二年后，陈独秀在江津病故，就地安葬于康庄。又过了五年，松年扶先父灵柩回原籍，与先母合冢。

所谓合冢，也就是一丘黄土，外加半截石碑。为安全计，碑上不敢刻“陈独秀”的大名，用的是他科考时的用名“陈乾生”。从此，每年清明，松年都要带儿女上坟。当然是偷偷的，尽量避开熟人的耳目。到了 60 年代初，连偷偷摸摸的祭祀也被迫停止。直到十八年后的 1979 年，他才再次前往。那天，他在坟山上左找右找，整个茔地都不见了，更不用说祖坟、石碑。

斜阳衔着滴血的哀伤。恐惧荆棘般扎满松年的心。

幸亏遇到当年抬棺的一位老农，帮他在杂木林中找出祖坟。这回留个心眼，他选择了墓旁一株笔直的青杉，在齐眉的高度，剥去巴掌大的一溜树皮，作为记认。然而，当他下次再出现在茔地，甭说作了记号的那株青杉，整片树林都遭人砍伐，只剩下一截截残桩。

名人墓地也是城市历史文化瑰宝的一个重要组成部分，它是不可多得的、不可再生的文化遗产和精神财富。后人礼葬逝者，并非仅仅为了封墓立碑，而是希望能够承继逝者的精神，以激励后人。在法国有拉雪兹公墓，在俄罗斯有新圣女公墓，均与罗浮宫、克里姆林宫齐名。对名人墓地应“护其貌，显其颜，铸其魂，扬其韵”，以彰显其文化底蕴，使之和社会发展相得益彰。

这样下去不行！松年啊，你要是连祖坟也保全不了，又如何对得起父母的在天之灵！

可是，不这么办又怎么办？谁会理睬脚下这一丘黄土？谁会理睬墓主陈乾生？

突然，一个大胆的念头，从荒烟蔓草间腾起：何不干脆公开墓主的身份，争取政府的保护？

松年于是向安庆市有关部门写信，报告原委。这封信，写得正是时候，很快就有答复，很快就见行动。1979 年 10 月，值陈独秀诞辰百年之际，安庆市政府拨款，协助陈松年重修祖坟。

尽管款额有限（统共才花了几百元，包括清理荒秽、平整墓地、挖土垒坟），行动却带有石破天惊的历史性，侧身荒废的陈独秀之墓，终于熬过了遮遮掩掩的日月，堂而皇之地向世人公开。

修复是以延年、乔年、松年和鹤年四人的名义进行的。墓前嵌碑，上刻：

陈公仲甫字独秀、母高太夫人合葬之墓

经历了生前身后无数次的“大考”，“陈乾生”的科考名再度完成使命，退出草莽，“陈独秀”的大名又开始重见天日。

1981 年，松年的小女儿长璞为爷爷的若干历史遗留，径直上书中共中央。邓小平同志阅信后，就其中提到的坟墓一节，作出如下批示：陈独秀墓作为文物单位保护，请安徽省考虑，可否从地方财政中拨款重修，并望报中央。

这就引发了第二次修葺。鉴于小平同志的批

示，没有涉及对墓主的任何评价，经办人员在设计方案时，着实费了一番苦心。结果，土丘改成水泥，四周铺以石板，围以石栏；碑高及人，上镌“陈独秀之墓”（注：既非同志，亦非先生）。而墓顶却维持裸露，一任黄土冲天，杂草疯长。人说，这是象征盖棺而未论定。不知这是出自哪一位天才的构思，或联想？

是说也有道理。一个大起大落、毁誉交加的复杂人物，常常要等时间老人剔伪存真、删繁就简几十年几百年，才能完成最后的造型。

如是又经过了十多载夏雨秋风。此番，我迢迢千里前往拜谒，浮现在青烟绿霭中的，是新近又加以扩修了的墓园。墓为圆顶，高四米，直径七米，通体用汉白玉砌成。四周石板石栏石阶，用的也是上等白石。占地达一千多平方米。石碑愈见高大，上面镌刻的，仍然是“陈独秀之墓”五个孤单单的大字。

“这只是首期工程，”陪同我的安徽省人大常委、诗人卞国福先生，指着四下里的山坡、林木介绍说，“还有二期，三期。规划中，要修成一座很壮观的陵园……”

凝望那道横眉

一

鲁迅（1881 ~1936），本名周树人，字豫才，浙江绍兴人，伟大的无产阶级文学家、思想家、革命家，中国文化革命的主将。被称为“民族魂”。

“鲁迅是什么？在我，首先是一股扑面而来的元气。《呐喊》是元气，《彷徨》是元气，《热风》也是元气。单独跟鲁迅对话，这感受可能不怎么深刻。把他的文章和别个的放在一起比较，孰清，孰浊，孰滂沛，孰潺湲，孰烈烈扬扬，孰飘飘逸逸，便泾渭分明，一清二楚。比方说吧，此刻，我就正在作这样的试验。我采风来三亚，歇脚在傍海的宾馆，晨起，一个人坐在窗前，面对了室外的竹林、花园、小溪，和远处的碧波粼粼、更远处的青山隐隐，翻阅随身携带的《今文观止》。这部书，是编选者之一缪俊杰先生送给我的。它的长处，可以用公正、全面，以及相对的权威概括。我最感兴味的，却是它既收有鲁迅的文章，也收有当年鲁迅论战对手的文章。这无疑是一场文坛的卡拉 OK，各路英雄同场献技，实在是百载难得。

“陈西滢、高长虹以及苏雪林的名字，在这之前，仅仅是因为骂鲁迅或者被鲁迅骂，才走进我的记忆；他们的作品，基本上没有接触过。本书分别选了他们的《南京》、《赞美和攻击》、《扁豆》，让我一领斗士的别面风采。仔细咀嚼,三人的文字皆称得上清新自然、明白晓畅,文章也饶有风味,不像我既往以为的那样一钱不值。徐志摩、阿英、周扬、施蛰存诸位,名儿熟,文章也熟。他们入选的《泰山日出》、《翡冷翠山居闲话》、《城隍庙的书市》、《绥拉菲莫维奇》、《从比兰台罗说到文学上的悲观主义》、《驮马》,的确不愧为炉火纯青、自成一家的名篇。至于周作人、林语堂、梁实秋,时下他们的文章走俏,想必读者同我一样熟悉的了。本书中,他们或是吟野菜,吟苦雨,吟喝茶,吟乌篷船,或是述性灵,诉胸襟,或是咏陋室,咏鸟,剖析脸谱,都给人一种……嗯,怎么说呢?以阳台外的景色取喻:一眼望过去,周文极像是翠竹临风,林文则像是溪清沙白,而梁文,更像了闲云出岫。郭沫若又是另一种韵致,他的《芭蕉花》、《银杏》,莫不笔酣墨饱,逸兴遄飞,宛然浪尖上高张的白帆。

"本书共收了鲁迅八篇散文,分别是《秋夜》、《雪》、《再论雷峰塔的倒掉》、《记念刘和珍君》、《从百草园到三味书屋》、《范爱农》、《拿来主义》、《从孩子的照相说起》。鲁迅的文章截然不同,读上去,你更多咀嚼的不是文字,不是技巧,而是热辣辣、响当当、火爆爆的生命。仍以眼前的景色取喻:它摧枯拉朽,像在花园外作业的那台威风凛凛的铲土机;它石破天惊,像隔着海湾传来的移山开道的隆隆巨炮;它也柔韧,是蓬勃在小溪旁的那种剑麻的柔韧;它更浩荡,是从赤道吹来的那股热风的浩荡。前面提到的诸公的大作,不客气地说,无一篇不可以克隆。事实上,我们也是经常看到大量的复制品。鲁迅的文章,仿其皮毛是可以的，却绝对不能克隆。归根结底，是你生命的水银柱无法上升到鲁迅的那种高度。”

二

上面这篇随笔，是我数月前在三亚的即兴所作，题目叫做《文坛卡拉 OK》。让鲁迅和他的论敌联袂登场，一展歌喉，这事儿只能发生在今天。当年可不行。当年，这帮文坛上的豪杰，彼此水火不容；有时甚至到了拔剑相向、生死你我的地步。

我不想再在一潭死水中搅出波澜，因为生化转变，夙因已昧，又何况是非正误，社会早有定评。只是，当于夜阑人静、写作欲倦之际，偶尔翻出上述诸公的论战文章把玩，常就纳闷：这么多人骂鲁迅，那分贝一定高得吓人。鲁迅就算是铁打的，也会被震得变形吧。他怎么偏越战越精神呢？

在这场文坛的“围剿”中，鲁迅扮演的是以一敌众的角色，单枪匹马、孤军奋战，对自己的论敌一一作了回应。

且看陈西滢陈教授的高论。陈西滢最早向鲁迅叫板，他在一封致徐志摩的公开信中说：“鲁迅先生一下笔就想构陷人家的罪状。他不是减，就是加，不是断章取义，便是捏造些事实。”“他没有一篇文章里不放几支冷箭，但是他自己又常常的说人‘放冷箭’，并且说‘放冷箭’是卑劣的行为。”“他常常的无故骂人，要是那人生气，他就说人家没有‘幽默’。可是要是有人侵犯了他一言半语，他就跳到半天空，骂得你体无完肤——还不肯罢休。”高长虹随后出场，作为鲁迅的年轻朋友，他得过先生的很多恩惠，到头来却反戈一击，诋毁鲁迅不过是捞到了“思想界的权威者”、“青年领袖的叛徒”的“假冠”，“人于心身交病之状”的“世故老人”而已。成仿吾，这位创造社的大将，新潮的理论专家，把鲁迅比作中国的堂·吉诃德——“堂·鲁迅”，“不仅害了神经错乱与夸大妄想诸症，而且同时还在‘醉眼陶然’；不仅见了风车要疑为神鬼，而且同时自己趺坐在虚构的神殿之上，在装作鬼神而沉入了恍惚的境地”。他进而断言，“我们的英勇的骑士纵然唱得很起劲，但是，它究竟暴露了些什么呢？暴露了自己的朦胧与无知，暴露了知识阶级的厚颜；暴露了人道主义的丑恶”。成仿吾无疑认为：鲁迅已经远远落后于时代，革命文化要向前推进，只有毫不犹豫地踢开他这块绊脚石！相比之下，冯乃超的《艺术与社会生活》还算讲究艺术，他说：“鲁迅这位老生——若许我用文学的表现——是常从幽暗的酒家的楼头，醉眼陶然地眺望窗外的人生，世人称许他的好处，只是圆熟的手法一点，然而，他常追怀过去的昔日，追悼没落的封建情绪，结局他反映的只是社会变革期中的落伍者的悲哀，无聊赖地跟他弟弟说几句人道主义的美丽的说话。隐遁主义！”艺术归艺术，字里行间同样杀机毕露：鲁迅老了！鲁迅必须退位！在对立派的营垒中，数钱杏邨的《死去了的阿Q时代》和《死去了的鲁迅》火力最猛；钱文说，“实在的，我们从鲁迅的创作里所能找到的，只有过去，只有过去，充其量亦不过说到现在为止，是没有将来的”。从他的文章里，“小资产阶级的任性，小资产阶级的不愿认错，小资产阶级的疑忌，我们是在在的可以看得出来”。因此，钱文断然宣布，“阿Q时代固然死亡了，其实，就是鲁迅他自己也已走到了尽头”。

这些攻击，或对鲁迅定性，或否定鲁迅作品的社会意义，或予以人身攻击，看起来很热闹，但真正认真的深入一点的实事求是的理性分析却很少，所以鲁迅曾说没有一个能击中其要害。

在鲁迅的散文诗《复仇(二)》中,他看透了耶稣的“大悲悯,大慈爱”的悲剧:在那样的时代里,“四面都是敌意,可悲悯的,可诅咒的”。即使大悲悯大慈爱者耶稣,最终也要被人钉在十字架上,悬在虚空中,于是,鲁迅把大悲悯和大慈爱留在心中,表现出来的却是愤怒与憎恨。

鲁迅当然知道“爱”的伟大,正如每一个有常识的人都知道爱的伟大一样,但不能只说爱是伟大的,恨其实也是伟大的。正如恩格斯对“恶”在历史上的作用的推崇一样,鲁迅从“对陈旧的,日渐衰亡的,但为习惯所崇奉的秩序的叛逆”中感受到了时代的要求:历史要求鲁迅肩负“否定旧世界发现新世界”的历史使命,他要成为具有怀疑主义否定精神的思想家,而不是列夫·托尔斯泰式的泛爱论者。须知,爱得至深,才会恨得切齿。

这里摘录的仅是片言只语,对于我们,只要知道曾经有过这么一段“书剑恩仇录”,就行了。20世纪20年代中至30年代初,围剿鲁迅曾是文坛一道独特的风景。鲁迅生前曾想出一本《围剿集》,展览一下“阴面的战法的五花八门”,供读者和他的文章对照了看。由于精力不济或形势变化,始终没能完成。鲁迅生前的热望一变成了遗愿,这遗愿又一直拖到近年,拖到当事诸君大多魂归道山、化作乔木,才得以实现。出一本汇编要等一个花甲,我的天,就算五千年历史之长之久吧,又才能编出几多拷贝真实、剪辑世象的奇书?

如今才得以对照了看。也正由于当事人纷纷仙去,我们才能平心静气,不带一丝感情色彩。然而,我左看,右看,正看,反看,还是觉得鲁迅的文章最具时代光彩。这是因为——我武断地认为——他们,至少是他们中的多数,既没有像鲁迅那样,从异域盗来火种煮自己的肉,也没有像他那样,反复拷打自家心中的鬼魂;既没有鲁迅那种决绝的怀疑精神,也缺乏鲁迅那种心寒入骨的忧患意识。因此,就难以接受鲁迅的歌、哭、怒、骂,更无法吃透他那充满血腥的歌声:血和铁,火焰和毒,恢复和复仇。这就自然分出了高下轩轾。我们说,元气就是元气,虚火就是虚火,不一样就是不一样。如潮的咒骂,充其量只是泼墨于码头,水一冲便净光;倒是因此而引发的鲁迅的驳诘,却如同刀刻于石,任怎么刮也去不掉。

镜头闪跃。复兴门外大街,鲁迅先生之子周海婴的客厅。对面墙上是一幅油画肖像:鲁迅一手夹烟,一边眯眼盯着前方出神;顺着他的视线,是那首

"灵台无计逃神矢"的小诗。油画下方，搁着许广平和海婴的照片；海婴的那道横眉，看上去，和鲁迅的一模一样。往事如海，涌动着跨岁月的波浪，倏忽在我的心头弥漫开一片片烟波。我突然想到：在这世界上，谁最了解鲁迅？

海婴吗？许广平吗？周作人吗？瞿秋白吗？毛泽东吗？不是，统统不是。"对于某些超凡卓绝的人物，真正了解他的，不是他的门生，不是他的亲友，也不是他的追随者，崇拜者，而是他的对手。"凝望着对面墙上鲁迅先生的画像，我想到了十年前写下的这段札记。

而谁又是鲁迅先生的真正对手呢？鲁迅直接的有形的对手，固然包括上述论敌，进而言之，还包括清朝政府、北洋军阀、资本主义、帝国主义，以及国民党右派。有谁在角斗场上血战过的，当能体会，常常是对手有多强大，逼得你也才有多强大。鲁迅卓荦的文化品格和人格力量，正是在与他们的搏杀中脱颖而出。但人们一般还是误读，或者片面理解了鲁迅。鲁迅毕生仇恨最烈、用力最专、下手最辣的，却是绵亘数千年的黑暗，是被黑暗同化了的"奴性集体无意识"，以及麻木怯懦的"看客"心理，是在黑暗中得以疯狂滋生的，仇"新"戮"异"的全社会排他力量，是混沌一团的国民性……假若"黑暗"会说话，当会告诉你，它非常非常地痛恨鲁迅，比那些有形对手的痛恨要强过百倍、千倍！那些有形的对手，莫不祈祷鲁迅的文章速朽，以为那样一来，旧账全部勾销，怨鬼销声匿迹，世事从此归于太平。他们毕竟还懵懂了的。唯"黑暗"心知肚明，天下最希望鲁迅文章

鲁迅的时代，黑暗遮盖了光明，不诅咒黑暗的当前，哪有光明的未来，只有对光明未来的渴求，而没有与当前黑暗斗争的行动，光明只是空想。这就是直面现实的鲁迅，因为失掉了现在，就没有了未来。

速朽的，不是别个，正是鲁迅他自己；因为速朽的前提，必定是“光明”遍布尘寰，“黑暗”遁入地狱，万劫不复。鲁夫子真是何其毒也！

眼前金光一闪——是同来的顾建平先生在拍照——急速把我从遐想拉回到现实。我向墙上的鲁迅画像报以莞尔，谢谢他赐予我片刻的灵感。而当我掉过头来，看到的又是一幅国画肖像。那是取材于冯雪峰的一篇回忆录，大意是：鲁迅先生一手横在胸前，托着另一只拿着纸烟的手，依旧那么柔和地默默地微笑着，仿佛怡然自得，又好像平静地望着画外，说：“我想，我做一个小兵是还胜任的，用笔……”

三

鲁迅死后，一变而为民族魂，旗手，圣人，至圣；鲁迅在现代中国的地位，是毛泽东一手奠定的。

纵观 20 世纪的文化星阵，毛泽东终生只捧了一个鲁迅，而且捧得是那么之高，历时又是那么之久，这是很值得深长思之的。

考证鲁迅生前，并没有见过毛泽东。鲁迅和毛泽东的联系，纯粹在于精神领域。他读过毛泽东的诗词，曾当着冯雪峰的面，对《西江月·井冈山》诸篇作过评论，认为有“山大王”的气概。1934 年春，冯雪峰去了江西瑞金，把鲁迅的意见转告毛泽东，毛听罢哈哈大笑。两颗伟大的心灵，也许在那时就已产生诗意的碰撞。寻路者仰望暗夜的星辰，总是一眼就能瞧出哪是启明，哪是北斗；鲁迅对这位“山大王”的前景，颇为关注。红军长征到达陕北，鲁迅借《答托洛斯基派的信》，对毛泽东的奋斗作了明确的表态。鲁迅说：“你们的‘理论’确比毛泽东先生们高超得多，岂但得多，简直一是在天上，一是在地下。但高超固然是可敬佩的，无奈这高超又恰恰为日本侵略者所欢迎，则这高超仍不免要从天上掉下来，掉到地上最不干净的地方去……你们的高超的理论，将不受中国大众所欢迎。”至于“那切切实实，足踏在地上，为着现在中国人的生存而流血奋斗者，我得引为同志，是自以为光荣的”。

正是在瑞金，隔着千山万水，毛泽东相中了鲁迅，认为他是一支重要的力量，在对敌斗争的方阵。毛泽东以前有没有读过鲁迅呢？我想是有的，尤其是在“五四”前后。那时，有几个向往变革的青年，没读过《狂人日记》、《阿Q正传》的呢？毛泽东对《阿Q正传》特别喜爱，他历来的文章、讲话，提到“阿Q”的次数，仅次于提到孔夫子，这也许同他青年时代的接受印象有关吧。1936年10月，鲁迅在上海逝世，毛泽东在延安发表了纪念讲话，称他是现代中国的孔夫子。尔后，在《新民主主义论》中，他更毫不吝啬地抛出三个“家”字和五个“最”字——文学家，思想家，革命家，最正确，最勇敢，最坚决，最忠实，最热忱！——令鲁迅登高凌绝，俯视尘寰。

毛泽东表现出大谦逊，面对鲁迅；这谦逊让人感到一种孤寂而悲凉的咏叹。毛泽东竟然直白，中国的第一等圣人不是孔夫子，也不是他，而是鲁迅；他自己只是个贤人，是圣人——也就是鲁迅——的学生。

鲁迅和毛泽东，他们尽管走的是两条路，一个是文艺救国，一个是革命救国，但是救国的目的是一样的，况且又处在同一历史环境下，又都是走着各自道路上最切实际的路，在各自的领域中抛却浮华的不切实际。在精神上他们的相互理解那是常人难以想象的。

毛泽东坦言，他的心与鲁迅是相通的。若问，毛泽东究竟在哪一点上与鲁迅是相通的呢？答案可以有多种，比如天马行空的自由意志和义无反顾的战斗精神，等等。这里，我特别强调一点，就是“高处不胜寒”的大孤独。

鲁迅是大孤独者。他是封建、中庸的古国分裂出的一个罕有的异端。他向非人间的黑暗社会开战，也向一切向往光明之士骨髓里的黑暗因子开战。他的目光太犀利了，足以刺穿十八层地狱，令魑魅魍魉望而生畏。他对黑暗的仇恨太强烈了，以至凡与黑暗沾边的物事，都要被他揭去一层皮。既为异端，他就只能孤军作战；既为孤军作战，便免不了“风号大树中天立，日薄西山四海孤”的悲愤，以及“荷戟独彷徨”的激楚。

毛泽东也是一个大孤独者。战争年代，史沫特莱第一次和他见面，就直觉出：“在毛的意识深处，有一扇门，一直没有向其他人打开。”“文化革命”，“大革命”，“大大革命”，“毛主席万岁”的呼声震耳欲聋；而毛泽东却在“世无英雄，遂使竖子成名”、“山中无老虎，猴子称大王”的哀叹中低回，孤苦、无奈之状，苍天可鉴。1970 年底，毛泽东会见斯诺，自我表白说，他只是这个世界上打着一把破伞的独行僧罢了；老僧而兼独行，更兼打的又是一把破伞，谁能相慰？谁个堪与倾诉衷肠？难怪毛泽东晚年常沉湎于悲辛、忧伤的诗词。“凭阑静听潇潇雨，故国人民有所思。”如果说 1966 年 6 月，他写下这首七律，更多想到的还是如何打击“走资派”，进入 70 年代，则明显意识到人民已和他拉开了距离，而且距离愈来愈大。有所思啊，有所思！1975 年夏，毛泽东切除白内障，在整个手术过程中，他反复聆听的，就是一曲岳飞的《满江红》；英雄暮年，又值老病，能够予他慰藉的，不是亲人，不是朋友，不是同志，而是古人“仰天长啸，壮怀激烈”的悲怆心绪和“莫等闲白了少年头，空悲切”的苍凉情致。

理解鲁迅是困难的；举世嚣嚣，究竟有几人曾走进他的内心？理解毛泽东也是很困难的；他的追随者，包括主要助手，不是常常弄不清他脑海里到底翻卷的是什么浪花？正是巨人的禀性，铸就并强化了他们孤独、深邃的灵魂；正是孤独、深邃的灵魂，使他们得以惺惺相惜，互引为知音、同调。

两人的思想达到了同一高度，产生了高层心理对话，产生了知我心者之叹。

四

自从鲁迅出任左翼文坛盟主，世人对他的态度就发生了剧变。在历史冷藏的具有经典价值的时髦派大师中，我特别挑出两位：郭沫若和苏雪林。

先说郭沫若。在鲁迅没有确定地位之前，郭对之是没有几分好感的。传说他读《呐喊》，翻了三分之一就扔下不看。话说 1927 年，蒋介石发动“四·一二”反革命政变，轰轰烈烈的大革命就此葬于血泊。年底，郭沫若脱去戎装，遵照组织的指示，由上海而神户而东京而千叶，踏上了隐姓埋名的流亡之路。鲁迅的轨迹恰恰相反，他是 1926 年 8 月离开北京，出于个人的意志，先厦门后广州后又到了白色恐怖笼罩下的上海，时间是 1927 年 10 月，与郭沫若几乎是前脚挨后脚。滑稽的是，郭沫若在异域埋首考古，还念念不忘率领"创造社"的同人，向屹立在上海滩的鲁迅发起灭此朝食的总攻。

郭这次用的是化名"杜荃"。这也是他唯一只使用过一次的笔名。文章的标题叫《文艺战线上的封建余孽》，从心理状态来说，他是恨不得把鲁迅一口吞掉的。郭沫若历数鲁迅的罪状，最后操刀定调，把鲁迅批了个体无完肤，用词之激烈、态度之激昂，令人叹为观止。

郭沫若是非常敏感的，他是时代的喇叭，总能喊出他那个时代的最强音。

随着政情舆情的演化，郭的态度也发生了一百八十度的转变。1937 年 7 月，"卢沟桥事变"爆发，不久，郭沫若别妇抛雏，返归神州大陆。他那首"哭吐精诚"的《又当投笔请缨时》，步的就是鲁迅《惯于长夜过春时》一诗的原韵。郭此后成了鲁迅坚定的拥戴者，所作演讲、诗文和有关的社会活动甚多；这里，单举我采访得来的一个小例：据和郭沫若时相过从的文怀沙老先生讲，50 年代末，郭老有一次发烧卧床，恰逢厦门大学来人，请郭老为校内的鲁迅纪念室(?)题写牌匾。王秘书以生病情由婉拒。郭老双耳失聪，一向戴着助听器，他听得外屋有人讲话，便问坐在一旁的文怀沙是怎么回事。文讲了原委，郭老连忙起床，说："我题，我题。鲁迅骂了我一辈子，我要赞美鲁迅一辈子！"

再说苏雪林。苏雪林和鲁迅是同代人，小个二三十岁，属于鲁迅先生的学生辈。她老人家长寿，至 1999 年才去世，因此又是当代人。苏女士的散文，从海南回京后，我搜罗了十来篇，拜读之下，觉得柔中潜雄，朴里藏媚，水平在中人之上。但她的出名，恐怕更得力于骂鲁迅。捧和骂，历来是文坛高挑的两面酒旗。鲁迅生前,她有没有骂,甚或有没有胆量骂,值得存疑。鲁迅死后,她可是大骂特骂,一骂惊人。反正,鲁迅是已成了偶像,他是不会再从画面上走下来的了。那就放心地骂,大胆地骂。越骂就越有人注意,越骂胆儿也越壮。苏女士的骂文很多,我们只能跳跃式地抽看几段。

1936 年 11 月,鲁迅辞世不久,苏女士就向国人宣布:鲁迅"诚玷辱士林之衣冠败类,二十五史儒林传所无之奸恶小人","心理完全病态,人格的卑污,尤出人意料之外,简直连起码的'人'的资格还够不着"。

三十年后,定居台湾的苏女士又指出:"鲁迅的性格……大家公认是阴贼、刻薄、气量褊狭、多疑善妒、复仇心坚韧强烈、领袖欲旺盛";"他不但对中华民族鄙视,并且还有点仇视";"鲁迅这条毒蛇,腔子里充满毒液,不向人发泄,则奇毒攻心,势将自毙";"共匪霸占整个文坛及整个思想界……不得不归功于鲁迅,他是靠着强劫硬抢,蛮打狠杀的手段来干的。我们喊鲁迅做'流氓'、做'土匪'丝毫没有冤屈他吧?"

又二十二年后,九十三岁的苏女士在《香港月刊》旧业重操,继续她的"骂鲁工程";以时间之长、年龄之高,堪谓创《吉尼斯大全》世界之最。

1998 年 5 月,一百零二岁的苏老先生,飞越台湾海峡,回归阔别多年的安徽故里。传媒显示:苏女士顶满头霜发,携一片冰心,借索道登上黄山。白发飘散在春风里,风儿嬉戏在黄山之巅,黄山烙在儿时的歌头,他乡的梦尾;漫山的云涛送上无言的祝福。我还注意到，她一路多次谈到专著《屈赋新探》，绝无一字触及鲁迅。过分的回避，反而令知情者有些不大自在。有时也想找一部她的《屈赋新探》，随便翻翻；但愿她能在屈子的行吟里，安妥自家漂泊无依的灵魂，但愿。

写到这儿，我不禁长嘘了一口气，抬头默默地望着窗外。自马路对面，有鲜衣靓服的母女，款款进入我的视线。我无心中朝她俩多瞅了几眼，从审美的角度看，女儿无疑是优点的放大，母亲则是优点的缩小；从审丑的角度看，女儿显然是缺点的缩小，母亲则是缺点的放大。——年龄的差异竟有这般敏感，世事不也正是如此吗？

五

镜头再次闪跃。夏日的雨后，西三条鲁迅故居。还是那小院。还是那截凸出去的“老虎尾巴”。鲁迅又叫它做“绿林书屋”，群盗股匪的书房，多有意思！正房的前门上了锁，进不去。我绕到后园，隔着玻璃窗向内看，但见一张木床，一张条桌，一把藤椅，一盏油灯，一座笔架，一只闹钟，一只烟缸；墙上挂了一幅画，灰蒙蒙地，瞧不清爽；画旁钉了一个镜框，猜想是藤野先生的照片吧，可惜尺寸太小，辨不清形象。回望后园，枯井外，围墙里，那株挂着一块木牌，标明是鲁迅当年手植的黄刺玫，在阳光下开得正欢；而前院，两株也是鲁迅亲植的白丁香，隔着一座百年老屋，和积久空旷，兀自飘过来沁人心脾的芬芳。

一旁先我而来的某老年游客，这时，像是对着我说，也像是自言自语，说："鲁迅如果不死，到了五七年，肯定是右派。"

心头一震，懔然回到书桌。"鲁迅如果活着……肯定……"类似的假设，我听过不下百十次了。假设的理由是充足的，充足到几乎不要举证，每个过来人都会明白，就冲他那满腹的狐疑、孤愤，那支见谁也要刺三枪的笔，打他十次右派，绝不冤枉。

何况他是性情中人，那些疾如烈火的言辞，有些难免片面、偏激、形而上学。就是说，抓他七条八条，乃至十条二十条的小辫子，易如反掌。

又何况他开罪过的许多好汉，如被他戟指为"奴隶总管"，"文坛皇帝"，"轻易诬陷别人为内奸、为反革命"的周扬，就正坐在整人的交椅上。

事实上他的一些亲密朋友，得意学生，比如说胡风，还没等到反右，就已被打翻在地，并重重地踏上一只脚了；侥幸逃过那一劫的，比如说冯雪峰，也是躲过初一，躲不了十五，最终被反右的漩涡吞没。

鲁迅仿佛已预见到意识形态领域将越来越险恶，所以他在遗嘱中交代："孩子长大，倘无才能，可寻点小事情过活，万不可去做空头文学家或美术家。"海婴日后进的是北大物理系，端的是技术饭碗，他的相对平静安稳的道路，完全是鲁迅预先铺设。

20 世纪 50 年代初，一位可爱的读者投书《人民日报》，问：假如鲁迅活着的话，党对他怎么安排？编辑部难以作答，把信转给了当时的文委主任郭沫若。郭沫若答复说，鲁迅如果活着，也要看他的表现,再适当分配工作。

不必苛责郭沫若,他的答复绝对符合当时的"口径"。这里,我想起最近听到的一则传闻,是对"鲁迅如果活着……肯定……"这一假设所作的聊斋志异式的诠释。传闻说,大概是50年代末,毛泽东去上海。一位学者、翻译家拜谒毛主席,偶然问起:

"鲁迅如果现在活着,会怎么样?"

不管什么时代,鲁迅都将继续坚持独立的知识分子的批判理想,将其怀疑精神、批判精神贯彻到底,因为鲁迅"没有丝毫奴颜和媚骨",他的骨头是最硬的。

毛泽东说:"……"关于毛泽东这里所说的一番话,原谅我不再转述。因为传闻毕竟是传闻,当不得真。总之,它的大意是说,鲁迅如果活着,也要过好社会主义这一关。

犹如一声霹雳!毛泽东中气十足的湘音,震得他瞠目结舌,茫然不知如何答对。定定神,他记起"王顾左右而言他"的古训,赶忙设法岔开话题。自此以后,他牢牢守着这个在他看来不啻是天大的机密,半句不敢外泄。他为此可能活得很沉重。他为此必定活得很沉重!直至1971年,某日,上帝差来接他的使者已经扬幡出发,卧在床头,已能听到越来越近的招魂曲,他才长叹一声,把这个背了十多年的"包袱",卸给一位平生最信任的高足。高足谨遵师命,也是守口如瓶。话说到了1996年,这位高足去宁波参加作家巴人的纪念会,恰巧碰到周海婴,他也许有过斗争、有过犹豫,最终,还是当着丁景唐先生的面,向海婴托出了他师生两代珍藏了数十年的秘密。

即便事情真的演变到上述地步,也丝毫无损于鲁迅的伟岸。当代史上,几位浩气盈胸的巨人,如彭德怀,如马寅初,不就是这样"锻造"出来的吗?!即使胡适，在经过那番铺天盖地的“狂轰滥炸”之后，如今不是依然在民间的书架上广结善缘，在历史的烟霞里讲学论道！

文章写到这里，本来可以结束。想了想，又觉得如此结尾，对毛泽东未免不公，对鲁迅也未免不恭。这是因为，上帝不会让位，历史无法假设，一切已成铁案，万事自有定数。在文学家的笔下，西施无妨客串20世纪的歌星，项羽尽可成为奥运会的举重冠军。然而，历史不同于文学，文学可以假设，而历史只承认实录。历史的真相曾经是，现在是，永远是：鲁迅死在1936年10月19日，所以他是鲁迅；所以他是民族魂；所以举世凝望他那道横眉；所以从1938年起，毛泽东就和鲁迅的著作形影不离。毛泽东对鲁夫子的书可谓情有独钟，延安时期是千方百计找来读，进中南海后是朝夕作伴想起来就读，访问苏联是带了在身边读，晚年老眼昏花，看不清字体了，便让人排了大字线装本来读。1975年治疗眼疾——是否就是躺在手术台上聆听岳飞《满江红》的那一次，我没有考证——因为主治医师叫唐由之，手术刚完，毛泽东便情不自禁地吟道：“由之，由之，花开花落两由之”，随即默书了鲁迅《悼杨铨》一诗全文：“岂有豪情似旧时，花开花落两由之。何期泪洒江南雨，又为斯民哭健儿。”签名后送给唐由之。

数月前，我在鲁迅博物馆见到毛泽东手书的复制件。那苍老而颤抖的笔迹，至今想起，还令我的心弦禁不住异样地抽紧。

梦灭浮槎

一

洋面上纷纷拥拥、溟溟蒙蒙的，是云，是雾。云的愤怒为风，雾的阴谋为浪。浪从五层楼高的峰顶森然跌下，浪从血盆大口般的深渊轰然涌起，“威尔逊总统号”海轮就这样撕云破雾，搏风斗浪，日夜在滚滚与滔滔中穿行。太平洋啊，太平洋！当初为它命名的麦哲伦，一定受到了海神的欺骗，风平浪静只是瞬间的假面，雷奔海立才是它恒定的真容。这也就是人生。这也就是上帝精心设计的波澜。祈祷前程一帆风顺的旅客，十九要被它掀天陷日的狂暴吓垮；吓而不垮慢慢也就能学会对付，风浪的正面是凶神恶煞，反面却是给你力、给你胆。

这天正午风歇浪止，云消雾散，白花花银灿灿的一轮日头高悬，太平洋露出了难得一现的笑靥。胡适走上后甲板，把满腔郁闷交付海天一色的灰白与蔚蓝。极目远望，除了淼淼，还是淼淼；除了漠漠，还是漠漠。胡适不死心，极力想在淼淼漠漠中搜寻莽莽苍苍的大陆架。离开吴淞口已经旬日，离开横滨也已有一个礼拜，明知遥望陆地实为虚妄，他还是禁不住要把目光射向远方的海平线。

凝望既久，幻觉也就渐次化为真实，十天前仓皇辞国的一幕，又在逝波中明灭闪现。那天，历史记载的是 1949 年 4 月 6 日，“威尔逊总统号”驶离了上海公和祥码头，驶出了黄浦江，胡适就是一直站在后甲板，回望故国的。有一刻，他想对疮痍满目的家园说声“再见”，不知是海风太大，还是那两个字重如磨盘，咂了几次嘴，竟然没能送出口。“黯然销魂者，唯别而已矣。”何况这一去，也许就是永别！失败了，他，以及他的他们。回首既往，一切恍如身后的海岸，变得愈来愈空虚，愈来愈邈远。“种桑长江边，三年望当采。枝条始欲茂，忽值山河改。”（陶渊明的《拟古》之九）他曾和傅斯年一边醉饮，一边击节苦歌：“柯叶自摧折，根株浮沧海。春蚕既无食，寒衣欲谁待？本不植高原，今日复何悔！”在陶公是拟古，在他俩却是比今。时不与兮山河改，风萧萧而悲响，云漫漫而日殇，他只得急急慌慌地出走，乘桴浮于海。哪有浮槎可去日月？眼前只剩下浮沫、浮云，还有一缕飘扯在悲风中的浮名。

“忍把浮名，换了浅斟低唱。”（柳永语）今日之胡适，却是既没有情绪浅斟，更没有心肠低唱。回想四个月前，在孤城北平，他本想苦撑到底，坚持不走。当年倭寇入侵，我们撤退；现在是内战，怎能撇下北大不管？但是不行，南京方面一天十二道金牌似的紧催。大概他们也听到了，西山一带的共产党广播电台传出消息，说只要胡适留下，保证仍让他担任北大校长，同时兼任北平图书馆馆长。国共两边都在使劲“拔河”，形势又由不得骑墙。走，还是留？胡适寻思：“在苏俄，有面包，没有自由；在美国，又有面

胡适（1891～1962），字适之，安徽绩溪人。现代著名学者，历史学家、文学家、哲学家。因提倡文学革命而成为新文化运动的领袖之一。历任北京大学教授、中华民国驻美特命全权大使、北京大学校长、台湾“中央研究院”院长等。

陶渊明的这首《拟古》，是一篇用比兴手法，寄托故国之思的作品。诗中采用桑树这一晋朝之象征，喻说晋亡之历史。

1919 年到 1949 年这三十年间，胡适已经建构完成了一个文化大师、人伦楷模的地位。他若能留下来，政治意义显然非常大。

包，又有自由；他们来了，没有面包，也没有自由。”既然他作如此认定，那就只有“三十六计走为上”。

匆匆南下，匆忙得犹如惊弓之鸟，丧家之犬。北大的教授一个也没带，仅邀了清华的陈寅恪同行。寅恪固然是鸿儒硕彦，其他教授难道就不是？陷众同事于炮火，于心何忍啊！家里的一百多箱图书，也统统扔下不管，只随身带了一部十六回的《石头记》钞本。曹雪芹九泉有知，该笑他“忽喇喇似大厦倾”！连儿子思杜都没能带出危城，这步棋恐怕将铸成无可挽回的大错。他隐隐感到，父与子，如今隔着的，已不是天上数日地上旬月的行程，中间横了一道大洋，又一道铁幕，此外还要加上一个朝代。胡适之啊，胡适之，自 1917 年以来，日子就像早先提倡的白话文，起先是逗号，分号，引号，句号，顺顺当当，妥妥帖帖，忽然冒出一串问号，紧跟着又冒出一串惊叹号，且问号都是无解方程，惊叹号更像一把把高悬在头顶的宝剑！想想此刻的自己，何尝不是一艘在风浪中颠来簸去、爬高跌下的海轮？而且舵握在别人的掌心！

胡适陆续写过《水浒》、《红楼梦》、《三国演义》等小说的考证文章。以前的学者，总想从《红楼梦》中找出历史人物的影子来，一会儿猜贾宝玉是顺治皇帝的化身，一会儿又说是纳兰性德。胡适研究了大量材料，得出结论说：《红楼梦》其实是作者曹雪芹的自传性小说。“自传说”得到不少学者的赞同，人们称胡适开创的《红楼梦》研究为“新红学”。

这是一个市声转沉、万籁趋寂的午夜，借着台灯和电脑荧屏交织的柔光，透过历史烟云，我默默注视着在太平洋胸脯上滑行的“威尔逊总统号”海轮，以及在后甲板凭栏怅望的胡适。

余生也晚。胡适 1949 年去国离邦，伶仃海上，我才五岁，胡适 50 年代遭全民围剿，万炮齐轰，我也才上小学，隔代而又隔膜，胡博士于我，影响是微不足道的了。

并非丝毫没有。有道是“人从宋后少名桧，我到坟前愧姓秦”，胡适，再加上尔后罹难的胡风，以及“文革”中挨批的“三胡”，使“胡”姓，一时沦为众多反面人物的专用符号。比如，我至今能记起的，就有《智取威虎山》中的“胡彪”、《沙家浜》中的“胡传魁”、《闪闪的红星》中的“胡汉三”，还有忘了是哪一部作品中的胡守礼。有一阵子，兴许是避林彪的讳，“胡彪”的“彪”被改为“标”。“彪”可易，而“胡”不可易，“胡”姓之贱，甚矣！

二

他是想把命运之舵，牢牢握在自己的掌心。胡适，胡适！当初起这个别号，就是取材于赫胥黎的“物竞天择，适者生存”。好名儿果然给他带来了好运，1910 年 6 月，他报考“庚子”赔款官费留美，临时放弃原名“胡洪骍”，而改用“胡适”，结果吉星高照，榜上题名。记得那年 8 月 16 日，同伴七十，结队赴美，走的正是从沪上出发的这条海路。在腾波触天、高浪灌日的洋面，他写下了滚烫的《去国行》：“扣舷一凝睇，一发是中原。扬冠与汝别，征衫有泪痕。高丘岂无女，狰狞百鬼蹲。兰蕙日荒秽，群盗满国门。搴裳渡重海，何地招汝魂！挥泪重致词：‘祝汝长寿年！’”青年胡适远渡重洋，长歌当啸，剑气如虹，发誓他年学成归来，一定要为灾难深重的祖国筑坛驱魔，再招雄魂！

胡适很喜欢谈墨子，墨家的兼爱思想成了胡适一生的品质。胡适深受赫胥黎与杜威的影响，自称赫胥黎教他怎样怀疑，杜威教他怎样思想，因此胡适毕生宣扬自由主义，是中国自由主义的先驱，提倡怀疑主义。毕生倡言“大胆的假设，小心的求证”，“言必有证”的治学态度。

胡适留美七载，负笈两千五百多个日日夜夜，从一个传统的青年才俊，变成了杜威“实验主义”的信徒；从一个白话文的尝试者，变成了故国文学革命的领袖。19世纪，辩证唯物主义和实验主义是先后崛起于西方的两大学派，一派主张革命，一派主张改良。胡适天性柔和，信仰民主、自由，厌恶暴力、专政，故而自觉摒弃“辩证唯物”，而归顺于“实验”。说到文学革命，则有点儿歪打正着。胡适在留美学人中提倡白话文，受到普遍的讥讽，激愤之下，他写了一篇《文学改良刍议》，并把它投给国内的《新青年》。就是这篇并不成熟的“刍议”，转瞬把他从平地托入青云，腋下犹如陡生双翅，想停都停不住。不光是他，那年头的英才俊杰，如尔后成为《新青年》同仁的李大钊、鲁迅、周作人、钱玄同、刘半农，莫不都是一炮打响，一夜成名。那是一个“黄天已死，苍天当立”的时代。那是一个登高一呼、山鸣谷应的时代。也许大地的耳朵等待革新者的脚步，等得实在太久太苦，连耳膜都结满蛛网；终于盼到了他们出现，当作天大的喜讯八方飞告，这正是“空谷足音”。

回顾既往，胡适衷心感谢陈独秀、蔡元培。如果没有两位大师的提挈，他说，自己的一生，终了就是一个普通刊物的编辑匠。这就是机遇，双重的机遇把他拥上了时代的高枝。转眼他就成了谁？堂堂北大教授！赫赫青年导师！文学家！哲学家！教育家！科学家！历史学家！法律学家！等等，等等。其实，这些头衔统统可以不要，他只想在名片上印三个字：播种者。“你种谷子，便有人充饥；你种树，便有人砍柴，便有人乘凉；你拆烂污，便有人遭瘟；你放野火，便有人烧死。你种瓜便得瓜，你种豆便得豆，种荆棘便得荆棘”，他说。胡适播种的是新思想、新文化、新道德，为此他主张“全盘西化”；为此他呼吁“多研究些问题，少谈些主义”；为此他贡献出“大胆假设，小心求证”。达摩东来，为的是寻一个不受人惑的智者。胡适普度众生，渴望造就出一批改良主义的贤哲。他坚信凡播种必有收获，“迟的也许在十年二十年之后，也许在百年之后；但早的往往超过我们的意料之外”。一个现代国家，不是一堆昏庸老朽的头脑造得成的，不是口号标语喊得出来的，更不是一群奴才能够建设起来的。胡适呼吁，上进的青年，要牢记易卜生的名言，“你的最大责任，就是把你自己铸造成器！”

胡适还有鲁迅毕生都在为把中国人改造成不做奴才的自觉的现代人而耗尽生命。

在20世纪现代化的地平线上，胡适的出发，堪谓与陈独秀同步。他比李大钊、鲁迅要早，比毛泽东、周恩来更早。当是时也，康有为昏聩无为，梁启超不启不超，胡适祭起“文学革命”的新式法宝，立即博得了先进青年的崇拜。“五四”时代，可以说是陈独秀、胡适的时代。它的影响，不仅及于20世纪，势必烛照长远，辐射未来。

依我看，胡适首先是属于白话文的。废除古文、倡导白话的实验，和汉朝废篆兴隶一样，在中国历史上的地位，值得大书特书。胡适这辈子假如其他什么事也没有做，仅仅干了一件开白话新风的“文学革命”，就足以坐定名山，享誉青史。

胡适是第一个向文言文提出挑战的人。他认为死文字决不能产生出活文学来；中国文学发展的历史，其实就是文学语言工具的变迁史。旧的语言工具僵化了，阻碍着文学的发展，就要有一种富于活力的新工具去代替它。

文学和社会息息相关，胡适对社会革命其实也相当关注。且看他1917年4月为俄国三月革命写下的《沁园春·新俄万岁》：

客子何思？冻雪层冰，北国名都。想乌衣蓝帽，轩昂年少，指挥杀贼，万众欢呼。去独夫"沙"，张自由帜，此意于今果不虚。论代价，有百年文字，多少头颅。　　冰天十万囚徒，一万里飞来大赦书。本为自由来，今同他去；与民贼战，毕竟谁输！拍手高歌，"新俄万岁"！狂态君休笑老胡。从今后，看这般快事，后起谁欤？

周策纵认定毛泽东的《沁园春·雪》，受到过胡适《新俄万岁》的影响。按，胡适词作于前，毛泽东词写于后，而毛泽东当年又是胡适的忠实读者与崇拜者，这种学问、思想间的潜移默化，或许是存在的。但硬要强调哪一句是从哪一句脱胎、演变而来，就未免刻舟求剑，胶柱鼓瑟。

胡适同时又是属于整个"五四"的。五四运动虽然有违他个人的初衷——认为太政治化了——却和他提倡的新文化、新思想水乳交融，密不可分。凡运动，面对的都是顽固不化的传统，它不可能简单地毕其功于一役。"五四"也不例外，它的口号"科学与民主"，现在和将来，肯定还要反复被提起。因此，胡适的幽灵，在新形势下"借尸还魂"，或者如关云长那样大叫一声"还我头来"，而开始在云端"显圣"，便一点也不值得奇怪。

三

身后有人饮泣，胡适没有回过头去。离开大陆这么久了，居然还有人如此伤心；大变故中的含酸茹叹，吊影惭魂。“无为在歧路，儿女共沾巾”（王勃语），搁在这儿就会成为反讽。歧路，歧路。故国已在唐诗的海内，知己全在梦中的天涯。想此时，蒋先生退隐溪口，傅斯年出长台湾大学，长子前往曼谷，次子留守北平，老妻枯立在台北的相思树下，一夜乡心处处同，可怜哪一处乡心，也辨不清他们的归宿！

不知是否忧愁又勾来了风，不知是否悲风又唤来了浪。太平洋说动容就动容，先是烦躁地皱起眉头，继而激烈地抖动四肢，终于喷流溅沫，吹胡子瞪眼。轮船似乎有点儿心悸，猛地一个晃荡，又一个晃荡，把胡适从甲板递上隆隆作响的列车——这不是梦，这是思维的蒙太奇——列车行进在荒凉冷寂的西伯利亚，西伯利亚之行在1926年7月，胡适那次是第二次出国，去伦敦出席中英庚款全会。车过贝加尔湖，他想起了苏武，苏武日夜思念的中原，中原古老焦黄的历史。历史正如窗外的风景，车轮每哐当一响，便掀过新的一页。千年的光阴重重叠叠，说厚犹如泰山，说薄也就如一片蝉翼。厚也好，薄也罢，今人只能袖手旁观。他是有历史癖、考据癖的，生平极喜的就是哗哗翻动历史。鲁迅在上边翻出两个字“吃人”。他呢，拎起历史的书脊一抖，扑簌簌掉下一地的魑魅魍魉。

车过莫斯科，他看到了人类史上的另一颗星，红星。虽然泛着血光，却异常美丽。不禁想起了遍布祖国上空的灾星，想起了他从前作的《努力歌》：“阻力吗？他是黑暗里的一个鬼；你大胆走上前去，他就没有了。”“不怕阻力！不怕武力！只怕不努力！努力！努力！阻力少了！武力倒了！中国再造了！努力！努力！”如今在域外重吟，竟然涌起无限惭愧。总说努力，总说再造，《双十节的鬼歌》作了也有五六年了，然而，何时才能“大家合起来，赶掉这群狼，推翻这鸟政府；起一个新革命，换一个好政府”？上帝并没有断言摊给咱中国的只能是一叶秋海棠，她完全可以是一只雄鸡，甚至是一头醒狮！啊，胡适来到革命的心脏，拢共待了三天，脑海里便不断晃动镰刀和斧头。假如他索性更改行程，在赤都住上三个月呢？说不定国人刮目相看的，将是另一个胡适。

胡适在苏联没能住上四天，在欧罗巴和美利坚却分别泡了五个月和三个月。红星的印象渐淡，西方的月亮缺了又圆。那是牛顿的月亮，华盛顿的月亮，爱迪生的月亮。东方的月亮是诗意的，朦胧如剪影；西方的月亮是物质的，饥饿时可以当面包，黑暗中可以充灯火，寒冷天可以用于发电。胡适未必咏叹过西方的月亮，但他上下求索的，恰恰就包括这样的光轮。它的哲学意义，就在于它的物质性和思辨性。对一个在嫦娥的广袖和吴刚的桂花酒里陶醉了几千年的东方古国来说，让他们领略一下西方的现代科技和文明，委实很有必要。胡适后来又有三次出访，目标都是盎格鲁·撒克逊的故乡。区别的只是身份，前两次是学者，后一次是国民政府驻美大使。胡适的思想之根、情感之根，就这样一扎再扎，牢牢抓稳了西方的大地。

骨子里，胡适绝对是一个学人，尽管表现丰富多彩。这是真正的乌托邦。他曾假设：从天上掉下一座监狱，然后自囚于其中，只有星期天可以会客，其余日子都用来读书，写作；为了调节情绪，保证健康，监狱里还有人按时监督锻炼身体。这样,假以十年到十五年,他就能把他想做的、应做的事情,比如《中国哲学史大纲》卷下、《白话文学史》卷下,一一完成。有狱如斯,不似天堂,胜似天堂。岂不快哉!岂不快哉!

到哪儿去找这样的监狱?不,伊甸园!大火已经烧起来了,内有军阀穷兵,外有敌寇黩武,茫茫神州遍地兵燹,漫空狼烟。胡适只能哀叹:"这是一出五千年的英雄悲剧。戏中的主人翁,是一位老英雄——中华——他的一生是长期的奋斗,吃尽了种种辛苦,经历了种种磨难,好像姜子牙的三十六路伐西岐,刚刚平了一路,又来了一路,又好像唐三藏上西天取经,经过了八十一难。刚脱离了一难,又遭一难……"八十一难也须有尽头,五千年的悲剧更足以涅槃更生,关键是要指明冲出迷津、突破重围的方位。造物播种春天,只要一粒蓄满生机的种子,朽木永远催生不出葳蕤的激情。然而,自命为"播种者"的胡适,口袋里除了他那关于"改良"的咒语,却再也掏不出任何良种,是以只能眼睁睁地看着战火蔓延而束手无策。

孔门儒生的入世精神,和西方知识分子的自由意志,孕育了胡适。一脸淳和而天真的笑容,转瞬掠过"东风不与周郎便"的无奈,这就是胡博士的人生白描。

若以人格论,胡适绝对是个圣者。且看他中年的一段自白:"我受了十余年的骂,从来不怨恨骂我的人,有时他们骂得不中肯,我反替他们着急,有时他们骂得太过火了，反损骂者自己的人格，我更替他们不安。如果骂我而使骂者有益，便是我间接于他有恩，我自然很情愿挨骂。如果有人说，吃胡适一块肉可以延寿一年半年，我也一定情愿割下来送给他，并且祝福他。”民国史上“我的朋友胡适之”的佳话，不是凭空得来的。对于芸芸众生来说，他们最乐于接纳的对象，不是导师，不是战友，而是哥儿们。

若以口号论，胡适当年提出的“全盘西化”，用他自己的解释，就是“充分世界化”，确是独具只眼。所谓“西化”也哉，强调的是冲破传统，走向世界，走向现代化。有人硬要说胡适提倡的是卖国主义，批个不亦乐乎，实可谓一叶障目。但是，倘要把它说成是救世良方，经国大计，却也未必。——历史常常要靠刀枪开路，你不能指望一阵狂风掀去拦道的大山，僧人栽种菩提也得先有适宜的土壤，胡适即使贩卖的是西洋名参，也要看对象有没有一副能承受的脾胃。

四

海涛是什么时候停止怒吼的，说不清楚了。胡适从回忆中转来，太平洋又恢复了婴儿般的宁静。只是西天始终涌着层层叠叠的乌云，遮住了本应霞光如血的落日。“黑风吹海舞罗衣，望极苍茫帆影微。我亦有怀言不得，满腔心事逐云飞。”少年时吟的一首七绝，瞬间袭上心头。这场面，最好由他的朋友徐志摩来描写。徐的那篇《印度洋上的秋思》，把一个“愁”字渲染得淋漓尽致。志摩说，“愁”字是文字史上有数的杰作，“这十三笔造成的象征，似乎是宇宙和人生悲惨的现象和经验、吁喟和涕泪，所凝成最纯粹精密的结晶”。你若有超人的知感，“定然可以梦到，‘愁’字变形为秋霞黯绿色的通明宝玉，若用银槌轻击之，当吐银色的幽咽电蛇似腾入云天”。但是志摩的体会，也仅深入秋思旅愁，这个浪漫的情种，是难以领略胡适此刻的孤苦与悲寂的。唉，胡适痴痴地盯着西天出神，看不到落霞沉波也好，他想，免得又引起无限的伤心。

当初从美国留学归来，曾抱定“二十年不谈政治”。谁知政治不是实验用的材料，可以由你任意排列、组合、删节、归档。她就像与生俱来的命运，总是朝夕陪伴，如影随形。又像这大洋，每艘船、每个人都随着它晃动，没法不问不管。于是只好顺水行舟，保持“不感兴趣的兴趣”。鲁迅早年为他画像，竟然说：

> 假如将韬略比作一间仓库罢，独秀先生的是外面树一杆大旗，大书道：“内皆武器，来者小心！”但那门却开着的，里面有几枝枪，几把刀，一目了然，用不着提防。适之先生的是紧紧的关着门，门上黏一条小字条道：“内无武器，请勿疑虑。”这自然可以是真的，但有些人——至少是我这样的人——有时总不免要侧着头想一想。

这真是冤枉！——胡适感到无比委屈——里面哪有什么武器，要惹人“侧着头想一想”呢？如果硬说有，那也只是一面大旗，上面绣着“自由”两个字而已。

胡适是一个酷爱自由的人——尽管有人嘲笑自由主义是19世纪的遗迹——最怕的是一个猜疑、冷酷、不容忍的社会。然而,这个地球上果真有他梦想的,不带任何限制的自由吗?无论如何,他自愧没有陈独秀的狠劲,也没有梁漱溟的蛮劲,更没有李大钊的闯劲。就是鲁迅的笔战精神,亦令他望尘莫及。鲁迅爱说"不是死,就是生",鲁迅现在是死而复生,越来越震古烁今。陈独秀放出共产猛兽,到头来反为猛兽所伤。曾为实验主义鼓掌的周恩来,转眼成了赤色阵营的顶梁柱。"五四"前后没少向他请教的毛泽东,如今是风头正健的共产党领袖。胡适当日严肃而诚恳地函电毛泽东,希望他能"爱惜中国前途,努力忘却过去,瞻望未来,痛下决心,放弃武力,准备为中国建立一个不靠武装的第二大政党"而奋斗。毛泽东理也不理,连回条也没给一张。唉,这尧舜禹汤传下来的天下,眼看就要为共产党人席卷了。胡适禁不住哀叹了。

西天愈来愈黑,不,包括东方、南方和北方,整个洋面顷刻叫暝色吞没。轮船上的电灯亮了。被潮水冲刷过的甲板上,聚集了更多的乘客。一位同行的乐师,首次拉响了手风琴,结果,不仅没有唤出任何一对即兴起舞的男女,反而在游子心头激起更深的忧伤。"日暮乡关何处是?"啊,东望不见启明,西望不见扶桑,南望不见仙岛,北望不见瑶光。胡适之啊,胡适之!夜色如磐,涛声若梦,神凄骨寒,心疲形惫,此时此刻,你究竟要到哪儿去,你究竟又能到哪儿去呢?——胡适喟然长叹,喉咙口呛满了海水般的苦涩。

英雄日暮，志士途穷，最令人跌足蹉叹。这里，不妨借用一下胡博士的“大胆假设，小心求证”，为他本人算一次命。

真的，假设时光倒流，让我们的胡博士重新作一次选择，他又有哪几条路好走呢？

一、马寅初的路。胡适1945年担任北大校长，如其留在北平，根据共产党方面的许诺，将会继续执掌北大。然后呢？大陆50年代初批判资产阶级唯心主义和实用主义，或者另设靶子，但胡适本人，“逃得了初一，逃不了十五”，终归要被如火如荼的革命运动清算。马寅初的遭遇，就是示范。马寅初留学哥伦比亚大学，是胡适的前辈，入教北京大学，也是胡适的前辈，当北大校长，则是胡适的后任。马寅初与胡适，学历、经历接近，思想却比他先进。当初，蒋介石为了收买马寅初，不让他对国民党说三道四，曾委以“特命全权驻美大使”——简直和对付胡适的手腕一模一样——然而，马寅初拒绝了。拒绝的代价是从座上宾变成阶下囚，被投进集中营。以马氏如此傲人的资历，50年代末尚且陷入劫运。胡适倘留任北大校长，下场可推而测之。

一个向统治阶层靠拢的知识分子是背叛精神。一个有骨气的知识分子毕生都会坚持、捍卫自己的独立精神。

唐德刚在《胡适杂忆》中忽出奇思，说，“如果1949年胡适被共产党活捉，‘系狱云阳’；他在牢内‘覃思十年’，可能还会搞出一套更好的简体字来”。此语虽属调侃，却也并非荒唐。胡适留在大陆的朋友、同事、学生，如梁漱溟、陈寅恪、俞平伯、罗尔纲，走的不正是“覃思十年”、宁折不弯、困而不堕的路！

胡适留在北京的小儿子思杜，1957年被划为“右派”，不久自杀。可惜了！可惜了！大人物“治大国若烹小鲜”,小人物何不也学一两手消灾化厄的招数呢。

二、傅斯年的路。傅斯年曾是胡适在北大的学生,尔后成为他工作方面的亲密伙伴。1949 年春,蒋家王朝崩溃在即,胡适被蒋介石蜜言支去美国,傅斯年则被安排主持台湾大学。若问,假如胡适不去美国,转赴台湾,会不会取替傅斯年出任台大校长呢?这件事,论理有可能,论势却不可得。因为,嗜好独裁专政的老蒋,又何尝能容忍胡大圣人的“民主”、“自由”?带他去台湾,唯恐无端滋事,留在大陆,又怕被共产党利用,于是乎连哄带骗,把他打发上流亡的道路。50 年代,大陆这边祭起“乾坤圈”,“批胡炸胡”,台湾方面也祭起“阴阳镜”,发动了不点名的“剿胡”运动。可见,在第三条路上游走的胡适,无论在海峡的此岸和彼岸,都难有立足之地。

1949 年后,现实生活中的胡适确实是无路可走的,但在精神上、人格上他却是独立自由的。

三、除此而外,还能有什么路好走呢?去香港设帐授徒,或者去第三国漂泊,就本质而言,这和在普林斯顿大学哈腰当中文图书管理员,在西风残照里当难民是一样的。

那么,胡适或许就只有求救于高科技,把自己冷冻起来,等到下个世纪再解冻出山。这未尝不是一条出路。胡适毕生服膺西方文明,他似乎终老也没闹明白,所谓西方文明的根基,其实正是血淋淋的斗争。胡适为提倡“科学”与“民主”而不遗余力,但他对沸腾在地心的、无产阶级复仇的熔岩,始终缺乏足够的清醒的估计。胡适的双脚,过早落向一个尚未出现的社会形态,这就如同在峡谷中荡秋千,永远上不扪高天,下不着实地。“此恨拼今生,红豆无根种不成!”尽管如此,胡适拥抱新文化、新思想的激情,以及对民主与科学的深挚执著,仍然是一笔宝贵的社会财富。所以,我相信,胡适即使诞生在未来的岁月,依然有可能充当一代继往开来、有为育守的学术大师。

思想文化上、社会政治上、理性建设上,胡适曾经有过许多的设计蓝图没有完成,对今天有很多启示意义。

胡适是听不到这一番跨时空议论的了。斜倚船栏,他甚至无法把握在惊涛之外、烟雾乡里的北美,等待他的究竟是什么样的结局。假如他知道——就像我们后来掌握的那样——胡适在旧金山一登岸,便惊悉红旗已插过长江;未久,他就不得不以难民之身,蜷缩在洋人的屋檐下,落得个“贫病交迫,每天上市场去买菜买米,抱着个黄纸口袋,灰溜溜地蹒跚而行……”还会有此刻这种若梦若醒、带醉东征的豪气吗?还会在这波涛万顷的洋面,苦苦抽“支持蒋总统”的“道义”之丝,艰难织“自由中国”的希望之锦吗?大梦撞醒,游子悲歌,呜呼,胡适!呜呼,天涯败卒!此时此际,只怕他老夫子也会效“迁客海上,流戍陇阴”,闻“悲风汩起”,而“血下沾衿”了吧!

沧桑诗魂

一

1996年1月3日，千里来谒乾陵。印象最深的，不是司马道两侧的石人、石马、石狮，不是断头残臂的六十一宾王像，也不是峰嵘峭拔的无字碑，而是郭沫若的题词、题诗。题词的内容，现在记不清了，诗因为当场抄了下来，至今还作为档案保存。记得，当我乍见他《游乾陵二首》的手书，禁不住打了一个激灵——为他无所不在的吟唱，为他老而弥笃的诗魂。

诗云：一、“岿然没字碑犹在，六十王宾立露天。冠冕李唐文物盛，权衡女帝智能全。黄巢沟在陵无恙，述德纪残世不传。待到幽宫重启日，还期翻案续新篇。”二、“巨坟云是旧梁山，山石崔嵬颇耐攀。南对乳丘思大业，下临后土望长安。千秋公案翻云雨，百顷陵园变土田。没字砷头镌字满，谁能认识古坤元？”

在陕西各地游历，几乎随处可见郭沫若的题词和题诗，如黄帝陵、半坡遗址、华清池、霍去病墓、顺陵，等等。不，岂但三秦大地，放眼赤县神州，东西南北中，哪一处不“虎卧龙腾”（沈尹默语）着他的书法？哪一处不抑扬顿挫着他的歌吟？

乾陵，里面埋葬着唐王朝第三位皇帝高宗李治和中国历史上唯一的女皇帝武则天，是中国乃至世界上独一无二的一座两朝帝王、一对夫妻合葬陵，位于陕西乾县城北的梁山。在中国历史上，陵前石刻的数目种类和安放位置是从乾陵开始才有了固定制定的，一直沿袭到清代，历代大同小异。

郭沫若（1892～1978），四川乐山人。文学家、剧作家、历史学家、考古学家、古文字学家、书法家，著名的革命家、社会活动家。被视为继鲁迅之后革命文化界的领袖。

最初感慨他的咏唱，是十年前在广东顺德。顺德的县城为大良镇，大良镇的景致为清晖园，郭沫若1962年游览清晖园，曾口占一首七律留作纪念。1988年春我到大良，步入清晖园，立即就被刻在显要处的郭诗吸引了。诗云："弹指经过廿五年，人来重到凤凰园。蔷薇郁郁红似火，芒果森森碧入天。千顷鱼塘千顷蔗，万家桑土万家弦。缘何黄竹犹垂泪？为喜乾坤已转旋。"我在郭诗前低回流连，并不是因为他这首律诗写得是怎么之好，也不是因为他学富五车、才高八斗的盛名，而是联系数天来在南国的山陶水冶、烟濡云染，豁然省悟沫若的人格、书法、诗艺，已和这儿的地理泯化成了一体。浪漫地说，郭沫若这个名字就象征着风水。站远了看，诗翁本身就是一道风景。人文笔触加上自然抒发，园林便平添了无限氤氲。比方说，当我转身打量一株百年公孙树，脑海里腾地就浮起沫若的散文《银杏》，定定神，依稀记起篇中的名句："你没有丝毫依阿取容的姿态，但你也并不荒伧；你的美德像音乐一样洋溢八荒，但你也并不骄傲；你的名讳似乎就是'超然'，你超在乎一切的草木之上，你超在乎一切之上，但你并不隐遁。"郁郁乎美哉！昂昂乎高哉！进而联想到沫若本人，恍若也是一株华盖巍峨的银杏！

也就是从那时候起，我开始留心郭沫若的行吟。收获最丰的一次，是在桂林。本来是从北京去长沙，因为湘中一带大雨，飞机不能降落，不得已改飞桂林。我在当地仅仅停留了一个晚上，但见到的、听到的沫若的纪游诗，不下七八首。至于题字、题词，那就多了。山水有情，沫若有兴，情酣兴逸，援笔如飞。

如果我当日在场,相信也会诗心大动。沫若游桂林是在 1963 年 3 月,我被老天迫降桂林是在 1993 年 10 月,相隔三十年有半,咏其丽句,仰其流风,全然不觉光阴之飞逝、日月之阻隔。沫若的《登月牙楼》及《游阳朔舟中偶成之一》,颇为我喜爱。原诗不长,兹分别抄录如下:“月牙楼是画廊楼,八面奇峰豁远眸。毋怪楼中无一画,画图难及自然优。”“桂林山水甲天下,天下山水甲桂林。请看无山不有洞,可知山水贵虚心。”

郭沫若的华盖已经收起来了,如今,不是专门研究人员,大概很少有人再去翻阅他那些风干了的书页;但是沫若的另一种作品:题词,题诗,却伴着他的书法,依然精精神神地活跃在名山胜水,崇楼杰阁。一个因经济杠杆而带动文明升值的社会,开始借重沫若的盛名展现其文化经纬,沫若的大名也随着游人的脚步而日益远播。不管你服气不服气,死诸葛傲视生仲达,沫若身后,仍然拥有潮水般涌来涌去的最广大的读者。

二

前些日相继看到两份“现当代诗人排行榜”,郭沫若都明显靠后,一些当红当令的骄子,则高居着前几把交椅。

一笑。举手投票的诸公,或者加上津津乐道座次的局中人,显然忘了“五四”——对不起,我重温即将逝去的世纪,几乎篇篇不离“五四”,这也没办法,如同我叙述这个时代的英雄总也绕不过毛泽东——

"五四"是属于黎明、觉醒的,"五四"是属于地火、熔岩的,"五四"是属于洪波、狂飙的。郭沫若的《女神》诞生于"五四",而又挟紫电青霜报效于"五四"。胡适在新诗的尝试上是第一。沫若在新诗的成功上是第一。凡第一,都具有不可比性。人们说,《诗经》出,而四言诗立;《离骚》出,而楚辞立;三曹诗出,而五古风成;陶渊明出,而田园诗有所宗;李、杜出,而唐诗鼎兴;苏、辛出,而宋词昌盛……那么,说《尝试集》出,而新诗得以萌芽,初叶如花;《女神》出,而新诗得以傲然挺立,亭亭如盖,是恰如其分的。沫若无疑是新诗史上的"女神"。凡"五四"过来人,大抵都膜拜过他的《凤凰涅槃》,为他的"新鲜"、"净朗"、"华美"、"芬芳",为他的"热诚"、"挚爱"、"生动"、"自由",为他的"欢乐"、"和谐"、"雄浑"、"悠久"。试问眼下有几位诗家,能相埒他在新诗史上一代宗师的地位?又有几部诗集,能像他那样在世纪的天幕上点燃起长明不熄的炬火?

郭沫若在文化领域里的贡献,至少还有两道山脉,这就是三四十年代的史学研究和戏剧创作。前者以《中国古代社会研究》、《十批判书》、《青铜时代》、《历史人物》、《甲申三百年祭》等为层峦,后者以《屈原》、《棠棣之花》、《虎符》、《高渐离》、《孔雀胆》、《南冠草》等为叠嶂。自从盛唐化为前尘,诗人的公众形象便迹近轻浮,或者趋于单薄。沫若不仅拥有以《女神》为代表的诗作,还有学术研究与戏剧创作这两项重量级记录,因此,他的声名就显得比柳亚子、徐志摩辈更充满张力。而比较起单纯的学者、戏剧家,他的生花之笔又意味着更加葱茏的生命。

诗集《女神》,以冲决一切的反叛精神和革命意识、炽烈如火山喷发般的爱国热情、鲜明的时代色彩、浪漫主义的艺术风格、如交响乐般雄浑豪放的韵律,开创了一代浪漫主义的诗风,成为中国新诗的奠基之作。

我接触郭沫若，是从《女神》。十五岁的少年，正徘徊在吴道子、郑板桥、达·芬奇、列宾的门外，这节骨眼上，沫若出现了，《女神》出现了。“女神哟！你去，去寻那与我的振动数相同的人；你去，去寻那与我的燃烧点相等的人。你去，去在那我可爱的青年的兄弟姊妹胸中，把他们的心弦拨动，把他们的智光点燃吧！”沫若三十余年前的期待没有落空，“女神”依然魅力非凡，她的长袖只轻轻一甩，就使我义无反顾地离开画室，跟着他走进文学的殿堂。

我只远远地见过一次郭沫若，记得是1964年，在一个日本剧团访华演出会上。同时见到的，还有曹禺、冰心。沫若面容清癯，身材瘦削，最触目的，是戴着一副助听器。看上去，似乎有点心不在焉，甚至郁郁寡欢。

郭沫若16岁时患伤寒并发中耳炎，听力受损。

这就是我心目中的偶像？失落感不言而喻。好在，不久见到郭沫若五十大寿时拍的一张照片，激情又缓缓流回血管。人是需要偶像支撑的，那年月，沫若于我不仅是文学的引路人，更是跑道上的跨栏、沙坑前的横杆，我希望他永远是一项激励人心的记录，永远保持最佳状态。沫若的那张照片，若干年来，我在他的许多选本上反复看到过，最近又在他北京的故居兼纪念馆里看到过。读者一定不会陌生，照片上，沫若左手照拂身前的幼子，右手高拄一支丈八长矛似的毛笔；笔杆上赫然刻着“以清妖孽”四个大字。

三

周作人晚年爱说“寿则多辱”，这是他咎由自取。

郭沫若不存在“寿则多辱”，但也是“寿则多垢”。50年代之后，沫若把自我定位为一只昂首顾盼的“雄鸡”，只要一见到太阳，马上就引吭高歌。——此举近年来颇受抨击，被说成是堕落为“文学弄臣”。这里面当然有安身立命的因素在，但更多的，恐怕还是缘于信仰、缘于特定时代下人民群众对领袖人物的挚爱。

话说到了1959年，作为文坛首领的郭沫若，政治上须借势的，都权衡斟酌了；良心上该支付的，也打点兑现了。共和国正在为连续不断的“整风”、“反右”、“跃进”，付出沉痛的代价，在各方面，首当其冲便是残存的、亦已日渐萎缩的人文知识分子的自由精神。沫若彼时内心究竟怎么想？他在本质上，应该还是一位诗人，而且是天才的诗人。凡天才，本身就具有强烈的排他性，天马行空，狂放不羁。郭沫若曾以屈原、李白、歌德、席勒自许，透视他的《女神》、《屈原》等篇，确和上述天才一脉相承。可惜当他碰到更大的天才，也就只剩下字面上的“歌德”。——“歌德最痛苦的，是理想的不能实现，实现的不是理想。”若干年后，沫若曾向一位年轻朋友如此吐露。——当日，他的眉心开始纠结，嘴角开始抿紧。我不是沫若的研究者，他是否有过叛逆的念头，或忏悔的情结，不得而知。但是我看到，从1959年1月，沫若有意无意地选择了一种散漫的生活方式，这就是连续不断地出访、视察，尽可能多地感应天声地籁。

郭沫若常以歌德自况。恩格斯关于歌德曾有一段名言：歌德有时候是非常伟大的，有时候是渺小的；他有时候是反抗的、嘲笑的。蔑视世界的天才，有时候是谨小慎微的、事事知足的、胸襟狭隘的小市民。这是否也可以算作对郭沫若的一个认识呢？

这里仅仅讲国内，从1959年到1966年，郭沫若足迹所至的省份、地区，据他的小女儿郭平英介绍，包括广东、河南、山西、陕西、江苏、云南、海南岛、广西、湖南、湖北、山东、四川、上海、福建、浙江、安徽、江西、辽宁，等等。有的线路，他反复跑过多次。当年有一幅毛泽东手拿草帽、风尘仆仆的国画，如果我没有记错，配的正是沫若的题诗："主席走遍全国，山也乐来水也乐……"其实，毛泽东在那几年走过的地方，绝对没有沫若多。毛泽东更没有像沫若那样，每到一处，都挥毫题字，即兴赋诗。古人说："登山则情满于山，观海则意溢于海。"沫若兴致勃勃地在山海之间跑来跑去，或是仰成岩际一片云，或是倚成溪谷一株松，或是卧成沙滩一块石；他的诗人的灵性，在天地的怀抱里找到了寄托。

"旅行是最好的事，我在一处旅行，便可以有些创作，一停顿在京里，就像化了石一样。"郭沫若曾写信告诉徐迟。注意上句"化了石一样"的比喻，就是说，沫若在京城，已经抓挠不着灵气。在那种连"浪漫主义"也要经"御批"才敢伸头缩颈的氛围中，他这位靠连续不断的叛逆而享誉文坛的风流才子，自然会感受到难耐的窒息。因此，当政事、揪心事、麻烦事略微告一段落，他就赶紧向外跑。这个社会，压力都是来自近距离，来自上下左右。火星上的强震绝不会晃动宴席上的酒杯，南太平洋上的飓风也绝不会撼醒深闺里的甜梦。通常，不管你在本单位、本部门有多少烦恼，只要拿上机票、车票，踏上旅途，心情就会随外界景色的翻新而一节一节放松。距离隔断了压力，挥发出美感。

让我们随郭沫若去一趟海南，听听他在椰风海韵中的行吟。

1995年6月，我采风到天涯海角。在一片柔软的滨海沙地上，簇聚着一堆庞然顽石。有同伴戏言，这大概是女娲补天用剩的材料吧。为首的一块，朝南的方向，镌着“天涯”二字。转过去，偏东的部位，刻着郭沫若的五律《游天涯海角》。沫若的诗平常见多了，不觉新鲜，但这会儿不同，在这天荒海陬、地老人稀之处，于椰风的吹拂和海涛的伴奏声中，我一手遮蔽刺目的阳光，一边兴致勃勃地朗诵，不禁涌起江山在睫、千古如斯的胜慨。

石刻毕竟不如印刷清楚，加之我当日尚不谙行草，有一个字，怎么念也顺不下来，请教同行的作家，也是瞎蒙蒙。一字之障碍，心下顿时不舒。干脆举起相机，咔嚓一声，把沫若的手书全部收入镜头，以备他日有暇时再仔细琢磨。

回到宾馆，得当地朋友的帮助，终于找来郭沫若《游天涯海角》的文本及相关资料。原诗共为三首。沫若1961年2月南游天涯，曾赋诗一首，讴歌海角仙境，并记录了自己童心大发，奋力帮渔民拉网的小插曲。翌年旧地重游，看到前诗已经刊刻于石，激动之余，复赋诗一首。未久，第三次前往，又留咏一首。三首诗都已摩崖纪念。现将第一首抄录如下：

海角尚非尖，天涯更有天。
波清湾面阔，沙白磊头圆。
劳力同群众，雄心藐大千。
南天一柱立，相与共盘旋。

诗不尽言，歌不尽兴。沫若还精心地创作了一篇散文，记录天涯海角之胜。试看其中的一节描写："海水呈深蓝色，近岸处则青如翡翠。帆船三五，在远处如画中点缀，寂然不动。空中有白云呈波状。岸上细沙如银，滨海潮湿处色呈微黄。奇石磊磊，纵横成聚落。石身多呈流线形，顶秃而圆，如馒头，如面包，如蹄髈，如覆舟，如砗磲贝壳，如大弹丸，如巨炮弹……"瞧，我们的沫若先生已全身心融进了山水。此时此地，北天为远，朝歌消歇，清风拂尘，碧水涤虑，嬉嬉乎，洋洋乎，他仿佛又回到了歌乐山下的童年，又找回了博多湾畔的青春。

郭沫若在海口访问苏轼祠，感慨"东坡流谪曾来此，朝夕常思返蜀山"。沫若与东坡均是四川同乡，不知他在翘首西望之际，是否偶尔也掠过田园之思？沫若转去访海瑞墓，留诗云："三百余年岁月深，墓犹完整碑无缺。生前身受人折磨，死后墓为人护摄……我知公道在人心，不违民者民所悦。史存直言敢谏疏，传有平产均田说。刚亦不吐柔不茹，布衣粗食敦鲠骨……"沫若去东方县访马伏波井，也留七绝三首，其三云："薏苡烹来可作糜，军行用以止朝饥。功成人竟明珠视，古井无波水自知。"沫若此间礼拜海瑞，凭吊马援，似含有不平则鸣、旁敲侧击之意。无论如何，比较起《百花齐放》一类的纯粹应制应景，要高出一大截。

四

"文革"骤临，灾星高悬，郭沫若慌了手脚。他在人大常委会上表态，说："几十年来，一直拿着笔杆子

他感到这场"文革"风势一定非常猛烈。对他来说，如不彻底否定自己，借以缩小目标，必将在劫难逃。这是一种"保身"术。

在写东西,也翻译了一些东西……但是,拿今天的标准来讲,我以前所写的东西,严格地说,应该全部把它们烧掉,没有一点价值。”沫若的这番话经毛泽东批示后在《人民日报》发表,如同在举世的惶惶不安之中,又扔下一颗重磅的燃烧弹。

类似这种要把全部作品付之一炬的表态,巴金后来也作过。宗白华认为:“这是来自对于焚书坑儒的强烈预感,和在劫难逃的恐怖的直觉。其潜台词是:看来只能听天由命、任造反派宰割了,饶我一条活路吧!”

我倒宁愿这是一种“夫复何言!”的反抗。

沫若“文革”中还有一些自轻自贱的言行,比如朗诵了许多关于江青的不伦不类的诗。如此一来,他的政治人格黯然失色。沫若曾经在《女神》的《湘累》篇中塑造过屈原,那气魄何等惊天动地!屈原向世界宣布:

> 我的诗,我的诗便是我的生命!我能把我的生命,把我至可宝贵的生命,拿来自行蹂躏,任人蹂躏吗?我效法造化底精神,我自由创造,自由地表现我自己。我创造尊严的山岳、宏伟的海洋,我创造日月星辰,我驰骋风云雷雨,我萃之虽仅限于我一身,放之则可泛滥乎宇宙。我一身难道只是些胭脂、水粉底材料,我只能学做些胭脂、水粉来,把去替女儿们献媚吗?哼!你为什么要小视我?我有血总要流,有火总要喷,不论在任何方面,我都想驰骋!

郭沫若写历史剧,并不单纯为了歌颂古人。他是要把“时代的愤怒复活在屈原的时代里”。郭沫若写话剧《屈原》的时候,正值“皖南事变”之后不久,日本侵略者的铁蹄践踏着中国大地,国民党政府却把枪口对准坚持抗日的新四军。这正是《屈原》中所反映的现实。

沫若在话剧《屈原》中，更有一段脍炙人口的“雷电颂”：

> 啊，这宇宙中的伟大的诗！你们风，你们雷，你们电，你们在这黑暗中咆哮着的，闪耀着的一切的一切，你们都是诗，都是音乐，都是跳舞。你们宇宙中伟大的艺人们呀，尽量发挥你们的力量吧。发泄出无边无际的怒火把这黑暗的宇宙，阴惨的宇宙，爆炸了吧！爆炸了吧！
>
> 炸裂呀，我的身体！炸裂呀，宇宙！让那赤条条的火滚动起来，像这风一样，像那海一样，滚动起来，把一切的有形，一切的污秽，烧毁了吧，烧毁了吧！把这包含着一切罪恶的黑暗烧毁了吧！

“文革”时期，郭沫若要能拿出几分屈原的骨气，该多好！可惜，沫若写活了屈原，他本人却距三闾大夫的境地甚远。沫若虽然是富贵中人，到老似乎也没能树立彻底的贵族精神。那真是一个翻天覆地而又分筋错骨的年代，那个年代值得后人长久地警醒。作为天纵英才的郭沫若，他本应做得比我们看到的更好。不幸的是，他没能，因而给世人留下了诸多诟病。不过，问题不能简单地归结为他的人品——否则，你又如何解释同样“郭化”、“异化”了的数以亿计的脑袋？我这么说，绝无意替郭沫若辩护，只是希望对那个“史无前例”的“历史断层”的反省，能够越出单一的道德批判的平面，深入我们这个民族“体制链”以及“国民性”的内核。……闲话打住，且说我的一位朋友去了趟云南，回京后，听说我在写郭沫若，特地打电话相告，说："郭老头子到处题诗，简直成了乾隆第二。他在新诗发展上是有成就的，旧诗实在写得不怎么样。他要是有自知之明，当初倒不如把这些旧玩意儿统统烧掉。"

"老兄，你恐怕主要是不喜欢他的晚年，但你应该看到这里还有别一层意义。"我当即把他的话挡了回去。说郭沫若是乾隆第二，说他的旧体诗不如新诗，这我都不想反驳。沫若对写旧诗有过解释，他说："进入中年以后，我每每做一些旧体诗。这倒不是出于'骸骨的迷恋'，而是当诗的浪潮在我心中冲出的时候，我苦于找不到适合的形式把意境表现出来。诗的灵魂在空中游荡着，迫不得已只好寄居在畸形的'铁拐李'的躯壳里。"但要说他的题诗是如何之差，不如统统烧掉，未免失之过激。"我们没必要因人废言。"我对他说："那些纪游诗，尽管形式有点儿僵化，思想、技巧也未必都很高明，但应该看到，其中有一部分，是郭沫若与祖国山川大地的亲切对话，是他的灵魂在相对轻松状态下的自然流淌！"

情况难道不正是这样的么？纵观郭沫若的一生，创作《女神》是在日本，研究甲骨文和史学的高潮也是在日本；"卢沟桥事变"后脱身回国，总算可以和故国山川亲近了，但那之后一直战火纷飞，阴云密布，腾不出身来也分不出心；好容易等到山河共和，日月重光，谁知又遇上暴雨雷霆，天旋地转；难得有那六七年，终于拨冗偷闲，冲出高墙围城，投身于无限广袤而又充满无穷慰藉的大自然。诗人永远追求空间。京城太功利，书房太逼仄，惟有在大自然的怀

山水可以医病，山水亦可以医俗。

抱，他疲惫的翅膀才又开始轻轻扇动，负伤的灵魂才又得以慢慢复苏。

毋庸置疑，即使直面大自然，郭沫若的上述诗文也没能摆脱外界加于的束缚，尽展个人怀抱。——浪漫的诗魂注定要以某种缺憾印证历史。有趣的是，沫若的情性，倒是在笔墨纸张中得到了随心所欲的挥洒。比较起文学、戏剧、影视、绘画、音乐、舞蹈等艺术形式，书法的确是最无拘无束而又最不惹是生非的品种。难怪古往今来，骚人墨客、仁人志士都喜欢借之抚慰胸襟，张扬天性。沫若的书法自成一格，他以行草为工，熔学识、肝胆、才情于一炉，尤钟前人"逆入平出，回锋转向"之妙道，内力雄浑、绵密，外形沉稳、放达，存郁勃奋张之势，具磅礴峥嵘之象，赫然令人想起他以《女神》为旗帜的浪漫主义情怀和狂飙气概。

这里，不妨顺便说几句乾隆。乾隆大帝的政务姑且撇开，他生平有两大癖好，一、爱游山逛水，二、爱吟风弄月。皇上好吟，又好游，手泽免不了覆盖全国。仅以上个礼拜天而言，我就在西山八大处和北大未名湖畔，两次碰到他的御题。乾隆的诗作，据说有四万多首，产量天下无敌，质量却平平，因此，常常受到今人讥讽。我觉得对于乾隆的这种雅好，完全可以换个角度看。作为出身于少数民族的天子，他毕生致力于汉诗，虽然不够地道，有欠老到，说到底，也是对中华文明的一种认同、宣扬和追求，没有什么不好。

还是回到郭沫若的纪游诗。遥想当初，沫若振纸挥毫，力驱龙蛇，多半是触景生情，兴之所至，并没有奢望它流传长久。游人在他的条幅、刊刻前低咏轻吟，摄影留念，注重的也不过是一种时代情结、文化符号。譬如说我，当日在泰山主峰拜读沫若的“云雾移时合，雷霆指路迷。我来登极顶，果见众山低”，顿觉振衣千仞，遗世而独立；在黄帝陵乍见他笔奔如风、人书俱老的淋漓大字，心头立时飞扬起浓郁的诗情和苍茫的韵致；在司马迁墓咏他的“学识空前古，文章百代雄。怜才膺斧钺，吐气作霓虹”，耳畔便仿佛响起历史的冲天啸吟。

去夏游武夷山，在宾馆和山脚，两次见到沫若的《游武夷泛舟九曲》，便随手抄了下来。而后，当一行人乘着竹筏，沿清粼粼的九曲溪顺流而下，我便掏出他的诗，仔细品味：“九曲清流绕武夷，棹歌首唱自朱熹。幽兰生谷香生径，方竹满山绿满溪。六六三三疑道语，崖崖壑壑竞仙姿。凌波轻筏觞飞羽，不会题诗也会题。”一边自得其乐，一边就想到，还是文化金贵。文化不仅仅是一种声色歌吟，更是一种社会认同，一种时代的回应，一种化入目光融入血液的基因。莫道三代之下人皆好名，这个民族走到今天，不能没有一批和山水融为一体的诗文，更不能没有一批和山水融为一体的精魂。

通过诗人、书画家、文学家、哲学家的心灵审视，创造出众多散发着特别浓郁人文氛围的山水之作，使自然山水积淀了丰富的文化内涵。

五

两百多年前，法国思想家圣西门说：“假如法国突然损失了自己的五十名优秀物理学家、五十名优秀化学家、五十名优秀诗人、五十名优秀作家、五十名优秀军事和民用工程师……法国马上就会变成一具没有灵魂的僵尸。”借喻发挥，我们完全可以说：“假如神州大地突然失去了上至李白、杜甫，下至乾隆、郭沫若等人的题咏，这片国土将会变得无比寂寞。”

在我们这个世纪，毛泽东既擅书法，又具才情，本可使大地变得更加文采斑斓。但是，毛泽东似乎别有隐情，他曾明确指示“我们不要题字”。鲁迅是另一个最佳人选，可惜他既无闲暇，更无兴趣。其他的文人墨客、骚人志士，不是没有足够多的机缘，就是没有相当的身份。唯有郭沫若各项条件具备，对他而言，散布在各地的纪游诗文，如同在龙钟老态的文学躯干外又分出的一根嫩杈，虽然不及主干的苍劲挺拔，却也枝繁叶茂，清香扑鼻。这是另一种发挥，平地亦高峰。

不久前去河南林州，中午从北京出发，傍晚五点半抵达安阳，出站后的第一个向往，就是驱车去殷墟博物馆，亲炙郭沫若的墨泽。沫若这会儿在我心头，既具体，又抽象。说具体，殷墟是甲骨文出土地，沫若和罗振玉、王国维、董作宾并称甲骨文研究四大家，他不可能没有到过这里，更不可能没有留下题咏。换句话说，假设连沫若都没有留下诗词，上述诸公，我们还能指望谁？说抽象，自打那次在乾陵劈面直视郭老，心下打了一个激灵，郭的题诗、题字，对于我，亦已转化为一种广泛意义上的山林气象，湖海意韵。彼时彼地，绝大多数的游人——我相信——并不在意他是否著述等身，地位显赫，白璧无瑕，而仅仅把他看作一只随风而振的风铃——文化的风铃。话说那一天，我正是追蹑着虚空中的铃音，在殷墟博

中国古文字很难懂，是一种死亡文字。在1928～1930年这短短一年多时间里，郭沫若凭着一己之力，而且那个时候穷得连白薯都买不起，他在日本和他的日本太太安娜还有几个孩子，整天挨冻受饿，没钱买书，他每天冒着寒风或者烈日，去东洋文库借书来看，居然攻克了甲骨文，和罗振玉、王国维这些十年磨一剑的大师齐名，实属了不起。

物馆兜来兜去。你说怪不，临了，居然没见着沫若的任何手书。问一位年轻的女馆员，答说不知道。这怎么会呢？这怎么会呢？想要再问，对方忙于下班，懒得答理。只好怏怏退出。一路愁眉不展，像是错过了多年未见的老友。

第二天游红旗渠，惊讶崖上刻着的“红旗渠”和“青年洞”，都是郭沫若的手笔。问东道主、散文作家唐兴顺：郭老什么时候来过这里？答说大概没来过，这字是别人登门请写的。又问：郭老有没有到过安阳？答说到过，并顺口背出他的《访安阳殷墟》一诗。诗云：“偶来洹水忆殷辛，统一神州肇此人。百克东夷身致殒，千秋公案与谁论？”在殷墟擦肩而过的，却在太行山麓抵面了。也算千里有缘。恍惚又觉得，沫若的做派——这里指的不是他的一生，而是他晚年的直面山河——就有点像这红旗渠水，从千山万壑的那头曲曲折折地流来，在平地打一个转，翻一路浪花，然后又向历史深处，泠泠淙淙地流去。

思想者的第三种造型

马寅初（1882～1982）浙江嵊县人，被誉为“中国人口学第一人”。当代经济学家、教育学家、人口学家。1952年，任北京大学校长。1993年获首届中华人口奖“特别荣誉奖”。著有《新人口论》等。交代马寅初先生身处的环境，也是下文主要内容。

排比句，形象生动，气势磅礴。

一位摆弄经济学的倔老头儿，风吹别调，发出了和百家——其实也就是一家——不同的声音，举国展开围剿。这老头儿不是别人，正是鼎鼎大名的马寅初。战友噤声，爱莫能助；同事侧目，视若寇仇；学子声讨，不共戴天。为了什么？为了一篇《新人口论》。有好心人劝马寅初偃旗息鼓，暂时收篷转舵，这也不失为明智。马老头儿断然拒绝，他认死理：学术贵乎争论，真理越辩越明；岂能一遇袭击，就退避三舍，明哲保身！

一位举足轻重的老朋友出来圆场。他说：“马老啊，你比我年长16岁，你的道德学问，我是一向尊为师长的。这次你就应我一个请求，对你的《新人口论》写一份深刻的检讨，也算过了这一关。如何啊？”谁知马寅初不买账，决不检讨。

马寅初的决绝，令我们想起亚里士多德的名言：“吾爱吾师，吾尤爱真理”。不过，马寅初终究是侠义中人，他深恐自己的不妥协招致误解，开罪贤达。数天后，他为《新建设》杂志撰文，便特意加上一段：“最后我还要对另一位好朋友表示感忱，并道歉意。我没有接受他的真心诚意的劝告，学术的尊严不能不维护，只得拒绝检讨。”

这里，我想到思想者的三种命运。一种思想者是与潮流同步，因而最功利，也最稳当，尽管转瞬就有可能化做明日黄花。一种思想者是超前半步，属于不乏新鲜，也不乏风险，然而，当卫道士们正要抡起大棒申斥时，已被社会前进脚步裁判为真理。一种思想者是领先百家，超越时代，被视为异端邪说，大逆不道，常常要等上几十年，甚至几百年，才为后来者逐渐认识、接纳。正是这种遭遇，使一批又一批的竖子成名，而使一批又一批的布鲁诺、曹雪芹愤世嫉俗，慷慨悲歌。

情感句，明显表达作者的看法和情感，这也是对大师与小人的评价。

自从献身经济学，人口问题，一直是马寅初关注的焦点。一届人大二次会议，他首次就人口问题表态。在他看来，这已是一个瓜熟蒂落的结论。没有想到，爆发的不是掌声，而是斥责。“社会主义国家哪来的人口问题?”面对公众的质疑，他居然扬言：“大家可以不同意我的意见。我也可以暂时收回发言稿件。但不因为大家反对，就改变自己的观点和主张。我将对这一问题继续进行调查研究，下次人大会上，还将提出。”

真理没有外衣。马寅初按照他的既定方案，经过一年多的广泛调查，深入研究，把人口问题直接搬到了中南海的最高国务会议。“人口多就是我们的致命伤。”他说，“我们的社会主义经济是计划经济，如果不把人口列入计划之内，不能实行计划生育，那就不成其为计划经济!”

《新人口论》堪谓生不逢辰。起初批判仅局限在民间，停留在群众自发的层次。马寅初表现出不屑一顾。然而，到了1958年春天，毛泽东撰写了《介绍一个合作社》，以他惯用的诗性词语，强调：“……除了党的领导之外，六亿人口是一个决定的因素。人多议论多，热气高，干劲大。”

1959年冬，北京大学临湖轩，雪压冰冻封，朔风尖啸。一场批判马寅初会议，正呈现出与大自然同步的严酷。中途，专程赶来压阵的康生，也许觉得火力还不够猛烈，但见他一拍桌子，打断批判者的发言，恶狠狠地插话：“马寅初说，有人说他是马尔萨斯主义者，但他不能同意。他说马尔萨斯是马家，马克思也是马家，而他是马克思的马家。马寅初的《新人口论》，到底是姓马克思的马，还是马尔萨斯的马？我认为马寅初的《新人口论》，毫无疑问是属于马尔萨斯的马家！”

直接描写的手法。人物肖像、动作、语言、心理表现突出。

谁知马寅初不吃这一套，前面话音刚落，他后面就当场顶撞：

“我马寅初是马克思的‘马’家！”

斩钉截铁。数一数，总共十一个字。然而，这就够了。这才是“一句顶一万句”！有多少大师级、准大师级人物的一生，就是从胸腔里迸发不出这样的一句，连模仿也模仿不来。惟独马寅初做到了。不假思索，长啸而出，九鼎大吕，震铄古今。

再说那段铮铮誓言。面对政治高帽随时会扣落下来的生存险境，马寅初选择《新建设》刊登《重申我的请求》：

> 我接受《光明日报》开辟一个战场的挑战。我虽年近八十，明知寡不敌众，自当单身匹马，出来应战，直至战死为止，决不向专以力压服、不以真理说服的那种批判者们投降。

马老不老，守正白眼朝天，立世青眼向文。历史不堪重负，后人为轻装前进就不得不学会健忘。然而，我相信，无论无常的岁月经历多少轮回，马寅初高昂的头颅和勃发的英气，将永远激荡青史，烛照天地！

马寅初在望八之年遭受重厄，竟以百岁高龄，重新出山，赢得世人的大声惊叹，大把热泪。马寅初，是上帝赠予20世纪中华民族的一份厚礼。他的价值，一半在于他发掘的人口理论，一半在于他渊渟岳峙、独立苍茫的健康人格。

概括马老的贡献和优秀品质，字里行间隐含一种崇敬赞美之情。

渊渟岳峙，喻人的品德如渊水深沉，如高山耸立。

单元链接

本单元的文化大家，他们的作品在中学语文课本中屡见不鲜，如毛泽东的《沁园春·长沙》，鲁迅的《拿来主义》、《为了忘却的记念》、《未有天才之前》、《白莽作〈孩儿塔〉序》。有了本单元的阅读，相信同学们在学习课文时会有别样的感悟。

此外，《毛泽东传》（〔美〕罗斯·特里尔著，中国人民大学出版社），萧红的《回忆鲁迅先生》，钱理群的《心灵的探寻》、《闲话鲁迅》都可以让同学们拓宽视野，厚重思想。而林贤治的《鲁迅的最后十年》是一部被誉为当代水平最高的鲁迅评传，深刻到学贯中西，又浅显适于中学生阅读。

第二单元

DI ER DAN YUAN

水，灵动，绵长。水的波涛中，同样映射着人格的光辉。“汪汪若乃顷之波，一片清光，远接天际”，这就是蔡元培先生的人格写照，其如海的胸襟，倡导“思想自由，兼容并包”给北大以新生，从而影响了一个时代；“水善利万物而不争”，一代国学大师季羡林先生能如“老校工”般为一大学新生看守大包小包的行李，这景象不正如朗爽脱俗的“清塘荷韵”吗？冰心、梁实秋、老舍、巴金、茅盾，心中的热血，让他们纷纷扬帆过海，寻求真知，那求知的船头激起的水花是多么滟耀，而他们生命的奔流，也在尽情飞泻激射，使20世纪上半叶的神州文坛掀起一道又一道雷奔山立，排天浴日的雪浪。

煌煌上庠

一

这就是蔡元培(孑民)的塑像,坐落在未名湖南岸的春风中;大理石奠基,汉白玉砌座,青铜铸身;说是身,只是自腰而上、端肃凝重的一尊胸像。先生背倚土山,坐北朝南;左临六角钟亭,当初选址的时候,应是考虑到了他黄钟大吕般的人格气韵。前面是一方草坪,柔柔的,嫩嫩的,空气般清新,晨梦般飘逸,铺出一行行的绿诗、绿歌、青波、青浪,即使在冬季;右侧是挺拔健美蓬勃向上的杂木林,那该是风华正茂的莘莘学子,在承领先生的耳提面命。记不清已有多少次了,从去年金秋开始,为了 1998 年北大百年校庆这个挥之不去却之复来的情意结,我打老远老远的城里跑来,一个小时又一个小时地,在这方净土穿梭寻觅,缅怀俯仰。偶尔停下脚步来瞻仰塑像,先生之于我,是永远不变的温柔敦厚,慈祥恺悌,诚如罗家伦的赞语:“汪汪若万顷之波,一片清光,远接天际……”

今天情形略微有异,也许因为今天是“五四”,恰值北京大学九十九周年校庆,它使我想起了先生当年眼底的烟云,所以,不管如何变了角度

蔡元培(1868 ~ 1940),字鹤卿,号孑民,浙江绍兴人,民主主义革命家和教育家。中华民国南京临时政府首任教育总长、北京大学校长、中央研究院院长等职。被称为“学界泰斗,人世楷模”。

黄钟,我国古代音韵十二律中六种阳律的第一律;大吕,六种阴律的第一律。“黄钟大吕”与“靡靡之音”相对,形容音乐或言辞庄严、正大、高妙、和谐。此处形容蔡元培先生人格的正大高雅。

端详,总觉得先生的目光微含忧郁,抑或是期待;淡淡的,淡淡的,像是壮士闻鸡,又像是英雄凭栏……

想想也是,蔡元培诞生于1868年1月11日,按农历,属兔,到他1916年12月26日被任命为北京大学校长,满打满算正好五十岁,站在五十岁的高度上倚风长啸,苍茫四顾,自他的双眸中射出的,是一股凛凛的心灵之光,它犀利似剑,泠然有声,凝聚了无穷的历史感悟。先觉者总是超前的,超前者总是孤独的,孤独者总是忧郁的,在忧郁中抉择,在期待中觅路前行,这是古往今来一切大智者生命的基本造型。

大孤者必有大忧。解人难索的悲壮寂寞,断不是一般人所能体会了的;而这“期待中觅路前行”,更是“虽千万人,吾往矣”那种壮士断腕的勇毅。

二

蔡元培投身教育,始于他三十二岁,也就是1898年。在那之前,他是十七岁的秀才,二十三岁的举人,二十六岁的翰林,仕途可谓一帆风顺。中国文人历来最看重官运,他们生命的冲动大都是围绕着一官半职转,转上去就意味着飞黄腾达,转不上去就只有落魄潦倒;即使落魄潦倒如《儒林外史》中的老童生周进,一丝痴念,也仍旧围着考场呼悠悠地打转。“去到考场放个屁,也替祖宗争口气。”流传在陈独秀家乡安庆一带的这句俗谚,勾勒了一代又一代读书人悲哀的然而又是无可逾越的价值取向。但是,在1898年,中国出了一件大事:戊戌变法,百日维新。变法维新是以知识分子富国强民的善良愿望为基础的,结果,却以顽固派复辟、六君子喋血、康梁狼狈远逃告终。“徒将金戈挽落晖”；变法的失败像一声警钟，敲碎了许多士人的迷梦，也使蔡元培猛然惊醒。就在这一年的秋冬之交，他突然解缆南去，头也不回地驶出了宦海——先是就职绍兴中西学堂，继而改教上海南洋公学；从此天涯轻舟，愈驶愈远。

1916 年底，蔡元培旅欧归来，飘然出任北京大学的校长。众所周知，辛亥革命后，蔡元培担任过南北两京政府的教育总长，因此，比较起他的前任内阁大员的身份，北大校长自然算不上一个显赫的位置。何况，这所结胎于戊戌维新的大学堂，在清政府和北洋军阀的摧残下，已是一片乌烟瘴气，北大校长的座椅，也就成了一块烧红的烙铁，谁坐了都要烫得跳。举例说，1912 年、1913 年两年，校长就走马灯似的换了五个，依次是：严复、章士钊、马良、何燏时、胡仁源；其中，章士钊根本就没有到位。现在，蔡元培来了。蔡元培对这个新职位显然情有独钟，尽管同党中有很多人反对，包括汪精卫、吴稚晖、马君武，他还是决意就任。蔡元培的抉择得到了孙中山的支持，孙中山理解蔡元培，我们说，有这一票，就足够了。追究蔡元培的生命曲线，他多年来外搜内求、梦寐以寻的，其实也正是像北京大学这样一个舞台。人是离不开舞台的，和他先后挂冠南下的张謇、张元济，如果不是分别抓住实业和出版业，又岂能在民国的地平线上再树起一道瑰丽的风景！蔡元培瞩望于北京大学，就像阿基米德眼中那个能撬动地球的支点，它的价值，不在于多么抢眼，也不在于多么崇闳，而在于顺天承势，得心应手，把一己的才情抱负，淋漓尽致地发挥到最大限度。

戊戌变法也是近代中国一次思想潮流的解放，所提倡的新学、主张兴民权，对封建思想的猛烈抨击，提高了全社会的民主意识和参政意识。

这片“乌烟瘴气”表现为：学校制度混乱，学政腐败，学生求官心切，学术空气淡薄，封建文化泛滥，不少师生品行不检，为社会所菲薄。

前五任校长都未能改变北大局面，就任之后改造不好会于声名有碍，蔡元培毅然赴任，事业心、责任感使然。

三

蔡元培是带着“思想自由，兼容并包”的八字方针进入北大的。不要小看了这八个字的分量，它上承着诸子百家纵横捭阖的春秋战国，外映着欧洲大陆飙发电举的文艺复兴，下启了四十年后的“百花齐放，百家争鸣”。这后一点是我的姑妄之论。我总觉得，毛泽东在1956年提出的上述口号，多少有蔡元培振兴北大的影子；考虑到毛泽东1918年10月到1919年3月，曾在北大图书馆工作，对当日龙腾虎跃、万马奔驰的景观有过直接的感受，这猜测至少也有一点历史的依据吧。言归正传，前面说到，北大在清政府和北洋军阀的摧残下，已成了旧思想旧文化的营垒。蔡元培如今要来拨乱反正，“思想自由”也好，“兼容并包”也罢，当务之急，就是要物色一位新学的领军人物，给北大一阵狂飙，给文化一道闪电，给社会一个震撼。环顾天下，谁能当此大任呢？

蔡元培把目光投向正在上海编辑《新青年》杂志的陈独秀。

陈独秀，安徽安庆人。生于1879年10月9日，小蔡元培整整十二岁，也属兔。若以年龄划分，他是蔡元培的晚辈，若以功名计算，他在科举的台阶上只走到秀才这一级，比蔡元培要低得多，但在民主革命的资历上，却堪与蔡元培媲美。陈独秀在二十刚出头的浪荡年纪，就以《国民日报》、《安徽俗话报》为阵地，宣传反帝爱国，启迪民智；三十出头，便出任民国政府安徽都督府秘书长；1915年9月，他在上海创办《新青年》,高举“科学”与“民主”的大旗,为新文化运动的兴起擂鼓助威。20世纪早期,陈独秀的大名是带有电闪雷鸣的,那个时期青年人对他的崇拜,远远胜过近来的追逐港台歌星,因为,那不仅仅是一种青春的骚动,更是一种灵魂的苏醒,人性的张扬,生命的呐喊。

云从龙,风从虎,历史上一些重要人物的遇合,常常给人适逢其时的美感。蔡元培这里正要找陈独秀,陈独秀那边厢已在北京等候了。1916年12月22日,蔡元培从上海进京,26日被任命为北京大学校长。其时,陈独秀为了上海亚东图书馆的业务,也到了北京,住在前门外一家旅馆。蔡元培得到消息,就效仿刘备三顾茅庐的做法,再三再四地前往拜访,礼聘他出任北大文科学长。那时电话没有普及,不能预先通知,为了确保抓住对象,蔡元培每次总是很早就从家里动身。有一回,蔡元培到了旅馆,独秀先生犹自作“卧龙”,酣睡未起。茶房欲上前叫醒,蔡元培不让,兀自掇了一张小凳子,坐在房门外苦等。如此诚心诚意的邀请,陈独秀显然被感动了。但他仍有犹豫:“我来北京,《新青年》怎么办?”他问。按,陈独秀对《新青年》是相当看好的,他自信,“只要十年八年的功夫”,这个杂志“一定会发生很大的影响”,他当然要抓住刊物不放。对这一点,蔡元培予以充分理解,爽快地说:“那没有关系,把杂志带到学校里办好了。”一件在近代思想文化史上举足轻重的大事,就这样一锤定音。人们看到,蔡元培把陈独秀和他的《新青年》从上海接到北京大学这个煌煌上庠,等于是把他从草莽状态推到时代舞台的前沿。历史再

“煌煌”本指明亮的样子,“庠”古代指学校。“煌煌上庠”指高等学府。

一次提供了生动的案例：一个人或一个刊物的生命被激活，是如何最终影响了一个时代。

陈独秀一入最高学府，注定了另一位新文化运动的健将也即将循踪而至——他就是胡适。

胡适这时候正在美国留学。他生于1891年12月17日，小陈独秀十二岁、小蔡元培二十四岁，巧得很，也属兔。若以年龄划分，他该是未来北大“兔子党”的第三梯队了（除蔡元培、陈独秀外，朱希祖、刘半农、刘文典等名教授也都属兔）。这也是一只不安分的小兔。他属于“庚子赔款”的第二批留美生，先后在康奈尔大学、哥伦比亚大学研读农科、文科，主修哲学，兼修英国文学、经济还有政治理论等等，研究来研究去，此君突然越出专业，对故国的“白话文”问题产生强烈的兴趣。胡适认为中国古文是一种“半死或全死”的文字，已经失去了生长前进的力，要创造出新文学，必须采用新鲜活泼的白话语言。1915年9月，他在赠友人梅光迪的诗里写道：

> 梅生梅生毋自鄙，神州文学久枯馁，百年未有健者起。新潮之来不可止，文学革命其时矣。吾辈势不容坐视，且复号召二三子，革命军前杖马棰，鞭笞驱除一车鬼，再拜迎入新世纪！

这就是前文所言“超前者的孤独”，这也是反对的力量，反对也值得感谢。因为“得了反对是促其奋斗的”。鲁迅在《〈呐喊〉自序》中曾言：“独有叫喊于生人中，而生人并无反应，即非赞同，也无反对，如置身毫无边际的荒原，无可措手的力，这是怎样的悲哀啊！”

请注意，胡适在这儿率先提出了“文学革命”的口号。但在异域，在华人留学生这个小小的圈子里，引来的几乎都是讥讽。胡适被激怒了，自尊与自傲迫使他奋起反击；1916年4月12日，他作了一首《沁园春》自励，并在词的下半阕大声疾呼：“文学革命何疑！

且准备搴旗作健儿。要前空千古,下开百世,收他臭腐,还我神奇。为大中华,造新文学,此业吾曹欲让谁?”

说是“文学革命何疑”,气壮得很,然而,毕竟是书生间的斗狠,沙龙里的清谈,真的拿到社会上去检验,效果怎样,心里还没有底。这年11月,胡适把他的主张加以小心翼翼地改制,归纳为一篇《文学改良刍议》。其要点是:(一)须言之有物;(二)不摹(模)仿古人;(三)须讲求文法;(四)不作无病之呻吟;(五)务去烂(滥)调套语;(六)不用典;(七)不讲对仗;(八)不避俗字俗语。这个调门,比起他的“前空千古,下开百世”的宣言,要低了几个八度。文章写成后,胡适用复写纸抄了两份,一份给了《留美学生季刊》,另一份呢,他壮着胆子,寄给了远在上海的《新青年》。胡适万万没有想到,这篇试探性的“刍议”,正搔着老牌革命家陈独秀的痒处。他一眼就看出了它“今日中国文界之雷音”的革命实质,很快就予以发表。陈独秀的老谋深算,还在于他不容许胡适有丝毫犹豫或退缩,更不容许“反对者有讨论之余地”,随即作了一篇《文学革命论》为之推波助澜。他称赞胡适是“文学革命”的“急先锋”,说自己“甘冒全国学究之敌”,“以为吾友之声援”;并放言,天下凡有像胡适这般勇于向封建文学宣战的,“予愿拖四十二生的大炮,为之前驱!”

机遇,是百尺竿头的欢呼,胡适一觉醒来,已经是名播九州的先进思想领袖。还得继续感谢陈独秀,此公不仅巨眼识人,更兼有举贤让贤的雅量,他大度地把胡适推荐给蔡元培,欲以代替自己的文科学长地位。蔡元培呢，自然不会轻易放过老资格的陈独秀，但他对胡适也颇为欣赏，是年9月，他聘任这位年仅二十七岁的留美学子为北大文科教授。

根据1918年统计，北大217名教员中，90名教授平均年龄30来岁，刘半农被聘时也仅二十六七岁。对其中76人的统计显示：50岁以上6人，35岁以下43人。这是蔡元培的魄力，更是北大的青春活力。

北大何幸，沙滩红楼何幸，胡适身后，又迎来了李大钊（守常）。李大钊，河北乐亭人，大胡适两岁。早年留学日本，锐志揽辔澄清，与同在那里留学的陈独秀夙有交往，意气颇为相投。他于1916年回国，因主编《晨钟报》而声名鹊起。稍后又协助章士钊编辑《甲寅》日刊，深得章氏的激赏。章士钊、蔡元培、陈独秀，这都是一条道上的志士，彼此相知有素，相得益彰。蔡元培主事北大不久，就聘请章士钊为图书馆主任。章士钊在这个任上没有待多少天便辞职，转向蔡元培推荐李大钊。"以吾萦心于政治之故，虽拥有此好环境，实未能充分利用"；章氏日后回忆说，"以谓约守常来，当远较吾为优，于是有请守常代替吾职之动议。时校长为蔡孑民，学长为陈独秀，两君皆推重守常，当然一说即行"。如此这般，李大钊就于1917年11月到北大上任了。

十月革命后，李大钊是北大，也是全国第一个接受和传播马克思主义的共产主义知识分子。他以北大图书馆、《新青年》、《每周评论》等为阵地，影响和带动了一大批渴骥奔泉般的热血青年。在这里，北大这个舞台是弥足珍贵的。那是"黑暗中之灯塔"（李大钊语）。或者说，那里面已经积聚并仍在积聚更多的热力，只待一声引爆便燃起烛天的火光。如果李大钊没有进北大，很可能仍在革命活动的外围徘徊，而一入沙滩红楼，情形就不同了。还是那位章士钊先生,他的观察十分到位:“守常一入北大,比于临淮治军,旌旗变色,自后凡全国趋向民主之一举一动,从‘五四’说起,几无不唯守常之马首是瞻。”那学府,还是书声琅琅的学府;那气韵,却已是雷霆万钧的气韵。

仿佛历史感到以上三员战将还不足以构成方阵,于是派遣鲁迅出场。鲁迅是蔡元培的老部下,他当初进入教育部,就是蔡引用的。蔡元培当上北大校长,鲁迅免不了要来帮忙。比如,1917 年 8 月,鲁迅就为北大设计了校徽图样,这也是北大历史上的一件盛事。但鲁迅那时已经三十七岁,还没有开笔写小说。他日常在教育部任职,公余研究古碑。自言“客中少有人来,古碑中也遇不到什么问题与主义,而我的生命却居然暗暗的消失了,这也就是我唯一的愿望”。——不,是民族的大悲哀!吃人者自在猖獗,生人者反而沉埋。正好在这时,《新青年》在京城祭起耀眼夺目的光环,胡适因之而一炮打响,李大钊、钱玄同、刘半农也因之而找到了自己的角色地位,鲁迅按捺不住了,他也要凭借《新青年》调整自己的生命状态。这种调整,说到底就是从沉潜走向显扬,从平静走向燃烧。1918 年 1 月,鲁迅和李大钊、胡适、钱玄同、刘半农、沈尹默、高一涵联手,加入了《新青年》的编委阵营。同年 5 月,他那篇讨伐封建“吃人礼教”的战斗檄文《狂人日记》,就在《新青年》呼啸问世。鲁迅借狂人之口愤怒控诉:

> 我翻阅历史一查,这历史没有年代,歪歪斜

斜的每页上都写着“仁义道德”几个字，我横竖睡不着，仔细看了半夜，才从字缝里看出字来，满本都写着两个字是“吃人”！

鲁迅的笔轻轻一点，历史禁不住为之索索颤抖。

一代文化巨人就这样从幕后走向了前台。紧接着，《孔乙己》自他的笔尖下飞出，《药》自他的笔尖下飞出，《风波》、《故乡》等一系列不朽名篇自他的笔尖下飞出；鲁迅在呐喊，《新青年》在呐喊，北大在呐喊。呐喊的世纪，世纪的呐喊。“既然是呐喊，则当然须听将令的了。”在这里，我想起一段公案。1933 年，鲁迅回忆这一段生活，曾说自己那时作的小说是“‘遵命文学’。不过我所尊奉的，是那时革命的前驱者的命令，也是我自己愿意尊奉的命令，决不是皇上的圣旨，也不是金元和真的指挥刀”。鲁迅这里所说的“革命的前驱者”，从前有人告诉我们说是毛泽东，也有人称之为李大钊。前者当属于特定年代的硬伤，后者多少沾点边，但鲁迅的意中人，无疑是陈独秀。

四

写到这儿，请容许我把笔锋稍稍挪开一点主题，谈谈两位当年虽不是主角，但同样引人入胜的人物。

其一：关于梁漱溟。梁漱溟当初只有二十四岁，中学毕业，在司法部担任秘书。蔡元培主掌北大不久，读了他发表在《东方杂志》的《究疑决元论》，是以近世西洋学说阐扬印度佛家理论的，觉得不失

梁漱溟投考北大落选，但对佛学有独到研究，这就是北大聘人不拘资历的典型。

为一家之言，便请他来校开讲印度哲学。梁自谦学浅，不敢应承，蔡元培反问：“你说你教不了印度哲学，那么，你知有谁能教呢?”梁说不知道。蔡元培就说：“还是你来吧！你不是爱好哲学的吗？我此番到北大，定要把许多爱好哲学的朋友都聚拢来，共同研究，互相切磋；你怎可不来呢？你不要当是老师来教人，你当是来合作研究，来学习好了!”话说到这份儿上，梁漱溟还有什么好推脱的呢？他又岂能不为蔡元培的胸襟气度所折服？聘请的全过程，如今听起来，就像是一则童话；而且是一则遥远的无法复制的童话。

其二：关于毛泽东。1918 年 8 月，毛泽东、萧瑜、李维汉、罗章龙等一行二十四人由湖南来京，准备赴法勤工俭学。过了一阵，毛泽东决定暂时不走了，就留在北京，并且想在北大找点事干。据萧瑜回忆，他们写信给蔡元培，诉说了自己的愿望，并提出，哪怕是当清洁工也行。蔡元培阅信时，一定是有过短暂的沉思。他本人就曾留欧多年，并且是赴法勤工俭学运动的高层发起者之一，自然能体谅这样一个中途不能成行的热血学子的处境。于是，他裁纸拔笔，给李大钊写了一张便条，说，“毛泽东需要在本校求职，使其得以半工半读，请在图书馆内为他安排一职位”。毛泽东就这样进了北大图书馆。当年的详情，现在是难以查考的了。但可以肯定，正是北大，正是李大钊、陈独秀、鲁迅、胡适这一批世纪级人物的风采，开阔了青年毛泽东的视野，勃发了他“指点江山”的豪情，强化了他“到中流击水”的意志。

北大的“兼容并包”还体现在在正式生之外包容旁听生。

五

现在再把笔拢回来。除《新青年》编辑同仁外，蔡元培的麾下还聚集了顾孟馀、朱希祖、沈士远、沈兼士、刘文典、马裕藻、陈大齐、马寅初、徐宝璜、周作人、周鲠生、陈启修、吴虞、陶孟和、李四光、颜任光、朱家骅、李书华等一大批新锐人物。在我国最先介绍爱因斯坦相对论的物理学家夏元瑮，得以继续留任理科学长，与文科的陈独秀呼应，奠定了北大在文理两方面的高屋建瓴之势。南金东箭，济济一堂；北大历史上的一个新纪元，就这样军容浩壮地拉开了序幕。

当时北大，《新潮》与《国故》对垒，文言与白话相争，百家争鸣，盛极一时。

如果认为，蔡元培的“思想自由，兼容并包”，仅仅局限于新派人物，那就错了。蔡元培对一些确有学问的旧派学者，如辜鸿铭、刘师培、黄侃、黄节、崔适、陈汉章、马叙伦等等，也都诚意延揽，给他们提供发抒的讲台。这一点常常为人诟病，认为不可理喻。其实，这正是蔡元培的无与伦比之处。即以辜鸿铭而言，他诚然有着复辟倒退的一面，但在英国文学方面的造诣，举世鲜有人及，所以蔡元培请他任英国文学系主任，也是用其所长。站远了看，辜鸿铭的人格精神也自有其可圈可点的地方。对于深谙西方文化背景并洞察西方文明弊端的辜鸿铭，他的卓荦之处就在于：当西方对中国大肆进行文明歧视和文化侵略时，他敢于说：“不！”当民族虚无主义者们把“全盘西化”的口号叫得沸反盈天时，他敢于说：“不！”当国人普遍忽略中西文化的双向交流与沟通，而无视西方传教士和“汉学家”对中国传统文化的隔膜时，他敢于说：“不！”辜鸿铭的这一个侧面当时并不为世人理解，蔡元培能对他高看一眼，确属难能可贵。再以刘师培而言，他是“筹安会”的发起人，帮助过袁世凯鼓吹帝制，大反动也。但他是“年少而负盛名”的国学大师，连另一位鼎鼎大名的国学大家章太炎对他也十分推重，让他讲授擅长的经学，又有什么妨碍？何况穷愁病困中的刘师培这时正急需支持，北大倘不能向他伸出援手，也有失于煌煌上庠的格局、气派。

蔡元培提倡“思想自由，兼容并包”，自有其理论渊源。1918年11月，他在《北京大学月刊》发刊词中，曾用《礼记·中庸》“万物并育而不相害，道并行而不相悖”的老话，阐述他的治校方针；指出：“各国大学，哲学之唯心论与唯物论，文学、美术之理想派与写实派，计学之干涉论与放任论，伦理学之动机论与功利论，宇宙论之乐天观与厌世观，常樊然并峙于其中，此思想自由之通则，而大学之所以为大也。”相隔八十年，如今回过头来看，就更见出蔡元培涵融万汇的泱泱大度。大度也是一种高度，一种浅学者浅薄者绝难企及的人生大境界。蔡元培鄙弃罢黜百家、独崇一己的文化专制，提倡学术自由，百家争鸣。当然自有倾向，但含而不露，相信自己稳操胜券，故从容不迫。这是什么精神？这就是上帝的做派！——假设冥冥中真有上帝，我说，上帝一定总在谦恭地笑。

人们很快看到，蔡元培是如何把一个旧营垒下的北京大学，转变为新思想新道德新文化运动的生源地，为五四运动的兴起和中国共产党的诞生，水到

北京大学的改革不仅使自身改变了面貌，也成为我国高等教育近代化发展中的一个里程碑。这场改革的灵魂是“思想自由，兼容并包”。“兼容并包”不仅包容不同的学术和学说流派，不同的人物和主张，也在男生之外包容女生，正式生之外包容旁听生。“兼容并包”也并非不偏不倚，而是有所抑扬。封建专制思想文化本已根深蒂固，所包容的，主要是资产阶级乃至无产阶级的新思想、新文化、新人物。北大也因此成为新文化运动和马克思主义的传播中心、五四运动的策源地，其影响已远远超出了教育领域。

渠成地输送上大批思想、人力资源。你也许会抗辩：即将发生的这一切，并不完全出于蔡元培的本意！——是的，蔡元培本人受他世界观的局限，并没有完全预见到未来的走向，但这又怎样？在某种意义上，岂不是恰恰印证了“思想自由，兼容并包”的无限量威力？

蔼蔼绿荫

一

沈从文请季羡林吃饭，当着这位昔日小友如今北京大学教授的面，他用尖锐如钢锉的牙齿，把一根捆扎东西的麻绳咬断。这举动无疑带点儿粗，透点儿蛮，显点儿野，文化人一般不会如此原始，自矜身份自视高雅的非文化人也不会如此露丑，大作家沈从文做来却异常从容、利索。镜头落在季羡林眼里，他觉得这正好突出了沈先生的个性，于是就把它记载下来，成了《世说新语》式的儒林传奇。

季羡林（1911～2009），山东清平（今临清市）人。著名语言学家、作家、教育家和社会活动家，通晓十二国语言。历任中科院哲学社会科学部委员、北京大学副校长、中国社科院南亚所所长。

沈从文有没有为季先生留下文字？我不知道。假如我是沈从文，肯定也会反抓他一个故事。譬如说：某年秋季，大学开学，燕园一片繁忙。一名新生守着大包小包的行李，站在道旁发愁。他首先应该去系里报到，但是他找不到地方。再说，带着这么多的行李，也不方便寻找。正在这当口，他看到迎面走来一位清清瘦瘦的老头儿，光着脑袋瓜，上身穿一件半旧的中山装，领口露出洗得泛黄的白衬衣，足蹬一双黑布鞋，显得比他村里的人还要乡气，眉目却很舒朗，清亮，老远就笑眯眯地望着自己，似乎在问：你有什么事儿要我帮忙的吗？新生暗想：老头儿瞧着怪熟悉怪亲切,仿佛自家人一样。这年头儿谁有这份好脾气?莫不是——老校工?他壮着胆儿问了一句:“老师傅,您能帮我提点行李吗?我一人拿不动。”老头儿愉快地答应了。他先帮新生找到报到处,然后又帮他把行李送到宿舍,这才挥手再见。数天后,在全校迎新大会上,这名新生却傻了眼。他发现那天帮自己提行李的老头儿,此刻正坐在主席台上,原来他不是什么工友,而是著名的东方学教授、北大副校长季羡林。

如此一来,这两位文坛高手才能打成一比一。

沈从文看似粗、蛮、野的举动,季羡林的当工友,其实都是人之常情。只不过放在有影响的人身上变得似乎夸张。但也正是从这样的行为上,我们看到了他们作为有公共影响力的人的魅力,就是永远不失本色。

人生能有几次看沈从文咬麻绳?人生又能有几次请季先生当工友?这都是夙缘,福分。我曾在沈从文的故乡湖南生活过十年,也曾沿着清腴的沅水模拟他的纯情之旅。但我不曾去过他的凤凰老家,甚至没有和他通过一次电话,尽管后来我俩有幸同呼一隅的空气,同顶一方的蓝天。与季先生呢?缘分就深了。三十多年前,我就曾为他的文字吸引。那是一系列的游记散文,记得有《塔什干的一个男孩子》、《夹竹桃》、《重过仰光》。应该还有别的篇什,记不清了。倘若回过头来重读,多半会失望。就这么几篇玩意儿,也不见得怎么出色,凭什么就勾了我的魂,乃至决定了我的高考我的后半生的命运。年光逝水,世故惊涛,往事是不能像幻灯片那样重演的,就像对着初恋情人的褪色照片,想象当日为什么会傻乎乎地迷上他或她一样。当时却是痴情,当时却是真诚。这温馨唯有压在记忆深层,才能历久而弥新。但是我对季先生的仰慕呢,却丝毫没有为时光抹去,而是像不断更新的彩色照片,愈来愈清晰、逼真。

一个人的命运同另一个人的命运发生联系，天长地久，就会水乳交融，印象重叠。严格说来，季先生精神世界的一极，离我辈很远很远，远在古代印度，远在缥缈的梵天，那是要借助由十多门外语组装成的“思维探测器”，才能偷窥一眼的仙境。而同时，季先生精神世界的另一极，又离我辈很近很近，近到不分彼此，近到物我两忘，如果你有天和朋友神聊，不小心蹦出一句“我的老师季羡林如何如何说”之类的牛皮，不管你是不是北大学子，也不管你有没有及门或登堂入室，听者都会投过企羡的眼神，报之欣赏的微笑。

学术上的高山仰止，人格的平易近人。不因为有了成绩而高高在上，目空一切。给我们的启发是，事业上更努力，行为上会做人。

1996 年夏季，我正是吃准季先生的朴讷厚重、有求必应，同时也拿出沈从文那种用钢牙代替剪刀的粗劲、蛮劲和野劲，大胆抓了他老人家一回差：请先生为我的首本散文集《岁月游虹》作序。

我之钟情文学，渊源要追溯到初中阶段。至于煞有介事地写起散文，却是在人生的舞台上转了一个大圈之后。尽管已届天命，老大不小，但在散文园地，还属地地道道的新手。如今这文坛，处处都有大将或一方土地镇守，一个名不见经传的局外人，要想擅闯进去，真是谈何容易。闲言少扯，话说有一天，我正在构思《北大三老》，蓦地火花一闪，想到了一个成语：鲁殿灵光。由鲁殿灵光，转而又想到季老的人品学问。由季老的人品学问，又想到何不干脆借他这尊真佛，为自家粗糙的作品开光?！主意就这么拿定。有同窗好友得知，讶然责怪：“你好出格！你那写的是什么东西，竟想劳动季先生为你作广告？何

鲁殿灵光，往往形容那些仅存的人物。季老研究领域的独特和成就使得他当之无愧的是鲁殿灵光式的人物。而且季老的人格高尚，多次辞让“国宝”的称谓。但是现在季老也已离世，让我们缅怀这些闪烁智慧和人格光芒的前辈们！

况，季先生是从不给晚辈作序的。”

这我都晓得。你说我能不晓得？只是呢，说来也真罪过，眼前总拂不去那位老校工的身影。

天遂人愿，数月后，先生果然寄来了序。这就是后来收在集中的《散文的光谱》，应该说是“季羡老的光谱”。

这则故事论理已经可以结束，我虽虚荣，还不至于在此拿了先生序中的溢美之词，刺激读者无辜的神经。但有一事又不能不提，否则就不能全面认识这位当代人所共仰的大儒、通儒。事情就像福尔摩斯的侦探案，又像欧·亨利的短篇小说，高潮总是埋伏在后边。让我想象不到并且绝对大吃一惊的，是先生于拙作出版之后，竟然再次读了一遍，并重新写了一篇感想寄给我！——予也何幸，值得先生如此悉心栽培？啊，我开始后悔自己的孟浪，不该冒昧浪费先生宝贵的精力；因为你一旦落入老人家的视线，他就会像帮助开头提到的那位新生，不仅陪你报到注册，还要坚持帮你把行李送到宿舍。

二

荷花争相展开笑靥，又甜又媚，像仙女列队恭迎嘉宾。烈日知趣地隐进云层，蜻蜓引路，凉风托肘，树上的知了歌了又歇，歇了又歌，为老人的巡视增添无限清兴。

季先生漫步在池塘四周，得意地清点着荷花的朵数。前天还是一百零一、一百二十三，昨天就变成一百五十、一百七十六，今天呢，早晨已突破二百，眼下只怕已有二百二。这当然不包括那些含苞未放的骨突儿,它们还没有睁开睫瓣,算不得数。这池塘就在先生的家门口,享受堂堂学府的优待,它也有个贵族化的大名:红湖。三十多年前,季先生刚刚搬来的时候,湖里是有过翠盖千重、青钱万叠的,依稀还留有“千点荷声先报雨,一林竹影剩分凉”的幽梦。但是好景不长,很快就遭遇一场“冰河期”,水面便成了空空荡荡。先生的心湖,也随之变得空空荡荡。早些年,东风又绿瀛洲草,先生心头的那泓水,earlier解冻了,扬波了。电己及人,他竭力往世人的心湖吹送春风;在我,就是深受他润泽的一个。由人及物,他就想到了门口依然凄凉的池塘,怜爱地、满怀期冀地播下几颗托人从洪湖捎来的莲子。先生确信,播下去,就有希望。谁不知道,种子的生命力是天下最顽强的呢?有一些从古代帝王陵墓里掘出来的稻谷,一遇适宜的条件依旧能生根吐叶;有一些埋在地层里的万年羽扁豆,一旦重见天日照样能发芽滋长。痴心的老人其实也是一粒古莲,在新的时期又抽出了撩云逗雨的叶,又开出了映日迷霞的花。

种子是生命,是希望。

种子播下的第一年,水面平静如初。先生知道凡事都有个过程,就像写文章,先得有个腹稿,然后才能展纸伸笔,此事急不得。说是急不得,偏生又每天前来张望,仿佛恨不得要用目光把莲芽从淤泥中吸出。

第二年,水面依然冷寂,朝朝,暮暮,唯有“天光云影共徘徊”。先生的心湖就未免风摇影动,起伏不定了。眼看它春水盈塘,眼看它绿柳垂丝,但盼它嫩叶轻舒,但盼它小荷初露。然而,讨厌的然而,该诅咒该下油锅的然而，春天来了又去了，夏天来了又去了，转眼到了秋天，塘面仍旧是一片荒芜，寥落。荒芜菡萏路，寥落高士心。难道，难道说洪波里孕育的种子不适合池塘，托根非其所？难道说梦里的婷婷、袅袅、纤纤、灼灼，终将成为一场虚话？

到了第三年，先生已不抱希望。如果有谁到了这地步还抱希望，那他不是傻子，便是神仙。先生是凡人，凡人就只有凡人的智慧。然而，幸运的然而，带来转机带来奇迹的然而，有一天，先生忽然发现，就在他投下莲子的水面，长出了几片溜圆的绿叶。莫是天上的倒影？不会，天空只有飞鸟、云彩；莫非眼看花了？拭拭镜片，定睛再看，没错，嫩生生的，羞怯怯的，绝对是莲叶，莲的新叶。数一数，一共五片，不，六片。有一片将露未露，一半还在水底。团团五六叶，装点绿池初。它们，啊，此处应该用她们，仿佛是莲的王国派出的绿姝，先期给老人通一通消息，告诉他凡播种定有收获，生命的顽强、生机的蓬勃使她们从来不曾失约于世人，等着吧，不要多久，那千茎万茎就会昂然挺立，那田田翠翠就会漫湖覆盖。

一分耕耘，一分收获，亘古不变的道理。

这一等，就又是一年。虽然漫长，却并不难捱。怀抱期冀，就是足踏时间的风火轮，多少寂寞，多少惆怅，一跃也就甩在了身后。下一年，“蝉噪城沟水，芙蓉忽已繁”。先生无法确知，那莲的纵队是怎样在深水中迅速扩展，但从占领水面的荷叶判断，每天至少要以半尺的距离推进。就这样，是年夏天，先生终于迎来了半池绿荷，满眼红蕖。待最初的几周激动后——那喜悦，绝不亚于金榜题名，大作杀青——剩下的，就是悠闲如柳丝，飘逸如清风，超尘出世如他专攻的梵文、巴利文、吐火罗文，在莲的世界徜徉迷离，乐而忘归了。空气中有清心健脑丸，也有祛愁解忧丹。常常，先生陶醉于他的业绩，就像前面提到的那样，漫步塘边，高瞧低看，目掐心算，宛如课堂点名，又如沙场点兵——谁说这不像一场美学领域的攻坚战？数久了，数累了，先生就会找个地方坐下来，静静地聆听满湖的红吟绿奏。

如是乎，在接踵而来的岁月，先生每到夏秋两季，就多了一项消遣：一个人坐在红湖岸边，直面满湖的碧绿黛绿，深红浅红，遁入哲学家式的玄思妙想。

人活到七老八十，经多大风大雨，见惯沧海桑田，心就趋向沉静；偏偏又是大知识分子、大学问家的主儿，年龄愈是老去，思考愈益深入。沉静，是对身外之物而言，种种你争我斗，张长李短，不再挂碍于心；深入，是指对人生的奥义，终于可以无挂无碍地从容咀嚼，仔细发掘。

孔子说，富贵于我如浮云。淡泊沉静的生命态度，值得我们思考。当今的中国，急功近利，追名逐利，视功名富贵为第一要义。先贤们的启示早已无视。努力探求人生的价值，积极“向内”，而不注重“向外”，季老的境界可谓大矣。

生命到了这种境界，释放就尤其显得香气勃郁。六十年前，先生在水木清华就读，那里曾诞生朱自清的名篇《荷塘月色》。六十年后，先生在红湖岸边忆往思来，陷入片刻的假寐，不期也结晶了一篇语出天然、朗爽脱俗的《清塘荷韵》。

写作的那天，正值 1997 年中秋。天上的月华和水中的月魂互映，周敦颐的清涟和胸中的澄泓相汇。啊，彼时彼刻，先生伏案挥毫，任何台风都吹不乱他头上的一茎霜发，刮不散他胸中的一缕芗泽！

且让我们品味其中的一节：久坐岸边，恍若出尘，这时，“风乍起，一片莲瓣堕入水中，它从上面向下落，水中的倒影却是从下边向上落，最后一接触到水面，二者合为一，像小船似的漂在那里……”花落影随，状流光，影与花合，状禅机。北大曾日红楼，季府权充聊斋。可惜没人录下先生的脑电波，一任那些美丽的幻象随风飘逝。

数日后，我去北大开会，恰好碰到先生。也是福至心灵，我向他约稿。先生马上反应：“刚刚写好一篇，也适合给《人民日报》。”

文章编发后，随即博得一片喝彩。尔后，又接连收获当代报纸副刊的两项最高奖。可见，这个社会绝不缺少发现美的慧眼。

三

短跑健儿的雄姿掠过电视屏幕，在书房卷起一股旋风。国际田联黄金大奖赛，男子四百米，人人的眼眶都盛开一朵金色的玫瑰。季先生羡慕地盯着那些黑斑马、白斑马、黄斑马，恨不能也下场一比高低。倘若倒退七十年？他想。啊不，其实是我在想，是我在替先生想。

拾起中断的思绪，我又回到梁实秋。也是在这间书房，也是在这样一个燠热的傍晚，谈天中，先生顺便提过当年的一桩公案：梁实秋和鲁迅之间的论战。前者时年二十五岁，后者时年四十七岁，一个是初生牛犊，一个是久经沙场的辣手。“委蜕大难求净土，伤心最是近高楼”！梁实秋因为这场恶战，留下终生不愈的创痛。晚年在台北，偶一提起，还耿耿于怀，未能恝然置之。他应该狠狠杀它一个回马枪的，因为鲁迅早已撒手西去。君子报仇,五十年不晚。此时不下手,更待何时?但是呢,不!梁实秋说起对手,竟然满怀敬意。"鲁迅的文章实在是写得好,"他曾向人慨叹,"老实讲,在'左'派阵营中还很难再找出第二个像他这样的人才。"

画面转为女子跳高,喜剧和悲剧轮番交替。大喜大悲,亦喜亦悲。瞬间沧桑,顷刻玄黄。最后的一跃必然是悲,冠军也得在一个新的高度上栽倒。悲中亦有喜,最惨的失败总预示着最接近的希望。您是否设想自己也是场上的一员,不知您将横杆定格在哪一个高度?思维之舵急转,突然想起了胡适。仍是在这间书房,不过季节为隆冬,时间为午前,因为有出版社约请先生为胡适全集作序,自然而然,话题便转向这位40年代的北大校长。胡适也挨过鲁迅的批判,先生说,困窘不亚于梁实秋。1936年10月,鲁迅病逝。11月,苏雪林致信胡适,迫不及待地想煽动一场对鲁迅的围剿。苏女士满以为胡适恨鲁迅恨得咬牙切齿,笃定会出面助她一臂之力。错了。完全错了!胡适回信,对苏女士的偏激给予毫不客气的批评。胡适说:"凡论一人,总须持平。爱而知其恶,恶而知其美。"并强调:"鲁迅自有他的长处。如他的早年文学作品,如他的小说史研究……"

梁实秋、胡适的做法,既说明了鲁迅的伟大,同时也证明了自己的伟大。无论文学史上还是思想史上,也许都不该少了他们的名字。

画面又转为男子五千米。群雄相逐,脚跟翻飞。镜头锁定一群看台上的后生:一色的赤膊,花脸,前俯后仰,狂呼乱叫;跟着又锁定一个幼童:一边舞动彩旗,一边也学大人打出胜利的手势。倘若您也在看台上,起码也会年轻十岁。年轻多好。青春多好。须臾,镜头又转回跑道。第一方阵,全部是非洲雄狮。十来人，争先恐后地挤作一堆。直至半程而后，距离才渐次拉开，方显得骁者愈骁，勇者愈勇。瞬间蒙太奇，屏幕打出了梁漱溟。啊，不是电视画面，是我的大脑屏幕。地点是在隔壁的客厅，忘了是早春还是深秋，是午前抑或是午后，先生曾向我动情地描述过这位学林前辈。先生说，20世纪的学人中，最让他钦佩且引为楷模的，就有梁漱溟。而梁一生最感动人的，首先是他的人品。梁漱溟和毛泽东是多年的至交，相互往来密切。1953年，因为农民问题，梁漱溟和毛泽东有了分歧。尔后，毛泽东公开点名批判梁漱溟，上纲上得很高，两人的友谊遂告结束。三十三年后，九十三岁的梁老回忆往事；这时，毛泽东已故世十年，梁老并没有像某些人想象的那样，趁机为自己出气，反而诚恳地作出检讨。梁老说，当日，是他态度不好，讲话不分场合，使毛泽东很为难。他更不应该伤了毛泽东的感情。如今，哲人其萎，大雅凋谢，“太息交游秋后叶，枝头曾见绿成荫”，他感到深深的深深的寂寞……

而今先生是否也感到深深的寂寞，因为他一位多年的老友，不久前驾鹤西去。他俩曾经相识相知，相驰相逐。毋庸讳言，在学术的某些领域，二老既有共识，又存歧见。而我，正是看中这后一个因素，才冒着炎炎酷暑，从城里跑来。我特别想知道先生对此公学问的评价，它涉及我的一篇文章的立论。这里有三分好奇，更多的则是尊重。先生阅水成川，阅人为世，德齿俱尊，一言九鼎，哪怕说一句话，一个词，对我常常有实质性的意义。比如我写鲁迅、周作人、胡适、郭沫若，都曾得到先生的点化。那天，当我在电话中说明意图,先生在电话那头愣了一下,答说:“一言难尽。”但是他没有拒绝我登门面谈,既然答应登门,窃想先生一定会有所指教。然而,我估计错了。从头到尾,关于某公的一切,都是我一个人在讲。先生只是静静地听,既不插话,也不表态。唯一的声明,先生说,很多人谈到过同样的话题,他一律是无可奉告,答案应由他们自己去找。

僵局,谈话难免陷入尴尬。我于是就随意打开电视,借以冲淡多少有点压抑的气氛。我不死心,总还想从先生的口中套出点什么。据我了解,先生是性情中人,平常很少掩饰自己的七情六欲;尤其当问题涉及学术上的是非正误。但是今天,先生却始终眸光似水,一澄到底,不染半点尘埃。既然如此,先生,您为什么要让我大老远地跑来?在电话中一口拒绝岂不是更好?有一刹那,我甚至起了埋怨。自从您那篇序文问世,不少人都把我当作您的弟子,甭管咱天分高低学问深浅,这师生的缘分毕竟是实在的。因此,难道看在师生面上,您就不能指拨一二,哪怕是暗示?

最终,先生还是什么口风也没有露。沉默,当然本身就是表态,一种无须多说、不言自明的表态,但它极有分寸,起码不伤人,也不失长者的身份。我终于体悟:违心的话,先生不愿讲;在逝者的背后插上一刀,更为不屑。于是,先生便用一己清凉的沉默,熨帖灼热浮躁的红尘。

韩愈在写柳宗元墓志铭的时候,就把落井下石的小人行径和柳宗元的风尚做了鲜明的比较。一个人的一生,做不到圣人的境界,但至少要坦诚、真诚、不违心,不落井下石,不背后捅刀子,不当面一套、背后一套。

四

这天,是季先生的米寿之辰。黄昏时分,我来到先生所在的朗润园。没有启动手机联络,更没有径直叩门,而是悄悄绕红湖一圈,然后在湖的东岸,估计在先生及其家人看不到的地方,找一块石头坐了下来。独对了满湖的蛙鼓,和水底啾啾喳喳的繁星,静静地,想。

脑际浮起一桩传闻:缘湖的这条小道,是先生进出的必由之路。某天,先生刚走出家门,迎面碰上一位驾驶白色轿车的年轻人。对方问明先生去处,执意要相送一程。先生说路不是太远,锻炼锻炼也好,坚持继续步行。先生在前面走,听得后面轿车掉头,为了让它尽快通过,便一直贴着路边。走啊,走啊,走了五六十米,不听喇叭响,也不见轿车从旁擦过。心下奇怪,回头一看,原来轿车放慢速度,老远地尾随。先生便停下来,摆手让轿车先走。轿车也停下来,示意不敢僭越。就这样,先生在前面走,轿车在后面跟。直到出了朗润园,来到一处岔路口,年轻人才轻轻按了一下喇叭,向先生致意,然后拐上另一条道飞驰而去。

仍是发生在这园里的故事:去年 9 月 25 日,清晨,一伙男男女女的大孩子,在先生门外徘徊。他们是这一届的新生,久仰季老大名,未等正式上课,甚至未等这一天的霞光染红燕园,就迫不及待地跑来拜谒长者。来了,才想起季老有个习惯,每天四点起床写作,日上三竿方歇,这是先生一天的黄金时段,谁也不忍心上前打扰。那怎么办?既然来了,总不能毫无表示地回去吧。有人便以树枝为笔,在窗外花圃的泥地上留言:“来访。九八级日语。”写罢,意犹未尽,又在湖边的湿土上大书:“季老好!九八级日语。”

这位驾车的年轻人，和这伙十七八岁的大孩子，他们未必懂得多少季老的学问，恐怕也没有谁认真读过几本季老的书。但这并不妨碍他们的崇敬。泰山北斗的比喻太老、太俗，大师大家的说滥了也不觉得新鲜，其实，在他们眸底心田，季老本身就有点像这清塘荷韵，既古典，又清明，既亭亭净植，又香远益清。有他往这儿一站，湖光山色便鲜灵如一幅水彩。

类似上述的短镜头，我好像在哪儿见过？想啊想，哦，想起来了，是在季老的书里。倒退六七十年，先生也正处于后生的地位。那时，先生在清华求学。先生眼中的陈寅恪、郑振铎、吴宓、朱光潜、俞平伯、冯友兰，就正如今天年轻一辈眼中的先生。

遥想当年的大学，真是群星璀璨，星光闪耀。当今学术造假，教授走穴，缺少了知识分子的良知和焦虑，更愿意在聚光灯下曝光，而很少甘愿坐冷板凳了。

记得，先生曾深情地回忆过陈师寅恪。先生描绘说，寅恪师走在清华园，他身穿一袭长袍，腋下夹着一个布包，包里装满鼓鼓囊囊的讲义和资料。那样子，无论如何也不像一位内拥传统、外揽西洋的大学者，倒有点像琉璃厂某家书铺的小老板。但就是这么一个土里土气的人物，只要他打校园一过，就会勾起青年学子的无限仰慕，令他们的周身充满张力。

正是英雄本色也。

同一时期，同一地点，先生回忆，郑师振铎的腋下也常常夹着一个大包，风风火火地来往于清华、燕京和北大之间。他夹的不是布包，而是皮包，里面装的不仅有讲义和资料，还有自己的以及大学生的文稿。振铎师戴着高度近视眼镜，走路有点昂首阔步，学子们背地开玩笑，说郑先生看上去就像一只大骆驼……翻开季先生的文集，回忆师辈人物的篇幅占了很大比例。除了前面提到的诸位，还有中学老师董秋芳、鞠思敏、胡也频，校长宋还吾，教育厅长何仙槎，大学老师叶公超，北大校长胡适，德国老师瓦尔德施米特、西克，以及亦师亦友的梁实秋、汤用彤、曹靖华、老舍、沈从文、郎静山、周培源、许国璋、冯至、吴组缃、胡乔木、乔冠华、许衍梁、臧克家、张中行等等。先生说，他写这类文章，绝不是随心适性，信笔所至，而是异常珍贵，甚至是超乎寻常的神圣。珍贵在什么地方？神圣在什么地方？一句话，就是吾国吾民尊师重友的光荣传统，我想。这又是一句老话，老得谢了春红，落了秋叶。尽管如此，我还是瞩望它重新抽出新芽。“捣麝成尘香不灭，拗莲作寸丝难绝。”谁都承认鲁迅的伟大，然而，想想看，假如从鲁迅全集中抽去《藤野先生》、《关于太炎先生二三事》，以及《范爱农》、《忆刘半农》、《悼杨铨》诸篇，先生的人格，还会有如此厚重、高大么？

当然，在追求真理的过程中，也有出于大义，不得不“谢本师”的，如章太炎之脱离俞樾，周作人之脱离章太炎。这种情况，毕竟是少数。更多的，则应凸显为师恩如海。说师道尊严，又有什么不对？尤其当他或她代表了一种文化精粹。在尊师上，季先生堪为模范标本。据他的研究生钱文忠随记，1990 年 1 月 31 日，年届八十的季先生向冯友兰、朱光潜、陈岱孙三老拜年。每到一家，不论见到的是对方的夫人、女儿、女婿，还是老先生本人，他都身板挺得笔直，坐在沙发的角上，恭恭敬敬地表示祝贺。另据先生自己记述，今年暮春，先生于八十八岁的高龄访台，百忙中，还特地抽空去了北大老校长胡适、傅斯年二公的陵墓，鞠躬献花如仪，一洒异域多年的哀思。

尊人者，势必得到人的尊重。这是常理。就在这个晚上，当我坐在湖边怡然遐想，通向季先生寓所的湖滨小道，走过一拨又一拨的年轻学子。他们中，也许有那位驾驶白色轿车的青年，或者在先生门口留下祝福的日语班学生；从偶尔飘进耳膜的片言只语，确信不少谈话都与先生有关。即使是坐在对岸树影下的那对恋人，一边饕餮荷花的芳泽，一边沐浴在爱情的天河，他们若是想到这满湖的莲蕊与连理，都是先生亲手所播，只怕在含情脉脉之余，也会向先生窗口的灯光，投去满怀祝福的一瞥。

人要懂得尊重，要懂得敬畏。不光要尊重人，还要尊重自然。只是现在的社会，尊重和敬畏已然缺失。从季老这样的人身上，我们应该有所触动。

瀛海征帆

一

冰心（1900～1999），福建长乐人。现代著名作家、诗人、翻译家、儿童文学家。曾任中国民主促进会中央名誉主席、中国文联副主席、中国作家协会名誉主席。

第一次出门远行，是兴奋的，同时也是令人印象深刻的。

那一阵子海神想必温柔而多情，像若干年前，冰心的小弟杰娓娓叙述的那样："她住在灯塔的岛上，海霞是她的扇旗，海鸟是她的侍从；夜里她曳着白衣蓝裳，头上插着新月的梳子，胸前挂着明星的璎珞；翩翩地飞行于海波之上……"

不管活到多大年纪，第一次远航永远清晰如昨，那令人想见雏燕初飞，那令人想见乳虎试啸：1923年8月17日，二十三岁的冰心东渡赴美。邮船名为"杰克逊号"，"杰克逊号"劈波在太平洋，太平洋弹奏着阳光、海浪与鸥鸟的和弦。你看这蓝天蓝不可及，你看这碧海碧不可测，而在烟涛微茫的前程，永远晃漾着神秘的天光。冰心为此而沉醉；哪怕是船体激烈的颠簸，也能给她带来莫名的欣喜。奇怪么？不。因为她的父亲是一位海军军官，因为她从小就随父在烟台的海滨长大，海风强劲了她的骨骼，海浪激扬了她的血气，海是她的活力之源，梦想之邦。"这番横渡太平洋，你若晕船，不配做我的女儿！"临行前，父亲半开玩笑地交代。知女莫若父，冰心果然没有晕船。她发现自己的脉息，简直是和大海同律。

为了实践当初“海化”的宏愿——她曾对弟弟们说，希望我们都做个“海化”的青年——好几个晚上，当同伴慑于风浪，纷纷撤离甲板，退回狭窄的舱房，她却犯难而上，独自攀上船顶。这当天，天黑如漆，水黑也如漆，四周围扩张着无边的黑暗。唯有她，怀抱光明，伴涛声脉脉电语。

那一阵子缪斯女神想必对她特别青睐：每时，每刻，她都几乎能抓着灵感，然后迅速吟哦成诗。从海的深邃和圣洁，她想得最多的，是母亲。

冰心的文学，大海和母亲是很重要的核心意象。大海深邃圣洁，母亲也是如此。

循着栏杆来去，——群中的欢笑，掩不过静里的悲哀！我在海的怀抱中了，母亲何处？(《惆怅》)

母亲，倘若你梦中看见一只很小的白船儿，不要惊讶它无端入梦。这是你至爱的女儿含着泪叠的，万水千山，求它载着她的爱和悲哀归去。(《纸船——寄母亲》)

首次渡海求学，远离慈母的膝下，彼岸何在？等待她的是玫瑰还是荆棘？一切向往都浮在虚空。一切回忆都塞满胸臆。

天风里，居然引起了无限的凄哀！……我的朋友！前途只闪烁着不定的星光，后顾却望见了飘扬的爱帜。(《乡愁》)

储满炽爱的心胸禁不住作汪洋泛滥。浩渺无涯的海上，她把目光投向搏击风浪的渔夫。她找出几个盛胶片用的锡筒，把它们改做漂流瓶，每个瓶里，不，筒里，密封着一张纸条。纸条上说："不论是哪个渔人捡着，都祝你幸运。我以东方人的至诚，祈神祝福你东方水上的渔人！"

这一组漂流筒，没有听说哪一个带出下文。倒是冰心自家的心锚，在处女航中找到了港湾。半月的海上旅程，她结识了清华出身的学子吴文藻。两颗年轻的心，鸥鸟一般确认了共同的航向。是不是海之神在暗中牵线？是不是命中注定她要终生与大海结缘？这时间，这邮船，这航程，早一天千差万别，晚一趟人事全非，不迟不早，恰恰正好。海为媒，浪作筏；白帆一般的情愫，云水一般的胸襟。幸福是可以啜饮的，像新磨的咖啡。啊，自从大清朝派员赴美留学以来，这趟水路已走过成百成千的学子，多少高歌，都随浪花泯灭，多少豪吟，都随烟波消逝，独有她晶莹若玉的一片冰心，以及那些皎如明月灿如繁星的文字，将长久地长久地在天宇之间流光溢彩。

二

这就叫机缘。梁实秋也是从上海港出发，梁实秋乘的也是这趟邮船，他若想躲过冰心，应该在前世就向海神申请，他若想错过许地山，今生同样没门。

梁实秋才不会当面错过许地山，他拜读过对方的《缀网劳蛛》、《空山灵雨》，在风靡文坛的《小说月报》上，对这位燕京大学的才子，仰慕已久。如今海路相逢，亲聆谈吐，自然大喜过望。许地山是那种一望而知的非凡角色。他总是蓬松着一头如狮如虎的乱发，瞪着一双铜铃似的大眼，状极威猛。髭间却留着一小撮山羊胡，走动迈着八字脚，未开言先咯咯地笑，为人又特别风趣，和善。他的一些匪夷所思的小动作，尤其令人捧腹。

回避冰心，倒可能是梁实秋最初的，也是本能的反应，同为燕大出身的冰心女士，文学的风头更胜于许地山，梁实秋没少读她的作品，要命的是，不仅读过，还批评过，而且批评得相当严厉。梁实秋承认冰心是散文作家、小说作家，但藐视她的诗人地位。他剖析了冰心的诗集《繁星》与《春水》，测定其为人"冰冷到零度以下"，以这样的心性，绝对不适于作诗。然而，天下说大真大、说小又确实小——梁文油墨未干，硝烟未散，双方竟在甲板上走对了面。

"您到美国修习什么？"梁实秋强忍着尴尬。"文学。"冰心回答，随即反问："您呢？"

"文学批评。"

偏偏是文学！偏偏是文学批评！

幸亏，冰心表面矜持，骨子里却光风霁月，幸亏，梁实秋尽管心怀成见，却也从善如流，加之又有许地山从中斡旋，两人很快捐弃前嫌，结成好友。

有所成就的人，必然在做人上就先胜一筹。

三个文坛剑侠，三个风流雅士，当此寂寞的海上长途，免不了要有所表现——潜意识里，也许不无比试的性质吧！他们就在这小小邮船之上，办起了一份题名《海啸》的壁报。这究竟是那个时代的无聊，还是那个时代的充实？这究竟是那个时代的佯狂，还是那个时代的真诚？诗歌诉说不尽的绵绵思绪，他们便交由散文去编织；散文仍感觉不够畅意的，他们便交由译文去曲折婉转。壁报虽狭小，题材却广阔，纸张虽粗劣，文采却斐然。尔后，他们又从中精选出十四篇，寄回国内的《小说月报》发表。寄给《小说月报》的那组稿件，打头的便是梁实秋的一首新诗，题目就叫《海啸》："月出神的骚士！你想些什么？可是眷念着锦绣河山的祖国？若是怀想远道相思的情侣——明月有圆有缺，海潮有涨有落。请在这海上的月夜，把你的诗心捧出来，投入这水晶般的通彻玲珑的无边天海！"

梁实秋和冰心在航程中结下的友谊，一直持续到生命的终点。历史的指针跳到1968，一天，梁氏在台北，忽然听说冰心夫妇在大陆服毒自杀。天旋地转啊，那一刻！他踉跄走向阳台，北望浮云，浮云下面的海峡，海峡那边的长安，不，北京，想起当日与冰心在海轮上的邂逅，在美国的交游，以及而后在国内的过从，不禁老泪纵横，不能自已。随后他隔岸招魂，写下肠断神伤的《忆冰心》，托高天的素月捎去心香一缕。孰料四年后情况落实：冰心夫妇依然健在，所谓自杀云云，纯系误传。实秋先生惊喜之余，赶忙撰文更正。一前一后两篇文章，冰心都看到了。造化老人玄妙莫测，及至1987年，梁实秋辞世，长他三岁的冰心，却正焕发出第二度青春。结果，轮到冰心大姐撰文悼念她的实秋小弟，冰心写道：实秋在台湾，"曾听到我们死去的消息，在《人物传记》上写了一篇《忆冰心》。我感激他的念旧，曾写信谢他。实秋身体一直很好，不像我那么多病。想不到今天竟由没有死去的冰心，来写忆梁实秋先生的文字。最使我难过的，就是他竟然会在决定回来看看的前一天突然去世，这真太使人遗憾了！"想象冰心老人当

高天素月，在文人的笔下往往成为寄托情感的载体。一部文学史，同一个月亮，不同的诗人和情感。梁实秋的做法和文章，可谓是至情至性。

日伏案走笔,手腕哆哆嗦嗦不听使唤,俄而搁笔翘首南天,睫毛下似有万顷咸波在鼓荡。

三

比较起东渡的水天一色,四顾苍茫,西渡就显得光景扑面,风情万种。轮船离开上海港,迤逦向南,途经香港、西贡、新加坡,然后折而向西,穿马六甲海峡,入印度洋,绕亚丁湾,渡红海……这条壮丽的水道,曾是商贾、海盗的走廊,是联结亚欧两大洲的海上丝绸之路。郑和的舰队走过这里,可惜半途而废,功亏一篑;严复和他的小伙伴走过这里,未几得风气之先,为古国引进一股泰西新潮;如今,1924 年的初秋,舒庆春轻叩船舷,开始了新一轮的跨海远征。在他,这竟是名副其实的“苦海”: 船出吴淞口,就遇上了风浪,好端端的一个胃,却像吃错了药,七肠八肚儿勾着扯着,不一会儿,就把吃进去的那点零碎呕净了。可胃里并没有消停,接茬翻来覆去地倒腾,那架势,不把上辈子吃进去的那点棒子面掏空不算完了。大概正因为如此这般地颠来倒去,折腾得苦不堪言,沿途风光虽美,始终匀不出心思欣赏,所以他的这番漂洋过海,居然没有留下像样的记录。举例说,连他离岸的具体日期,不仅传记上(郎云、苏雷著)语焉不详,就是他的儿子舒乙先生,也没能帮我查证清楚。

舒庆春本来可以不作这番苦渡,假如他不跟缸瓦寺的一位牧师学习英文,假如那位牧师不把他介绍给在燕大任教的艾温士,假如艾温士不力荐他应聘伦敦大学东方学院的中文讲师,那么,这会儿他多半还在北京城的哪家中学讲台上吃粉笔灰，还在失恋的泥沼里狼狈挣扎，还在一场大病初愈的阴影中黯然徘徊。但是，命中注定了有一个熟人——就是与冰心、梁实秋同船赴美的许地山，已经在伦敦发出无声的召唤。你说是谁？又是许地山？对，就是他。他也是舒庆春的朋友。许地山留洋，这事本来和舒庆春毫无瓜葛，谁知到头来，竟变成至关紧要，举足轻重。话说舒庆春千辛万苦地抵达伦敦，恰值许地山由美国转来英国，也住在伦敦。而且，无巧不巧的是，学院为他安排的宿处，正是和先来数天的许地山同屋。那时节，许地山已经是著名的学者兼作家，而庆春呢，除了当过几年孩子王，写过一个短篇小说，还啥名堂也没有。世人不难想象，许地山的出现，对于正处于转折途中的舒庆春，将是一个多么重要的契机。

中国讲知遇之恩，讲贵人相助。正因此，文坛上出了老舍。没多少知道许地山，但不知道老舍的很少。

天涯羁旅，目睹西人的傲慢，心叹故国的孱弱，庆春那颗敏感的心，渐渐爆出了诉说的欲望。终于，他拿起了笔。一来二去，就弄出了一个长篇。起名《老张的哲学》，用的是在北京任教期间的见闻。初试长篇，能不能发表？投哪一家杂志碰碰运气？心里忒没底。一天，庆春鼓起勇气，把稿子读给许地山听。许地山听了几段，未置可否，只是笑了笑，说："寄到国内去吧。"

国家不幸诗家幸，赋到沧桑句便工。时势成就了老舍，老舍表达了时代。

"可……寄给谁呢？"

"寄给上海的郑西谛，他在主办《小说月报》。"

郑西谛收到舒庆春的稿件，认真翻了翻，觉出不同凡响。也许正因为太特殊了，某些手法某些艺术处理，他还有点吃不准，也就搁在了一旁。许地山呢，别看他当着庆春的面，未置一字可否，骨子里却是时刻挂牵着文稿的命运，赶着他日后回国，甫抵上海，便急忙找郑西谛催问，西谛先生这才下决心拨出版面连载。

那已是1926年。接到准备刊用的通知，庆春首先想到的，就是起个中规中矩的笔名。小说既然叫《老张的哲学》，作者似乎也应该为老某。叫老舒吧，不甚上口。叫老庆，听着嫌别扭。不如把“舒”字拆开，取左边的偏旁，叫老舍。对，老舍好！记得1922年在《南开季刊》首次发表短篇小说《小玲儿》，署名为舍予。舍予，舍予，合起来就是一个“舒”。转眼又过了四年，当日的小舒，可不就成了老舍！

老舍名字原来是这么来的。

1929年夏，舒庆春结束在伦敦的教职，取道法国的马赛港回国。这时，他已是拥有《老张的哲学》、《赵子曰》、《二马》三部长篇小说的老舍先生。三部都是在《小说月报》连载，老舍的大名已经广为人知。满载而归，自然胜于初踏征途，尽管仍然晕浪，仍然呕吐，但他已能从容领略沿途的云山烟水，并且闹中取静，抓紧写作他的第四部长篇：《大概如此》。

四

“为了看日出，我常常早起。那时天还没有大亮，周围非常清净，船上只有机器的响声。”沿途，只要抓着机会，李尧棠就要给国内的亲友报告见闻。人在汪洋，汪洋在人，人眼是景，动心是情，此时此际，读者想必会生出联系：尧棠此番远赴巴黎，应该也是去寻找他生命中的另一种日出？

《日出》是巴金的作品，同时也代表着巴金对未来的思考。

“天空还是一片浅蓝，颜色很浅。”两个“浅”字，勾勒出一片大背景——令人想起他二十三岁的青春，鲜润，澄霁，一碧如洗。须臾，“天边出现了一道红霞……”这是前奏，是绮念，是希冀。果然，片刻工夫，在那个地方出现了太阳的小半边脸，“红是真红，却没有亮光。”观察之细，之微，直参天机。一切的新生，如笋之破土，如涧之出谷，首先在于它毫不含糊的优质。说锐，就尖挺若锥；说清，就澄澈似晶。当然，暂时还没有聚集起足够多的势能，还不足以引起万汇的紧张或警觉。月亮初升时，情形也是这样，昨晚他就注意到，当“一轮红黄色大圆镜似的满月”挣脱波涛，那一刻，“并没有万丈光芒来护持”，它朦胧，清淡，宛像了一页剪纸。

终于，太阳完全跳出了海面。这个红彤彤的圆头圆脑的家伙，“忽然发出了夺目的亮光，射得人眼睛发痛，它旁边的云片也突然有了光彩”。为它而欢呼，为它而跳跃吧！霞在浪尖翻飞，浪在霞谷浮沉。这是海神与日神的狂欢，天与水的辉映，艺术与真理的凝聚；是宇宙臻乎完美的杰构！

就这样，三十多天的海上漂泊，使尧棠得以饱览天光水色。时在 1927 年的初春，目的地为马赛。尧棠走的，大体与舒庆春同一航线。在这之前，他是成都李公馆的少爷，外国语学校的学生，克鲁泡特金无政府主义的信徒，《新青年》的读者，报考北京大学未遂的社会青年。而在这之后，他将是巴黎底层的游客，卢梭像前的思考者，人道主义的旗手，以小说《灭亡》跃登文坛的作家巴金。

尧棠是怀着满腔悲愤离开故土的。家族的分崩离析,国家的腐败沉沦,同胞的水深火热,在在都使他扼腕长叹,五内如焚。邮船驶出吴淞口,他不禁想起旧俄时代流行在西伯利亚的一首哀歌:“再见吧,我不幸的乡土哟!”同时也在心底默念:

“祖国哟,我恨你,但又不得不爱你!”

航行途中,尧棠写信给一位姓沈的朋友,说:

> ……我在过去的某一个短时期里,也颇有意皈依佛教。因为生与死的苦闷压迫着我,我也曾想在佛经中找到一点东西来解除我的苦闷,但是结果我并没有得到什么……于是我不能够忍受下去了,便重回到现实的路上,做一个社会运动者,要用人群的力量来把世界改造……
>
> 我现在的信条是:忠实地生活,正当地奋斗,爱那需要爱的,恨那摧残爱的。我的上帝只有一个,就是人类,为了他我准备献出一切……

李尧棠远赴法兰西,最初的打算,是想研习经济,考察社会,并进一步吃透无政府主义的精髓。但是两年后,他却以一个现实主义作家的双臂拥抱故国同胞。这一突变,不禁使人再度联想起出国途中,他关于海上日出的那番精心描绘,就在那篇报告的结尾,他作了寓言式的渲染:“有时天边有黑云,而且云片很厚,太阳出来,人眼还看不见。然而太阳在黑云里放射的光芒,透过黑云的重围,替黑云镶了一道发光的金边。后来太阳才慢慢地冲出重围,出现在天空,甚至把黑云也染成了紫色或者红色。这时候

爱之深,责之切。这个清风吹不起半点涟漪的死水一般的国度,恰恰是巴金这些人生命中最重要的东西之一。并一生为之不懈地奋斗争取。

光亮的不仅是太阳、云和海水，连我自己也成了光亮的了。”

这就是太阳的魔力。这就是真理的辐射。拥抱由一亿四千九百万公里以外轰鸣而来、喧笑而来的阳光，连他自己也情不自禁化作热烈的光源！——啊，由自然而社会，由肉体而精神，这不都是很辩证的奇观么?!

五

你不能不为这四字赞叹："一衣带水"！创造出这成语的隋文帝，不失帝王法眼，而借它形容神州和扶桑之间距离的文士，亦堪称大手笔。在西学东渐，热血青年纷纷扬帆过海、寻求真知的近代史上，唯其与日本，只隔着窄窄的一水如带，所以去的人就特别多；唯其去的人多，船头激起的水花也就分外滟耀。

沿着苍蓝而又略显忧郁的波涛，逡巡如鸥，我追寻周树人的踪迹。树人东渡，值公元1902年。那前后，在国外，老托尔斯泰的《复活》业已问世，高尔基的《底层》宣告脱稿，杰克·伦敦《野性的呼唤》尚在孕育，尼采去世，左拉也奄奄一息；而在国内，戊戌变法失败，八国联军长驱直入，义和团血洒京门，梁启超、蔡锷等亡命东洋……树人临行前，友人胡韵仙曾赋诗相赠："英雄大志总难侔，夸向东瀛作远游。极目中原深暮色，回天责任在君流。"屹立船头，抚望无尽的波涛，树人的心，也和海天一起搏动。从前，他曾经去镇塘殿观潮，从一个缺口探出望眼，即使浪来如山，终归还是冷眼旁观；而现在，置身于一望无际

鲁迅也罢，郭沫若也罢，茅盾也罢，这些特定时代的人身上都背负着沉重的十字架。他们的文学不是风花雪月，而是手中的武器，要用这个治病救人，富国强兵。

的滚滚与滔滔，树人生命的奔流，也正像了喷珠泼玉的狂涛——他自信——一旦遇着机会，下纵尽可飞泻成瀑布，上涌尽可激射为喷泉！

樱花烂漫的东瀛，十二年后，又出现了郭开贞的身影。他是取道朝鲜扬帆，那儿的海域更其狭窄，窄到就像一条纵马可跃的小溪；以至他日后写回忆，只是浮皮潦草地一笔带过。倒是半年后在房州与大海的那一番贴身肉搏，留有详尽的记述。开贞久处四川盆地，对海有一种近乎本能的渴念，只要一看见烟波的荡漾，心潮就会浮光耀金。说实在的，他那时泳技平平，纵然不是旱鸭子李逵，也绝对比不上浪里白条张顺。但他却总爱把自己想象成“海之子”，充满异乎寻常的自信。因此，有一天，当他盲目地向“大海母亲”怀抱的深处游去，游去，就差点儿葬身鱼腹，魂游龙宫。难说究竟是海神战胜了他，还是他战胜了海神？开贞经此生死相搏，反而更加崇拜大海的伟丽。你听他日后以“沫若”为笔名，在《浴海》一诗中纵情欢呼：“太阳当顶了！无限的太平洋鼓奏着男性的音调！万象森罗，一个圆形舞蹈！我在这舞蹈场中戏弄波涛！我的血和海浪同潮，我的心和日火同烧，我有生以来的尘垢、秕糠，早已被全盘洗掉！我如今变了个脱了壳的蝉虫，正在这烈日光中放声叫……”啊，难道不正是这种酷爱海洋胜过酷爱生命的狂热，才催生了他《女神》中那些狂飙式的啸吟？

当茅盾乘上前往神户的商轮，负笈东洋的大潮已渐趋式微，而且他亦无意于留学，此番放棹，一则是为了避难，二则是为了休养。

茅盾是中国共产党的缔造者之一，这位学人的曲折道路十分耐人寻味；限于视角，这里只截取他生命长流中的一湾：话说1927年大革命失败后，茅盾蛰居上海，躲在国民党的眼皮底下，以笔代枪，一口气写作了《幻灭》、《动摇》和《追求》三部小说。三部曲出手，如一个竭力走出戈壁滩的旅人，茅盾感到了极端的疲惫。他想换个地方，喘喘气，松松神经。于是，1928年7月，在陈望道的安排下，茅盾和昔日的女学生秦德君结伴，东渡扶桑。海天汗漫，往事如烟。茅盾和秦德君有着相同的政治抱负，类似的人生挫折，正所谓"同是天涯沦落人"，几乎没有任何戒备，遮掩，一如海风那般清爽，白云那般舒卷，两颗负伤的心，扳开，糅碎，又老蚌含珠似地砰然合成一体。

未几，茅盾迎来了他创作生涯的又一波峰。他在日本前后不到两年，便收获了一部长篇小说，七个短篇小说，十二篇散文，而且——多数为精品！在爱情的天幕下，茅盾变得更加澄明，更加犀利，更加本色，因而也更加接近艺术的真谛！

六

海水是在哪一瞬间改变色阶的？没有人注意，也没有人说得清楚。这是异国的海域，这是太平洋上的港湾。那天，清早起来，我一直守望在沙滩，坐看万顷波涛，由幽昧燃烧成水红，又慢慢消融为嫩碧，再渐渐凝冻作霁青。午后去城里参观了一个景点，再见大海，已是傍晚时分。铺天的湛蓝迅速霞映成赤紫，又从容洇作浅灰，终至沉入逼人的苍黛。

出神地望，且想。想地球本来应该叫作“水球”或“海球”；想中华民族千年一统的大河文明，国家归类为“江山”，社会简约成“江湖”；想百川灌河、顺流而东最终却“望洋兴叹”的河伯；想殷人东渡拉美的渺不可寻，徐福、鉴真东渡的中断与汪大渊、郑和西渡的失落。掀开一部古代文学史，鲜有歌咏大海的篇章。没有扬波逐浪的海洋文明，哪来《海的女儿》？哪来《鲁滨逊漂流记》？哪来“辛巴达的航海”？哪来《白鲸》？哪来《八十天环游地球》？纵有，也只是“东临碣石，以观沧海”、“日月相吞吐，乾坤自混茫”类的远眺，与“哪吒闹海”、“孙悟空龙宫借宝”一类千古不变的神话。还是冰心的另一个小弟涵感受敏锐，他曾对姐姐说：“也许是我看的书太少了，中国的诗里，咏海的真是不多；可惜这么一个古国，上下数千年，竟没有一个‘海化’的诗人！”

因循拖拉到 19 世纪，19 世纪又走到了下半叶，再也不能坐以待毙了！江河日下的清政府，终于猛省到要向西方求索。于是，这才有了詹天佑、黄胜等人的留美，严复、萨镇冰等人的留欧；甲午海战之后，又有了邹容、陶成章等人的留影。大批有志青年，亦西洋，亦东洋，或官费，或自费，直挂云帆，乘风破浪，这一状况，在清末民初达到高峰。秋瑾曾有诗咏此：“万里乘风去复来，只身东海挟春雷。忍看图画移颜色？肯使江山付劫灰！浊酒不销忧国泪，救时应仗出群才。拚将十万头颅血，须把乾坤力挽回。”吴玉章诗说得更为直白：“东亚风云大陆沉，浮槎东渡起雄心。为求富国强兵策,强忍抛妻别女情。”当初,留学生们借舟放洋,大抵是为了学习西方的政治、经济、军事、科学及教育,只有少数人,如冰心、梁实秋,志在文学,或如周树人、郭开贞、周作人、张资平、成仿吾、郁达夫,则是中途转向文学。然而,正是这些少数分子,在20世纪上半叶的神州文坛,如长鲸吐纳,自成波澜,掀起一道又一道雷奔山立、排天浴日的雪浪!

如果我们的文学少了这些人的名字,将是什么样子的?正是这些学贯中西的大家们成就了我们的现代文学,使得我们的文学不是一片荒芜。我们也由此可以举出一些与世界文学相媲美的作品和文学形象。当今中国的文坛,始终耿耿于诺贝尔文学奖,不如先努力靠近先辈的成就吧!

迨至我辈长成,那三条海道,再次归于荒凉、冷寂。起先缘于政治的警惕,防海外关系如防贼,严格控制人员出国。于是,一茬接一茬的知识分子,依然只能在江河湖泊中接受大自然的洗礼。限制的岂仅是身心?就文化而言,首当其冲的便是文运!后来——我说的是20世纪80年代以来——国门大开,人们可以自由出入了,人流却自然而然地涌向了空中巴士,而掉头不屑一顾舟楫,这是缘于技术的进步。在飞机上俯瞰虚虚幻幻、朦朦胧胧的大海,高超是高超的了,空灵是空灵的了,但那神韵,和在甲板上披襟当风,冲波激浪,绝对大异其趣。时空变化,呼吸变化血液循环变化创造的因子也跟着发生剧变。变化是双向的。精神的结晶,常常是不可再生,也不容复制。结果,不仅使数代文人学士的瀛海征帆,在我们这个时代成了绝唱;便是那一拨拨留学归来,或隔洋吟唱的新生代、新新生代文坛后起之秀,眉宇间,也总仿佛欠缺了前辈大师那种海立云垂、汪洋恣肆的气韵、气概。噫!借一缕风窃听大化妙音,借一滴水窥视忘川倒影……临波遐想,不胜感慨欷歔。

达摩生在今日,不管是渡江还是渡海,只怕仍要寻找一根芦苇。

更多欷歔的恐怕是已经很少人再去结晶我们的文化和精神吧?现在的留学生不可谓不多,但有多少是为着自我或者更大层面上文化和精神的提升而去的呢?我们要学习的不仅仅是经济、是技术,更是文化的吸收与创新。

高峰堕石

一

自从厕身伪职，腆颜事敌，周作人便由“镇日关门听草长，有时临水羡鱼游”的都市大隐，堕落为千夫所指、万众唾骂的民族蟊贼。此事至为沉重，沉痛。郑振铎日后撰《惜周作人》，开篇就说：“在抗战的整整十四个年头里，中国文艺界的最大损失，就是周作人附逆！”

周作人（1885～1967），字启明，浙江绍兴人。新文化运动的杰出代表之一。著名文学理论家、评论家、诗人、翻译家，中国民俗学开拓人。抗战时期出任伪华北政务委员会教育总署督办。

及至抗战胜利，“膏药旗”纷纷倒下，从北平，从中国，从它霸占的所有国度。皮之不存，毛将焉附？彼时彼刻，周作人是怎么急中生智的呢？他得知沈兼士，这位国民党北平地下市委委员，昔日北大国史编纂处同事，即将出任国民政府接管平津的文教大员，立刻想到走他的门路，谋一个去日本接收被劫文物的美差。作人后来有没有找沈，沈又是如何表态，手头没有资料，不好妄猜。有一个间接的例子，可以帮我们了解后者的立场。沈曾告诉林语堂：“周作人在北平做日本御用的教育长官。……我们的青年给日本人关在北大沙滩大楼，夜半挨打号哭之声，惨不忍闻，而作人竟装痴作聋，视若无睹……”得，兼士心里早把他这位老友归入另类。作人此路不通，又把目光投向解放区，并委托一位叫赵荫棠的知交，前往张家口探路。解放区的天，是明朗的天，蓝格茵茵的空中，当然更不容许阴影侵入。作人的试探，在晋察冀边区参议会议长成仿吾那里，理所当然地遭到严词拒绝。

那是属于私人情谊，而非对于主义的信仰。

周作人北望延安，并非纯粹是一厢情愿。人们后来得知，他在出任伪职期间，同共产党的地下组织仍有联系，比如，曾掩护、帮助李大钊烈士的子女；这无疑是他作重新选择的资本。从沉舟泅出，人们总是要估量与最近的岛屿、陆地之间的距离。倘若远不可及，他或她就会另外选择逃生的方案。还有一道至关重要的桥梁。1940 年，大钊之女星华即将奔赴延安，作人郑重地嘱告她："延安我不认识什么人，只认识一个毛润之，请你给他带好。"此时此地，这一声"好"，就是一种缩地术，在两颗敏感的心灵之间。星华毕竟太嫩，竟没能将口信捎到。现在说什么也不管用了，作人的下场更加放大了她的疏忽。而前面说到的成仿吾，大概也没有把周的意图报告中央局。因此，在作人和毛主席之间，在星光交织的历史穹窿，由是少了一次谜一般的行星碰撞。

周作人认识毛润之（毛泽东），历史老人安排在 1920 年。当时，周是导师，是大家，毛是后学，是呼啸前行的热血青年。周于年前鼓吹一种"新村主义"，是从日本作家武者小路实笃那里贩来的。毛是新村实验的支持者，他趁为湖南"驱张"运动北上京师之机，于 4 月 7 日，登门拜访仰慕已久的周作人。历史老人也忒促狭，作人是和鲁迅住在一起，就是那个有名的八道湾，毛润之竟偏偏错过了鲁迅，他日后最为敬佩的伟大作家。虽然有好心人据此演绎，硬说毛、鲁二公当初见过面，唉，演绎终归是演绎，当不得信史。

一个是大教授，一个是年轻学子，遥想当日，毛润之踏访八道湾，必定是执弟子礼，恭敬有加的吧。难怪，周作人魂里梦里，常常以此自炫。日后逢着机会，总爱把它抖出。比如，他1956年访问西安，就向陪同者中国文联的佟先生提出："我向往延安很久了，现在很想去看一看。"跟着便得体而又十分到位地补上一句："我认识毛主席、毛润之先生。在今日的世界上，最伟大的人物，就数毛润之了。"

周作人那时是北大名教授，新文化运动风云人物。毛泽东只是北大图书馆管理员，一个受新文化运动洗礼的新青年。所以，毛泽东到八道湾拜访周作人，是表示仰慕之意。而现在，毛泽东已成为胜利之师的统帅，周作人则是戴着汉奸的帽子从监狱中释放出来，情况已是今非昔比。

天地之间是有鸿沟的——即如茫茫天宇，也有一道银河——尤其事关民族大义，所谓"一失足成千古恨"，在此表现得最为分明。而周作人，这位自我坦白内心时刻有"绅士鬼"和"流氓鬼"打架的小品文大师，似乎把鸿沟看得很淡很淡，直到临死，也没有觉悟到降寇一节的严重。一位当年在清华听过他课的老学者讲，周作人有句口头禅："怪好玩的"，是以学生们背后常叫他"怪好玩先生"。噫，他该不是把这种"怪好玩"的情调，也掺和进严肃的政治？

二

周作人看得轻于鸿毛的事，在国人眼里，却是重于泰山。

1936年1月27日，愤于日寇侵华，国难当头，时局危艰，平、津文化界一百零四人，联名发表了"对时局的意见书"。在鲁迅看来，这不啻是救国宣言。他留心查看了一下名单，文化界的知名人士，该有的，差不多都有了，唯独没有他的二弟作人。鲁迅怕眼花遗漏，倒转头又一个一个地数。没有，愣是没有。他轻轻叹了一口气，想：连钱玄同、顾颉刚都具了名，启明（周作人）怎能这么退后？

周氏兄弟早已分道扬镳，不通来往，鲁迅对于作人的动向，还是时刻挂心。前年，《人间世》发表了钱天起的《隐士》，称赞周作人"隐于文采风流"，是如何地怡然自得。鲁迅不屑，也写了一篇《隐士》，文中讥讽说："泰山崩，黄河溢，隐士们目无见，耳无闻，但苟有议及自己们或他的一伙的，则虽千里之外，半句之微，他便耳聪目明，奋袂而起，好像事件之大，远胜于宇宙之灭亡……"鲁迅不愧是勾魂摄魄的高手，寥寥数语，就漫画出某些"大隐"的嘴脸。

鲁迅逝世后八个多月，"七七事变"爆发，北平的形势更加严峻。文人学者纷纷南下，周作人却安然不动。他不相信龙的传人能与大和民族抗衡，不愿杂在平民百姓中颠沛流离于途。这可急坏了南方的朋友，许多人给他写信，敦促他迅速离开险境。在这一片呼声中，刚从日本脱身回国，投入抗战洪流的郭沫若，写的那篇《国难声中怀知堂》，我以为是情采并茂的佳作。沫若说，国难日蹙，人们系念的多是某某司令，某某抗敌将军，某某民族英雄，而他回国以后时时怀念的，却是北平苦雨斋中"我们的知堂"。他认为，近年来能够在文化界树一风格，撑得起来，对于国际友人可以分庭抗礼，替我们民族争得几分人格的，并没有好几个。而我们知堂，又是这仅有的几人中的佼佼者。沫若由衷感叹："如可赎兮，人百其

周作人认为和日本人作战是不可能的。人家有海军，没有打，已经登岸来了，我们的门户是洞开的，如何能够抵抗人家？所持"必败论"正是他后来投敌附逆的思想缘由之一。周作人这个"必然论"和汪精卫、周佛海等的"低调俱乐部"论是完全一致的。

身!”——如果能换得作人南来,像他自己这样的,就是死上千百个,也值得!

社会的关注,周作人不能置之不理。他不断向各方解释,自己的使命——犹如他的名字所示,或如他的文学主张——就是“作人”。他有一大家子,包括老母寡嫂。他不能带着老的老、小的小一起登程,只有咬紧牙根,在北平“苦住”。作人致陶亢德的信,可以看作他的告天下书:“请勿视留北诸人为李陵,却当作苏武看为宜。”

周作人一开始没想当汉奸,他说自己是苏武,也知道当汉奸将被骂一辈子。中华民族最根本的道德底线是不能当汉奸。过去文人吃喝嫖赌都没事,但是当了汉奸,遗臭万年。

好一个“作苏武看为宜”!似乎铁心要在北海当羊倌了。可惜“作人”做得实在不漂亮,不久,他竟然出席了敌寇召开的“文化座谈会”。消息传出,举国大哗,曾经敬重他爱戴他的人士,莫不为之痛惜。当此之际,茅盾、郁达夫、老舍等十八位文艺界同人,联名发函,忠告周作人必须悬崖勒马,急速离开北平,转道南来,参加抗敌救国。如果能做到这一步,还有希望获得国人的宽宥;否则,唯有一致声讨,公认为民族罪人。

诗人艾青以《忏悔吧,周作人》为题,表达了年青一代的激愤:

> 周作人/在祖国艰苦战斗着的时候叛变了/(我用灼痛的心接受这消息)……/周作人/你不能想一想你所走过来的路么?
>
> 你曾护卫过德谟克拉西/你曾抨击过北洋军阀的政府/你曾无畏地走在思想斗争的最前面/——中国的青年/不曾忘记你的名字。
>
> 忏悔吧,周作人!/不然……/中国的青年/要向你射击!……

此时此刻，鲁迅地下有知，也会心急如焚的吧。

形势是越来越明朗的了。连远在伦敦、即将出任国民政府驻美大使的胡适，也感到这样下去，周作人势必在泥沼中越陷越深。胡适以智者的清醒和老友的深情，同时又不失学者的风度，给作人寄出一首促行诗：

周作人的家族里，关于周作人的出生有一个浪漫的传说，说周作人是老僧投胎转世。而老僧的超尘脱俗、闲适飘逸又暗含着周作人的性情和理想，于是，这个迷信传说不但得到了周作人的认可，而且被他一再写进自传和诗中，老年的周作人更俨然以“老僧转世”自命了。

> 臧晖先生昨夜作一个梦，梦见苦雨斋中吃茶的老僧，忽然放下茶盅出门去，飘然一杖天南行。天南万里岂不太辛苦，只为智者识得重与轻。梦醒我自披衣开窗坐，有谁知我此时一点相思情。

周作人回诗，仍然是大叹生活的苦经：

> 老僧假装好吃苦茶，实在的情况还是苦雨。近来屋漏地上又浸水，结果只好改号苦住。晚间拼好蒲团想睡觉，忽然接到一封远方的信。海天万里八行诗，多谢臧晖居士的问讯。我谢谢你很厚的情意，可惜我行脚却不能做到；并不是出了家特别忙，因为庵里住的好些老小。我还只能关门敲木鱼念经，出门托钵募化些米面——老僧始终是老僧，希望将来得见居士的面。

周作人以后一直没能与胡适见面。胡适赴美，作人降日，胡适返国，作人在押。1949 年初，在上海，胡适即将再度赴美，作人已从监狱出来，住在朋友家，胡适约他吃饭，他没去，转托王古鲁代为致意，并婉劝胡适留在国内。胡适没有采纳，走了；在作人，也算回报了对方昔日的赠诗之情。

三

当代人很难想象的了，在“五四”新文化大潮中，周作人是一位出色的弄潮儿，功绩几可与鲁迅比肩。作人一开始就以散文知名，偶尔也写些新诗。30 年代，斯诺夫人采访鲁迅，问到中国新文学最富代表的散文家，鲁迅举出周作人、林语堂、梁启超，以及他自己。鲁迅这里不避嫌疑，把作人列在了首位。

林语堂既然能被鲁迅列于第二，他的话就值得我们掂量。林氏认为：“周氏弟兄，趋两极端。鲁迅极热，作人极冷。两人都有天才，而冷不如热。”郁达夫以朋友的身份，写下《妄评一二》，说：“中国现代散文的成绩，以鲁迅、周作人两人的为最丰富最伟大。”“鲁迅的文体简练得像一把匕首，能以寸铁杀人，一刀见血。重要之点，抓住了之后，只消三言两语就可以把主题道破——这是鲁迅作文的秘诀”；而作人呢，“又来得舒徐自在，信笔所至，初看似乎散漫支离，过于繁琐！但仔细一读，却觉得他的漫谈，句句含有分量，一篇之中，少一句就不对，一句之中，易一字也不可”。

周作人的成名作，为写于 1918 年冬的《人的文学》。在那之前，自陈独秀倡导文学革命，各派争论的焦点，一直囿于白话和文言，至于内容，却鲜有高论。直到作人出，才有了直刺文学革命本质的认识。作人放言：“我们现在应该提倡的新文学，简单的说

胡适提倡白话文，把白话的效用吹嘘得有点过了头。仿佛只要白话取胜，新文学革命便大功告成。周作人提出，文学革命上，文字改革是第一步的，思想改革是第二步的，而且比第一步更重要。因为，古文用文言写作，固然有晦涩难懂的毛病，但其病根却在于思想荒谬。周作人在《人的文学》中提出了“为人生”的写作主张。

一句，是‘人的文学’；应该排斥的，便是反对的非人的文学。”

那是何等地灵光照顶！那又是何等地引领风骚！周作人出山便站在了时代的前列。“我真佩服到极点了，”傅斯年对他顶礼膜拜，“我所谓白话文学内心，就以他说的人道主义为本。”作人的文章，“是当时改革文学的一篇最重要的宣言”，十几年后，胡适仍忘不了当初的激赏，评价说：“实在比文学革命之初陈独秀和自己所写的理论文章，要深刻得多，也新颖得多。”

周作人的《小河》，也被公认为“新诗的第一首杰作”。

周作人性格的总体特征，如林语堂把脉，是冷。冷虽冷，在“五四”大潮的裹挟下，毕竟还带有若干血性。“我希望在我的趣味之文里也还有叛徒活着。我毫不踌躇地将这册小集同样地荐于中国现代的叛徒与隐士们之前。”这是他在《泽泻集》序言中写下的自白。试举其中的一篇《碰伤》为例。文章叙述 1921 年 6 月上旬，北京大学的教职员聚集在新华门，向北洋政府索取欠薪。政府出动军警，殴伤了好多参加者，末了不但不认错，反说教职员是自己“碰伤”，言下之意，活该！作人彼时正在西山养病，身子、精神都趋向颓唐，尽管如此，还是按捺不住满腔义愤，写下了这般辛辣的句子：“碰伤在中国实是常有的事。至于完全责任，当然由被碰的去负担。譬如我穿着有刺钢甲，或是见毒的蛇，或是剑仙，有人来触，或看，或得罪了我，那时他们负了伤，岂能说是我的不好呢？又譬如火可以照暗，可以煮饮食，但有时如不吹熄，又能烧屋伤人，小孩们不知道这些方便，伸手到火边去，烫了一下，这当然是小孩之过了。”通篇反话正说，亦庄亦谐，犹如包了橡皮的钢鞭，自有其鞭骨入髓的杀伤力。

周作人作为一代“五四”骁将的风采，在为“三一八”惨案写下的挽联中，仍有所闪现——尽管与鲁迅的《记念刘和珍君》，无论是广度，深度，还是力度，都远远不能相比——挽联说：

> 赤化赤化，有些学界名流和新闻记者，还在那里诬陷；
>
> 白死白死，所谓革命政府与帝国主义，原是一样东西。

> 死了倒也罢了，若不想到二位有老母倚闾，亲朋盼信；
>
> 活着又怎么着，无非多经几番的枪声震耳，弹雨淋头。

> 什么世界，还讲爱国？
>
> 如此死法，抵得成仙！

这已是最后的锋芒，在周作人；他是越到后来，越全面显露出清冷的底色。读他尔后的文章，好像一个从前线撤退的战士，遁入一处世外桃源，雾岚使他沉醉于朦胧，溪水使他留恋于清丽，山风牵衣，野藤缠足，使他恍悟生命的清闲，雀鸟喧闹，杂花生树，使他回忆起童年的流光；他找了一块临溪的开阔地，一屁

周作人说过：在他的身体里，藏着一个叛徒和隐士。这叛徒，是封建营垒的叛徒；这隐士，表现出的是封建士大夫的情趣。

股坐了下来，随手拨弄脚旁的草丛，看嫩草如何自得，蚂蚁如何性灵，荠菜花如何对了他的眼睛怯笑；然后抬起头来，追逐风中的蝴蝶，天上的云，遐想在这儿结几所茅庐，垦半亩茶园，日常邀三两好友，夏日听雨吟诗，冬夜围炉闲话……

如果天下果真有世外桃源，那也好。可惜不过是文人眼底的海市蜃楼。周作人拿他的笔，创作了一幅幅典雅、空灵的小品文，按摩自家疲惫倦怠的神经。无奈血腥、残酷的现实，还要时不时地把他拉回他所不情愿的人间世。大隐小隐皆是虚妄，入世而又心有不甘。反映在文章上，最典型的莫如《五十自寿诗》：

前世出家今在家，不将袍子换袈裟。
街头终日听谈鬼，窗下通年学画蛇。
老去无端玩骨董，闲来随分种胡麻。
旁人若问其中意，且到寒斋吃苦茶。

半是儒家半释家，光头更不著袈裟。
中年意趣窗前草，外道生涯洞里蛇。
徒羡低头咬大蒜，未妨拍桌拾芝麻。
谈狐说鬼寻常事，只欠工夫吃讲茶。

周作人不断地在书房名上玩花样，先是命名为“苦雨斋”，继而改做“苦茶庵”，后来又改做“苦住庵”，表白他要在“膏药旗”下长期持节，苦住到底。结果呢，苦雨照听，苦茶照饮，说苦住，却就未必——如本文开篇所述，他是腼颜事敌，吞了苦果！

世人万分痛心，而又无可奈何地看到：一块历经修炼才得以吸纳天地之灵气的顽石，终于在一个阴风怒号的夜晚，从它置身的峰巅，带着隆隆的绝响，堕向了黑暗的深渊！

四

“二战”落幕，周作人被国民政府判处十年徒刑。而后国民党仓皇溃退，南京朝夕不保，作人按保释出狱。人民政权建立，政府网开一面，容许他照常著译。但有一条：只能署人们不熟悉的“周遐寿”、“周启明”、“知堂”等笔名。

一代文化大家周作人，彻底从公众屏幕消失了。

我知道天下有个周作人，缘起“文革”间的大字报。北京大学，外文楼，不是一张，也不是一次。矛头，最初是指向徐祖正。徐祖正？对，就是咱东语系，不，咱日语教研室，那个文静静、干巴巴，走路总哈着腰，见人就往旁边躲的小老头儿，真看不出，此公竟是“五四”文坛上的活跃人物，和鲁迅、郭沫若、周作人等，广有交往。而就是这个徐祖正，后来又和周作人、张凤举，创办了北大的东方文学系，算起来，该是我现在的这个东方语言文学系的前身；虽然当初只有一个日语专业，八年三班总共才培养出七名毕业生。抗战时期，徐祖正最先下水，为此，周作人还骂过他哩。骂而不久，周也步其后尘，同时下水的文人，名头较响的，还有一个钱稻荪。钱稻荪是谁？“五四”新文化战将钱玄同的侄子！周作人是谁？说来更是吓我一跳，是鲁迅的亲弟！鲁迅的弟弟是汉奸？简直类似血口喷人，反动恶攻。因为当时流行的思维模式，是：毛主席的夫人等于毛主席，袁世凯的孙子等于袁世凯，胡适的儿子等于胡适。

牵涉到周作人的，还有日语教研室主任卞立强。他和前者共同翻译、出版过《石川啄木诗歌集》，自然难逃作箭靶的厄运。“任务是出版社定的，合译者叫周启明，我哪里晓得他就是周作人？”1969 年底，在延庆新华营“备战”，我和卞立强正好同睡一炕，晚间聊起此事，他显得满腔委屈，“你想，要晓得，我怎么也不会和他合作”。

今年 8 月，已在日本京都大学执教多年的卞立强先生回国，我俩又见了面。讲起周作人，他说：“你去找文洁若，萧乾的爱人，她当时在出版社，和周作人经常联系。”我问：“您那时当真不知道周启明就是周作人吗？”“晓得的，”他答，“政府既然同意他译书，我就能和他合作。大作家嘛，心里还是蛮快活的。但那年头不能认账，认了账你永远说不清。”

建国后，作人的名字停止在市面流通，他为此深感痛苦。常言说，鸟过留声，人过留名。如今，人未去，名字先就报废，痛何如哉！痛何如哉！1965 年，作人在致鲍耀明的信中喟叹：“知海外报刊时常提及鄙人，无论是称赞或骂，都很可感，因为这比默杀好得多。”哦，他是把这种留姓隐名，甚或埋名埋姓的日月，比之为“默杀”。

据文洁若讲，1963 年，她听说周作人曾向上面打报告，要求将著译恢复本名。上面嘱他写一篇检讨，公开发表，以求取得社会的谅解。作人写出来的，却尽是辩解之辞。这怎么行呢？当然不能发表。于是他的本名，仍旧只有在他的记忆里或睡梦中供人呼叫。

往事堪伤。1970年，在湖南西洞庭湖农场，我曾于废品收购站拣得几册书，其中之一，就是周作人的《谈虎集》。趁白天放鹅的空隙，于荒僻无人的湖堤，拿出来偷偷阅读。读完，说不出滋味。大汉奸的东西，岂能说好？说不好，又别有一种情致。我连着读了两遍，用一颗锐敏而又荒芜了的心。然后——现在的青年绝对无法理解了——为着安全起见，我用力把它甩向湖心，看着它在十数米外，晃晃悠悠，晃晃悠悠，一点一点地下沉。

《谈虎集》收入的文章多创作于1927年以前，多为针砭时政，充满社会批判意识的杂文。

有一次，我访问了周作人的儿媳张菼芳。作人故于1967年，儿子丰一亦于1997年辞世。菼芳曾是数学教员，现已退休。膝下三女二男，一个个都很出息、硬气。他们所从事的职业，都和文学保持一定距离。作人并没有留下鲁迅那样的遗嘱，告诫后人不可轻易涉足文艺，子孙这么做，完全出于本能的自我保护吧。

同时惊讶地得知，由于鲁迅和周作人之间的芥蒂，带累两家后代也形同陌路。悲乎哉！冤仇宜解，不宜结。况且，哪有深仇，哪有巨恨，哪有敌对的营垒，哪有地狱的忿火。纵有沟壑，架桥可渡。纵有隔阂，拆了墙仍是一家。于是，存一颗平和冲淡之心，我分别做了两家的工作，希望他们捐弃前嫌，亲亲密密坐到一起。对此，海婴先生和菼芳女士都欣然接受，只是需要等待适当的时机。我相信那样的时机很快就会到来。谁能说，这不也是两家老辈在九泉的心愿。

那期间，我也曾去八道湾寻梦。记得，是年前吧，为了八道湾的拆与留，报上猛炒了一阵。结果，认为八道湾是鲁迅出资购买，他本人也在这里住过一段，应该视作鲁迅旧居而加以保护的观点，占了上风。谢天谢地，它多半还在。我去了，那是一个没有晚霞的傍晚。泰森离开了拳坛，什么也不是；八道湾离开了鲁迅，早衰败成乱七八糟的大杂院。我从一道侧门进去，拐了几个弯，打正门出来，至少有十来人，从七八间补丁式的“地震棚”里伸出头来，盯着我的背影望，盯得我浑身不自在。估了估，里面大约住了三十多户人家。欲问前朝事，无语对暮霭。啊，哪里还有三进的大院？哪里还有可供儿童嬉戏的开阔地？哪里还有鲁迅或周作人的痕迹？

五

鲁迅一天天老去，老人的天地，有一半是属于童年的，幼时同伴的身影，不时在他眼前晃动。他常常想起作人，开始搜集他的文章，留心他的踪迹。他想再对这位自幼一起玩耍，读书，而后由他带到南京、东京、北京，又带上文坛的老弟，作一次全方位的把握。他了解作人很有天才，读的书多，学识丰富，外文也好，只是有一点儿放心不下，那就是关键时刻，每每有些儿“昏”。

鲁迅对作人的评价：“昏”，并非尽是谴责。而是说周作人是一个沉溺在内心世界里的固执、自负、不通世故的人，对外部世界兴趣不大，不愿也不善于与外部世界沟通，社会现实感薄弱，不明大势，很可能会孤行己意，步入被四面包围的绝境。

日渐老去的周作人也开始缅怀鲁迅，写了许多回忆录。尤其当“文革”狂飙猝临，他直觉劫波度尽，大限在即，又拿出胞兄的文集，悉心研读。

掐去整整三十年的时空，把两者的镜头并放在一起,互为映照,该给予世人多少感喟,启示!

周作人的晚年情怀,我猜想,一是写鲁迅,发表顺当,挣稿费易,这是为了糊口;二也含有报恩的意思。他写《知堂回想录》,谈到从前弟兄失和,说:“我也痛惜这种断绝,可是有什么办法呢,人总只有人的力量。我很自幸能够不俗,对于鲁迅研究供给了两种资料,也可以说对得起他的了。”

周作人提供的关于鲁迅的资料,我最感兴趣的,是《鲁迅的笑》。虽然短,却有深意。我们习见的鲁迅画像,不是剑拔弩张,就是轩眉怒目,难道鲁迅整日都是板着面孔的吗?不,鲁迅自有他和蔼亲切的一面。“有如佛教上所显现的降魔的佛像,形象是严厉可畏的。但是他对于友人另有一副和善的面貌,正如盾的向里的一面,这与向外的蒙着犀兕皮的大不相同”,“变相降魔的佛回过头来对众生的时候,原是一副十分和气的金面”。然而,流传于世的为什么只有“蒙着犀兕皮”的一面呢?作人写道:“可能是鲁迅的照相大多数由于摄影时的矜持,显得紧张一点,第二点则是画家不曾和他亲近过,凭了他的文字印象,得到的是战斗的气氛为多……”这就难免要以偏概全了。作人努力给世人提供一位完整的鲁迅,我们也可把它看作作者的人格自况,甚至不难发现他对神化的牢骚。

“世纪”这概念,本是人圈定的。但一旦圈定,也就带了人气。拿 20 世纪来说,恰如人的一生,二三十年代是她的青年,四五十年代是她的中年,八九十年代是她的晚年。世纪到了晚年,亦如人,火气消退,世事洞明,开始有余暇反思,有心情留恋。

周作人，就是在这种背景下水落石出，又裸露在众人的视野。

一个散却硝烟、抖落褊狭的社会，休闲才有资格升为正经。人们也才会有雅兴、幽情，咀嚼周作人笔下的清韵："我们于日用必需的东西以外，必须还有一点无用的游戏与享乐，生活才觉得有意思。我们看夕阳，看秋河，看花，听雨，闻香，喝不求解渴的酒，吃不求饱的点心，都是生活上必要的——虽然是无用的装点，而且是愈精练愈好"；也才能体会到在多雨的冬季，落座江村小屋，"靠着玻璃窗，烘着白炭火钵，喝清茶，同友人谈闲话"的那种欢愉，那种逍遥；也才会像他一般忙中觅趣，"于瓦屋纸窗之下，清泉绿茶，用素雅的陶瓷茶具，同二三人共饮，得半日之闲，可抵十年的尘梦"。

这是社会成熟的标志。

此中花语茶道，虹影梵音，并非鲁迅们天生隔膜。但在鲁迅时代，"飞沙走石，狼虎成群"，人们更多需要的是投枪，是匕首，是机关枪，是大炮；作人的小品文在昔日遭贬，是时，也是命。

即使现在回过头来看，我仍然认为，鲁迅的文章更为上乘：鲁迅展示的是大树的根，作人披露的是树叶上的纹路；鲁迅奉献的是河床的走势，潮流的涌动，作人津津乐道的是渔舟唱晚，落霞浮浦；鲁迅崇尚的是风暴的力，风暴的愤怒与悲哀，作人痴迷的是小草的拔节，秋虫的低吟。

周氏兄弟不同的发展，也恰好代表了现代中国两种知识分子不同的人生道路，第一种是选择战斗的，第二种选择做隐士，这也正象征着中国两类知识分子的不同选择。

退一步，纯粹就抒情的角度而言，我现时读周作人的文章，总仿佛美人之病一目，壮士之折一肱，调动不起百分之百的美感。这自然是成见在障碍。作人讲事功，重实际，所以他赞美主和的秦桧，1936 年，他在《再谈油炸鬼》中直述，要为秦桧翻案，以“奠定思想自由的基础”，“盖如我的朋友（未得同意暂不举名）所说，和比战难，战败仍不失为民族英雄，（古时自己要牺牲性命，现在还有地方可逃）和成则是万世罪人，故主和实在更需要有政治的定见与道德的毅力也”。作人替秦桧翻案的文章，还可以举出稍前写的《岳飞与秦桧》、《关于英雄崇拜》。看来，他尔后的降敌，预先已留下了思想的蛛丝马迹。纵观作人的一生，此公极像一篇反讽的小品文而非任何其他。

1998 年，我在某市讲文学和人生，顺便提到了作人的“落水”。当场，几位听众递条子说，你这是老观点，周作人那么做，自有其实际的道理，将来算不算汉奸，还不一定。我是着实大吃一惊，想不到一段铁案如山的史实，在某些人眼里又变得如此复杂！恰好不久我去了武汉、荆州，上了在洪水时刻威胁下的长江大堤。我在抗洪前线再次体会了什么叫万众一心、众志成城，同时也看清了什么叫蛀虫、逃兵。回来后，我决定仍按我的“老观点”落笔。事情尽管千头万绪，人间自有斩乱麻的快刀。秦桧的字写得再好，有几人愿意把它挂在中堂？女真族虽然早已和中华民族融为一体，我相信千秋万代之后，岳飞依然是我们民族大写的英雄！

这该是另一种境界上的成熟。

如果说嫁给汉奸胡兰成是张爱玲的软肋，却不失张爱玲一流小说家的可爱。那么，周作人自己当汉奸这一块硬伤，真的会掩盖他成为一流散文家的光芒。

出自幽谷　迁于乔木

一

"盐城有'二乔',你知道吗?"倘若现在有谁提问,相信您多半会说出正确答案。但在三十六年前,在毛泽东七十二华诞的宴席上,当伟大领袖搁下酒杯,盯住来自盐城的知青代表董加耕,笑吟吟地发问。董加耕顿时张皇失措,如坠五里雾中。

本文作于2001年。"三十六年前"即1965年。

"盐城有二乔?"他一开始就把"乔"听成了"桥",盐城的桥很多,主席为什么单问二桥?是不是他老人家到过盐城,走过那两座桥?还是那两座桥特别有名,都传到主席耳里?盐城的大桥小桥长桥短桥老桥新桥在董加耕的脑海里急速打架,奈何场面隆重,众目睽睽,由不得他细想,董加耕于是硬着头皮,放胆应对:"西门登瀛桥,东门朝阳桥。"

"二乔"是三国时乔公的两个女儿,容貌美丽,大乔嫁给孙策,小乔嫁给周瑜。与三国英雄名字联系在一起的这江南二乔,她们是"风流姿色天下闻",文中的"盐城二乔"乃是"风流文采天下闻"。

"哈哈,我说的是人,不是桥。"毛泽东这里再次展示了他借古喻今、涉典成趣的艺术魅力。但见他环视左右,掰着手指头解释:"盐城'二乔',一个是胡乔木,一个是乔冠华。"

此事发生在1964年12月26日,地点在中南海;"盐城二乔"的美谈由是飞出餐桌,飞出京城,迅速传遍大江南北。

胡乔木，原名胡鼎新。祖籍盐城鞍湖乡张本庄，1912年生人，扬州中学毕业，清华大学、浙江大学肄业。1936年奔赴延安，改名"乔木"。改名是当时革命青年的风尚，以示告别旧我，焕然一新。"乔木"这名儿，显然是受了《诗经》"伐木"篇的启示："出自幽谷，迁于乔木。"乔，形容高大，乔木，就是高耸、挺拔的大树。号角在前。光明在前。大时代在前。延安的红色青年，谁不希望自己成为一株拔地擎天的大树！乔木不仅自己全身心向往，还动员妻子李桂英改名"谷羽"。你有没有悟出其中的奥妙？"谷"，就是山谷，"羽"，就是鸟，鸟儿从深谷飞出，一翅落在高枝上——不正象征着嫁给了乔木吗！

取名字常常寄寓了人们美好的愿望，用树名入人名很常见，如松、柏、楠、梓等。桧树是常绿乔木，高大，寿命长，用途广，有芳香，但自奸臣秦桧之后，人们就很少以"桧"入名了。

乔冠华，祖籍盐城庆丰乡东乔庄，1913年生人。先后毕业于清华大学和德国杜宾根大学，获哲学博士学位。1939年在香港参与创办《时事晚报》，负责撰写国际时评。他的评论，既目光如炬，洞中肯綮，又文气淋漓，感性十足，一时哄传港岛。有同事梁先生出主意，说：这么好的文章，只发《时事晚报》一家，太可惜了。你不如换个笔名，通过中国新闻社发往南洋，供华侨报纸刊用；笔名，可以就叫"乔木"。借助中国新闻社，一稿多发，尽量扩大影响，乔冠华自然乐得赞成；至于笔名，他觉得自己姓乔，又长得身高体瘦，活像一株乔木——难得梁先生考虑如此周密——也便一并笑纳。

"笑纳"是敬词，客套话，用于请人收下自己的礼物。用在此处似乎不妥，改为"悦纳"准确些。

从此，中国有了两位"乔木"。都是盐城人，都念过清华大学，都在共产党内，又都擅长写理论文章；世人为了分辨，通常称他俩为北乔和南乔。

1945年，南北二乔在重庆碰到一起。前者是重庆《新华日报》的编委，后者是赴渝参加国共谈判的毛泽东的随员。两位乔木都是才子，都是大手笔，日常难免混淆不清。尤其当他俩在报上发表署名文章，更让人有“双兔傍地走，安能辨我是雌雄”之叹。于是，有人提出请他俩中的一人更名。更名？更改一个亦已为社会普遍仰视，并且日益发出强光烈焰的大名？让谁谁都不干。南乔说自己的列祖列宗就姓乔，而且身高一米八三，站在哪儿都像一棵树，乔木一名自是非他莫属。北乔说自己“注册”在先，早在1935年，他在上海《时事新报》发表文学评论，署的就是“乔木”；何况连老婆谷羽的名字，含的也是同一典故。双方各以全力“对掌”，寸步不让。事情惊动毛泽东，于是就生发出毛公为二人“断名”的佳话。关于这件事的时间、地点，版本不一，有说是在当日的重庆，有说是在建国后的北京。据叶永烈考证，应以重庆为正确。大致经过是：有次聚会，适逢毛公和二乔都在座，两人重名的事儿，又被在一旁的好事者提了出来。毛公仰脸问南乔，你原来叫什么名字？南乔回答说“原来叫冠华”。毛公听罢，双眸一亮，拊掌道：冠华，冠华，这名字很好嘛！你以后仍叫乔冠华，名字既响，又不改姓。这边敲定，那边就好办了。毛公转脸向北乔，说：你可以保留“乔木”，但你原来姓胡，要加上姓，叫胡乔木。

出自北朝民歌《木兰诗》，木兰女扮男装替父从军，让人不辨男女。用在此处似亦有不妥。

一团死结，在毛泽东手里迎刃而解。

名字这玩艺儿，有时仿佛通灵。从历史的角度看，北乔长期担任毛泽东的秘书，就像背靠一株参天蔽日的大树，说他“出自幽谷，迁于乔木”，颇为形象、传神。而南乔，虽然也官运亨通，一路做到外交部长

“二乔重名之争”的故事，不仅增强了文章的吸引力，起到先声夺人的效果；也为二乔的人生命运做了暗示，埋下伏笔。

的高位，但他与最高领袖之间，毕竟隔了一段距离，就仿佛鸟儿在高空盘旋，始终没能歇羽巨柯繁枝。不过，弃“乔木”而取“冠华”，倒是名至实归，冠华，冠华，他在新闻和外交领域的建树，不管后人如何评说，也堪称是“名冠中华”。

二

去乔木老家的路上，雪已经化为泥浆。罕见的大雪，在这苏北地带，仿佛是突然而至，从昨天下午就一个劲地飘洒。那会儿我刚刚抵达盐城，心禁不住一颠一颤。我怕，怕大雪封了道路。为了这次采访，已煞费苦心地作了多日准备，唯恐到了跟前，又被雪神的银杖阻拦。这担心不是没来由的，昨天傍晚看罢新四军纪念馆，乘坐的新款“奥迪”就是以乌龟的姿态，一步一步地挪回宾馆。可以想象一夜雪紧，再狠狠地一冻，明天城外的乡间小路会是一番什么光景。夜间躺在床上，翻来覆去地睡不踏实。连梦也在忐忐忑忑。索性起床，扭亮灯，补写日记。昨天下午，我还去了市图书馆，参观乔木赠给家乡的一万多册藏书。馆方专门为他的藏书辟了一室。连书橱都是从他北京的家里运来。卷帙浩繁的马列著作。装帧神气的中外大百科全书。鲁迅全集。各种文学、社会科学期刊。让我摩挲再三、不忍释手的，是作者的签名赠送本。其中有梅兰芳、巴金、冰心，还有臧克家、季羡林、王蒙。岁月不居，流光不老，飞鸿雪泥转瞬间凝为永恒，芬芳的将长探其芬芳。馆前左侧，矗立着乔木的汉白玉胸像。纷飞大雪之中，

采访途中，突然而至的罕见大雪，预示着采访的艰难，天气的恶劣是其次，更在于乔木故居的颓败失修，旧物无所保留，回忆、联想失了依托。

钱玉新局长，沈彦教授，还有我，眯缝着眼摄影留念。

谢天谢地，下半夜停了雪。早晨，又迎来了一轮大太阳。钱局通知午后出发，趁这半日空闲，我取出有关二乔的资料，随便翻。有人奇怪我为什么对二乔感兴趣。我也奇怪他们为什么对二乔不感兴趣。有件事这里必须预作交代：我虽然也是盐城籍，与二乔同乡，但我和他俩，八竿子挨不着。于乔木，仅在人丛中见过两次尊容，一次是观看江苏淮剧团演出《奇婚记》，在王府井吉祥戏院，一次是出席首都振兴盐城咨询委员会的例会，在长安街上的某处招待所；于冠华，始终缘悭一面。

与二乔“八竿子挨不着”的关系，使对二乔的追忆缅怀更理性、更客观。

到了村前，反而又不敢相信，这就是张本庄？这就是一代理论大家乔木的故乡？一簇又一簇的平房，松散而疲沓，低矮而敝旧，齐来撞我的眼珠，撞得生疼。恍若仍穿行在往昔的阴影，左瞅，右瞅，哪户也不像名门望族乔木祖上的故居。喏，这边，那边，几个闻讯拢来的乡人，争着为我指点，说，当年，这一片都是乔木他们家的，房子很大，也很多，这么多年过去了，后人又都离开，自然难得保留，统统拆了，只剩下两间柴禾房，和连着的一个小天井，如今挂了块牌子，算作故居。烦乡人指引，找到那个天井。院子的一角，七横八竖地摆了一堆断碑，拂去尘土，仔细辨认，有民国立的，有清朝立的，内容不外贞孝节义，碑主都是乔木的先人。柴禾房上了锁，找人打开。迎面墙上，挂着一幅乔木的油画像，色彩灰暗，画技拙劣，感觉上是这样。室内摆了几排旧桌凳，是供村里幼儿园的孩子上课用的。此外，便一无所有。没有说明，没有图片，没有任何能

值得我们深思的是：是否凡是名人故居都值得保护，是否凡是名人遗物都需要保护。鲁迅先生提出的拿来主义很值得我们借鉴，我们应该“有辨别、不自私”，“或使用、或存放、或毁灭”，名人故居才能真正体现其留存的意义。

勾起回忆、激发联想的陈列。无所瞻仰往往也意味着无限丰富，目无所障，心无所碍。然而，目光偏偏又停滞，在屋角的蛛网，在地面的残砖。思维偏偏又窘迫，为了站也不是，坐也不是，沉默也不是，发问也不是。绝没想到，做梦也不会想到。早知如此，此番又何必颠颠地跑来，千里迢迢？概念的错误，坐在书桌前空想的错误，策划的失误。但是，我并不后悔，也不着急退出。就像此刻，静静地，静静地，与乔木的画像四目相对，咀嚼渗入骨髓的人生况味。

"大象无形、大音希声"表达的也是同一道理。

说不清过了多少时候，乡人提醒说，那边，那边，靠着河码头，有一棵白果树，是乔木小时候亲手栽的，你要不要去看一看？还是有纪念。长长地吁了一口气，转身出得天井，数十步外，赫然见一株老银杏，披满身晶莹的残雪，抖擞在寒风中。银杏是树中真正的乔木，耸天立地，而又脱略是非，超然物外。嘉木无言，最坚韧的生长最慷慨的绿阴最庄矜的操守，以及最默契的交流，就是无言。霎时，真想为它写一首诗。但是，拐角处的一爿商店，坏了我的兴致；那像电话亭一般宽窄，却比电话亭湫隘数倍也寒伧数倍的杂货小店！加上那位小学校长的一番直言，更让我陷入彻骨的苍凉——我一来就注意到，老房的后墙正对了一所小学，据讲就是乔木当年读书的张本小学——校长是位年轻人，一直陪同转悠。临别，上前跟我握手，激动地说：跟村里提过多次了，要他们整修整修故居。愣没人理，讲费那个劲干啥？不会有人来参观。今天，你不就来了。你有名片吗？请给我一张。我要告诉他们，谁

人生如树，树活一生也很艰难。扎根大地，挺立于风雨，大树昭示着我们人生的姿态。难怪黑塞说：树是人类言辞恳切的传教士。借树喻人，对二乔热烈赞美！

说没有人来！

三

真乃“行道难”啊。此段写驱车拜访冠华老家，下段转为写乔木离开家乡后抱憾终未归。

转道拜访冠华的老家。汽车七拐八拐之后，驶上一条村路。路面泥泞，而且坑洼不平。不仅仅是坑洼，两道宽窄不等的平行车辙，从这头一直连接到那头，犹如两道深沟，逼迫车肚只能贴了地面爬行。遇上两则沟底深浅不一，车身就作大幅度倾斜，像玩杂技。这是我生平走过的最差的一段路；但这是近路，司机说。路的左侧傍着一条小河，流水潺缓而澄碧，西斜的冬阳醺醺地冲波而来，溅人满眼的金芒和银芒。右侧是一望无尽的农田，柔雪欲融未融，麦苗将青未青，捂盖着、酝酿着大自然一段缠绵悱恻的爱情。偶尔见三五人家，灰墙青瓦，杂以茅舍，门前照例有几垛稻草，金字塔般庞伟，古堡般幽秘，在一闪即逝的童年的梦境。

当代人难以理喻，乔木1933年最后一次离家，直到1992年去世，在将近六十年的岁月中，再也没有踏上故乡一步。他这是怎么了？故乡难道如此不值得回首？忙，自然是理由之一，但这不应作为全盘的、绝对的藉口。毛泽东日理万机，阔别三十二年照样有韶山之行。乔木若想衣锦还乡，有的是机会。譬如，他60年代有一段长期休养，四海云游，足迹遍布杭州、长沙、大连、哈尔滨、昆明、广州，甚至奋勇登上了华山、峨眉山——就是没回苏北。也许因为他的家庭成分属地主，在历次政治斗争中埋下了难言之隐？也许还有其他什么更为深层的心理障碍？说他漠视故里，志情桑梓，纯属误会。不管做了多大的官，乔木骨子里还是一介书生。是书生，就摆不脱书生的莼鲈之忆，故林之恋。“千古苍茫青史梦，一年迢递故乡心。”“此夜曲中闻折柳，何人不起故园情？”尤其是鸟近黄昏，人当岁暮。乔木岂能例外？种种寒梅之约、重阳之期，都交臂而错了。前尘如海。来日无多。该了的要了。该结的要结。1990 年 5 月，他终于偕夫人谷羽，从北京南下，计划取道南京、扬州，转赴盐城。事情看来已板上钉钉，乡亲父老方翘首以待。车抵南京，诸事顺遂。谁知到了扬州，乔木突然发生便血，匆忙掉转车头，回南京作检查。检查结果，病在直肠，情况严重，不容疏忽。于是乎断然改变行程，回京治疗。这一去，就再也没能回去；正应了前人的浩叹：“不是不归归未得”，“断肠烟柳一丝丝”。

一个人尽管漂泊到海角天涯，哪怕和过往斩断了联系，故乡仍然驻扎在他心里。一个人是逃离不了故乡的。

简直是惊人的巧合，冠华也是 1933 年最后一次离开东乔庄，从此没再踏上故乡一步。那年夏天他从清华毕业，准备取道上海转赴东瀛，途中，顺便回家探亲。在盐城，冠华见到因病在家“蛰伏”的乔木。后者正和他的大哥乔冠军联手，编辑文学刊物《海霞》。是年秋天，两位老友相继远走高飞：冠华去了日本，又去了德国；乔木去了上海、杭州，又去了延安。像一朵云，飘啊飘，飘啊飘。他俩把自己交给了风，风把他俩交给满世界，就是没把他俩再送回来。说话到了 1975 年，冠华陪外宾游览扬州（注意，又是扬州！），眼看到了家门口，难免触发“越鸟南枝、池鱼故渊”之眷眷之依依。他多想回家走走——像每一个倦了的游子那样，像一切普通

命运的风会将人吹向何处？可能老天自有安排。诗人顾城说：“命运不是风来回吹，命运是大地，走到哪里你都在命运中，如此，有什么你还舍不得。”

王鼎钧先生有两句话说得形象："故乡就像父母一样，从出生那一刻就注定是用来分离的；故乡就像父母一样，从离开那一刻就注定是用来想念的。"分离与想念，就是这笔沉重的乡思债。

人那样。无奈国事纷繁，身不由己。当时，正好有一位盐城籍的女翻译，请假回家看望父母，"乔老爷"找来她，郑重交代：我也想回去，可惜走不开。你这次探家，务必多拍一些照片，带给我看看。女翻译不负所托，曲折而圆满地完成了任务。冠华收到那沓图片，那沓包括他出生地和中学母校在内的图片，想必是百感丛聚、千念并袭；心头当有一支横吹的洞箫且吹开陶潜的黄花吹淌李白的月光吹炽柳永的归思。冠华最终是带着这笔相思债，不，乡思债，走完余生。他于 1983 年 9 月去世，从 1933 年秋天算起，漂泊在外正好历经半个世纪。章含之在《故乡行》一文中透露：冠华"晚年思乡之情很浓，常常与我谈他的童年、少年、谈他的家庭、村庄。他叹息说从清华毕业后五十年未曾回家乡"。说这话的时候，应该是在他生命的最后一站。呜呼，"白头归未得，梦里望江南"。冠华在家门口留下的余恨，不啻是前面提到的七年后乔木扬州之行的预演。

四

冠华的故居坐落在一处高墩，远远看去，颇似北方的四合院。这种高墩我很熟悉，盐阜地区历史上多洪水，居住在低洼地带的乡民，为防患未然，砌房前，每每就近取土，一箩一筐地垫高屋基。那挖过土的地方，就成了池塘，那垫高的屋基，就成了"土墩"。冠华故居的正房，一明两暗。西边一间带阁楼，是他幼年的卧室。三间正房，如今都辟作展览厅，墙上挂满他各个时期的生活照片。冠华的特点，或者说绝艺，是大笑。看过去，没有一张照片是板着面孔，无论多么庄严、庄重的场合，他都有本事咧开嘴巴，或作莞尔，或作捧腹，与乔木的拘谨、矜持，适成鲜明的对比。一位外国记者，曾把他在联合国会议上旁若无人、开怀大笑的场面摄入镜头，并因此而夺得世界新闻摄影大奖。

形成鲜明对比的还有"硬骨头"鲁迅先生，鲁迅先生微笑的照片很少，大笑的照片更是凤毛麟角。

故居的后墙，据介绍，本来挨着一条河。河的北岸，有一方池塘，塘中有一个土墩，那就是冠华童年时的"小岛"。冠华父亲在上面盖了两间茅屋，屋旁栽了花，岸边植了柳，塘里养了菱藕。有四年光阴，那茅屋，就是冠华的家塾，那小岛，就是冠华的乐园。今天，这一切都已化作了漠漠平畴。站在屋后，追念"那随风飘去的岁月"（章含之语），忽然想到，也许正由于那一段自由自在、无忧无虑的家塾生活，滋长了他刚烈而又不折不挠的叛逆。冠华而后进过四所中学，中间因为闹风潮，竟被开除三次：起初进的是亭湖中学，一年后被除名；换到淮美中学继续上初二，不久又遭斥退；家乡没书读了，就走一位母舅的门路，转到靖江淮安中学，越级读高一；高一没念完，又蹈覆辙；他不气馁，再次走一位族叔的门路，转去南京钟南中学，径直读高三。六年中学，前后只读了三年，屡遭除名而又屡屡换校屡屡跳级——这份疯狂，或曰风光，除了他乔公子，我不知道还有谁。

冠华在高中最后一年踔厉风发，终于以十六岁的稚龄，考进清华大学。起先投在朱自清门下，读国文，一年后，为赢得更多的自学时间，满足自己的发展欲，又改投冯友兰、金岳霖门下，读哲学，这是他人生走向的转折点。四年大学，冠华藏锋敛锷，变得出奇的规矩和勤奋。他把自己牢牢封锁在知识的营垒，连清晨跑步，也要一手拿着纸条，一边背外文单词。课外最爱泡图书馆，并在那里结交了钱钟书。两位天才少年读书的蛮劲相似，范围有别，钟书包罗文史哲，冠华偏重于近代史，以及政治理论。冠华晚年作口述自传，说："我主要的兴趣是利用课余时间到图书馆，学习马克思主义。马克思主义这个名词，早在中学时代我就听说了，但是马克思究竟是什么，我不知道。到了清华以后，我有机会阅读英文的、德文原版的马克思著作。……几乎马克思的所有重要著作，我都读过，有的读了不止是一遍。"俗话说种瓜得瓜，种豆得豆，明白了冠华在清华是如何韬光韫玉，藏器待时，你便明白他后来在日本和德国的深造，以及在香港《时事晚报》岗位上的"超级爆发"，不过是水到渠成，势所必然。

尼采说："谁终将声震人间，必长久深自缄默。"缄默得越长久，积蓄的力量越深厚，迸发的光芒越耀眼。天才出自勤奋，勤奋是成功的铁律。

乔木的中学生活，比起冠华相对平稳，尽管曾因参加街头演讲而被当局逮捕，曾因替进步学生仗义执言而与校方发生冲撞，但那都是小小的浪花一朵，转瞬即逝。跨进清华，乔木一扫既往的温良，谦恭，而日趋活跃，激烈。他报考的是物理系，后改读历史系。入学不久，就加入了中国共产主义青年团，热衷于在清华国内外成立读书会，创办工友子弟夜校，创办农民补习学校，公开传播革命思潮。乔木的头角越来越峥嵘，校长翁文灏有点吃不住劲，大一暑假前，他找来乔木，说："清华园好比一座大戏台，生旦净末丑，各种角色都可以登台表演。要是大戏台塌了，就谁也演不成戏了。你演的戏太危险，会把戏台搞塌了。作为校长，我希望你今后不再参加此类活动。”

然而作为战士，乔木又岂能临阵撤退？这期间，恰巧共青团北平市委调他出任专职的宣传干部，他于是当机立断，离开清华园。想不到的是，乔木在新的岗位尚未来得及施展拳脚，竟因莫须有的“右倾”罪名，被停止工作，“挂”了起来。乔木刚刚失学，旋又失业，身心遭致重创，不得已，请假回老家养病。这是他生命的低谷。乔木没有彷徨，更没有消沉，而是胸怀朝阳，磨砺以须，并在盐城加入了中国共产党。一年后，他再度出山，考进浙江大学外语系，插班读二年级。乔木在浙大虽竭力隐蔽身份，奈何隐不住胸罗的万丈光焰，就像花果山的石猴藏不住目中的两道金光。因此，在结束大三行将跨入大四之际，到底还是被校方定为“异端”，并被褫夺学籍。乔木先后考进南北两所名校，都没能完成学业，未免可惜。好在天铸英才，不拘一格。乔木在大学期间受到的挫折，毋宁说磨练，恰恰为他嗣后出任毛泽东的秘书，作出了必不可少的远程铺垫。

人生难避低谷，身处低谷，只要人精神上不“短路”，向上走，总能占领高地——精神的高地。

五

乔木的名山事业在于理论。他一直活跃在中国共产党的上层，是响当当、铁铮铮的“党内一枝笔”，许多彪炳史册的文献，如毛泽东《在延安文艺座谈会上的讲话》，就是由他一手整理；跨度长逾两个革命阶段的中共第一个和第二个“历史决议”，也是由他参与或负责起草。

冠华的千秋重彩在于外事。新中国外交史上，如果说，光前裕后的，数周恩来，光明磊落的，数陈毅，那么，光彩熠熠的，则数他乔冠华。1971 年，联合国大会恢复我国的合法地位，毛泽东就欣然点名：“派一个代表团去联大，让‘乔老爷’做团长。”

我曾想，假若当初毛泽东不为二人断名，就让两个“乔木”和平共处下去，生活将平添多少热闹？“南乔北乔”的绰号势必会继续下去，“大乔小乔”、“内乔外乔”、“谷乔龚乔”之类的绰号也会满天飞。

这未必不是一种大度，一种华美。

由冠华老家返回市区的途中，接京城一家刊物老总的电话，谈到进行中的这道选题，对方说：二乔生值社会转型的激烈期，一生山重水复波澜万状，一篇散文恐怕很难讲清楚；这样吧，你能不能先用一两个例子，为我勾勒一下二乔的人格特征？

我想了想，说：可以。

譬如乔木的“校勘心态”。你有没有留意到，乔木读他人的文章，读得很细，很细，细到一句话、一个词、一个标点，都不会轻易放过。举一个例：乔木读陈祖芬的《祖国高于一切》，怦然心动，于是给作者写信，表示自己的激赏。你猜他的信是如何写的？通篇赞扬的话，只有一句，就是开头说的“我很感动地读了你的《祖国高于一切》”。随即掉转笔锋，说：“作为微小的报答，我想从修辞上同你商讨几个词语的用法。”接着详细列举了他所认为的五个用词错误，诸如“拥有”后面不能接“着”，“人才”后面不宜跟“们”，建议作者再版时予以改正。不独致陈祖芬，乔木写给许多文化人的信，包括写给周扬、张光年、穆青、黄永玉，都是这个风格。这多半与经历有关。乔木走近毛泽东，接手的第一件事，就是校勘文件。毛泽东谆谆告诫：“校勘这工作要很细心。校勘又称校雠，就是要像对待仇人那样，把文章中的错误校出来。”挑错，这就是他的职业。他的敏感，他的兴趣，他的全部神经末梢，都执著在这一点，纠缠在这一点，融会在这一点。潜移而默化，积久而成习，无形中又把这种“校勘”心态，扩散到生活的其他领域。

冠华的人格特征，我想借他的创作立论。比起乔木，冠华无疑更属性情中人。章含之就说他：“其实你应当是文学家或者是音乐家，唯一不适合你的就是政治家。你毫无掩饰地宣泄你的感情，这就是搞政治最大的忌讳。”遗憾的是他偏生选择了政治。冠华晚年，每当感情的洪流冲决堤坝，急欲择地奔泻之际，他常常驾轻就熟地活剥几句前人诗词，敷衍成打油诗。如《九·一三有感》：“月黑雁飞高，林彪夜遁逃。无需轻骑逐，大火自焚烧。”如《从上海飞巴黎》：“我辈乘机将欲行，忽闻黄浦淌歌声。长江万里深千尺，不及同仁送我情。”如《重游白云山》：“白云山上白云飞，白云山下爬乌龟；乌龟不知何处去，白云依旧笑朝晖。”这本来只是一种小家碧玉之扭捏而非大家闺秀之雍容。然而，就连这种借他人之酒杯浇自家胸中之块垒的杂耍之作，也难逃某些“整人专家”的狼牙棒。你在，你有所表现，你有所宣泄，这就是罪。山高雪寒，树大风烈，一至如此！灯台下多阴影。显微镜下无美人。你让他还能如何风流倜傥？你让他还能如何壮怀激烈、乾坤一掷？冠华倘若不是为政治所羁勒所击溃，以他的天赋，完全可以写出如天马之行空，独往又独来的大匠之作，大美之作。但是，他只能付之阙如。这是冠华的不幸，也是他的不争。

“射虎山中如昨日，骑鲸海上忽千秋。”奄忽之际，二乔都已化作前尘。乔木之为人，冷峻而严谨而拘泥而又迹近淡泊。值此身后，每有纪念他的文章发表，大抵以政界，且上层人士为多，文章的格调，也偏于严肃、恭谨与平和。冠华晚年，仕途大翻车，从云端跌落沼泽，以大笑而为人格象征的奇男子，最终只能屈身长叹，赍志而殁。这些年来，幸得夫人章含之，以一枝梨花带泪之笔，矢志不渝地为之辩诬，为之洗雪，为之招魂。——红颜中有如斯之知己，冠华九泉回眸，当应仰天笑慰。

此文类似于史传中的人物合传，如《史记》中《屈原贾生列传》。文中“二乔”同中有异，异中带同，相互映衬，相互比照，令人感慨。“二乔”的人生经历值得收藏。

单元链接

本单元出场的文化名人有蔡元培、季羡林、冰心、梁实秋、老舍、巴金、茅盾、周作人、胡乔木、乔冠华等，可谓集体登场。高中课本中，有冯友兰的《我所认识的蔡孑民先生》，季羡林的《漫谈散文》，老舍的《想北平》，郭沫若的《地球，我的母亲》，巴金的《〈激流〉总序》，用心研读，体会这些文化名人的创作思想和内心情感。

第三单元

DI SAN DAN YUAN

文以载道的传统，培养和浇灌了中国知识分子的社会责任心和担当意识。这份责任和担当之心，是文天祥誓与国家民族共存亡，一方土囚中，六百多个日夜将《正气歌》唱响；是郑成功焚儒服，披战袍，洪波汹涌间，跨海东征，收复台湾；是张謇出逃翰林，办实业，兴学堂，纵有成千累万款项却分厘不私藏。这份责任意识、担当之心熏陶着我们民族，使我们民族的性格变得完整而深刻。本单元，走近他们，表达我们的敬意，不仅仅是复活记忆，更是在历史中寻找未来。

蔡伦：在历史时空的一幅肖像

自从考取驾照，这是我第一次单独驾车出行。新春撰文谓之开笔，电视首拍谓之开镜，佛像落成谓之开光，在我，初次正式上路，无以名之，姑且谓之“开幕”——揭开人生高速而动感的一幕。驱车于道，人与外界的关系骤然改变，保持距离，乃汽车王国的金科玉律，车速越快，相互的距离应该越大，井水不犯河水，好汉分道扬镳，你跑你的，我跑我的，任何亲密接触，任何冒失碰撞，都不啻是无妄之灾。这当口，就是有百万大奖从天而降，也要暂时抛之脑后，就是有初恋的情人在前方相约，也要强行压制心跳。喏，就像这样：含腹挺胸，凝神绝虑，目光平射，余光兼及两侧后视镜。可是——讨厌的可是！今天我心猿意马，思维刚要收拢，收拢于挡风玻璃前的视野，转瞬又分了神，但觉万象纷纭，如节日的焰火蓬蓬勃勃地炸开。一会儿是你大名的叠印：蔡伦，蔡伦！“蔡”为上蔡之蔡，蔡邕、蔡襄、蔡锷之蔡，“伦”是伦敦之伦，哥伦布、麦哲伦、克伦威尔之伦；一会儿是你古典而阳刚的造型：我不喜欢传统的白描，寥寥几笔线条抽去了多少微妙而又生动的个性，我崇拜古希腊的石刻，以及意大利文艺复兴时期的雕塑，想像中，你就是米开朗琪罗的大卫，以大理石为体，伟岸为姿，坚毅为魂。

开篇不惜运用繁笔冗言，表明驾车之道，要心如止水，凝神贯注；“可是”之后陡转，意在突出蔡伦其人其事令人心绪难宁，引发读者关注。

白描作为中国画技法，以简笔勾勒，却能形神兼备。

魂兮归来，蔡伦！在这公元2002年的元旦，在我的心海之舟车轮之上方向盘之侧。右首的座位虚席以待，柔蓝的座垫搁了一份剪报，标题的浓眉大眼揭示出内容的耸人听闻：《〈蔡伦〉“身世”引发著作权案》。你知道这事吗，蔡伦？你想站出来调停吗，蔡伦？说的是陕甘两省的数位秀才，贾平凹、杨闻宇们的乡党，为秦腔历史剧《蔡伦》的首创权闹上公堂。让他们去打吧，蔡伦。他们为你而唇枪舌剑，寸步不让，是因为你启动了荣誉和商机。这是审美，不，争美。双方都视你为自己人格的化身，口气未免专横，但也无妨。他们在混合交叉的状态下塑造了你，根据《宦官列传》提供的四十来字的史料，其余均属向空虚构。这也怪不得他们。太短了啊，太短！你为这世界贡献了书之无穷、用之不竭的纸，这世界只用了四十来字就把你敷衍了事。这太不公平！这太出格！光冲这，就值得打一场荣誉权官司。

古有“虚左以待”，以此突显蔡伦在作者心中的尊贵。

全文运用第二人称仿佛蔡伦现身眼前，作者直接与之对话，抒情更强烈，更具感染力。

杨闻宇(1943～)，著名作家。陕西西安人，擅长军旅题材创作。

文化名人被消费在当今屡见不鲜。如现在许多名人故里争夺战其本质都是为了傍名人效应，以期获得“鸡犬升天”的效果。争故里，争首创之权本质是争金钱争利益。

但是你能找谁去算账？毕竟，已过去了1 800多年。毕竟，证人证据都已湮没无存。我请沈彦教授帮忙查过《后汉书》，宦者列传第六十八，有你282字的小传，前面提到的那份四十来字的史料，估计为小传中的精华部分。282字就282字，那也实在太少，太少，以你同朝大师的作品为例，不及扬雄的半篇《解嘲》，更不及张衡《两京赋》的三十分之一！

“这就相当不易了。”你说。肯定是你在说，我听得耳边有人轻轻提醒：“居然有282字的生平介绍传世！”是的，我当然明白，我哪能不明白，只要换一个角度思考。要知道，这是在古代中国，这是在唯官独尊的一元社会。而你之所以能在汉书挤占一席，多半搭帮你官员的身份，咋说也做到中常侍兼尚方令，这是一个在皇帝身边转悠的要职；何况，你还曾主持朝廷的官修经史，即后世称谓的《东观汉记》。在你之前，发明车轮的那位仁兄，绝对是个天才，功劳不在造纸之下。怎么样，于今听说有谁还在纪念？至于文字，功劳更在车轮之上。轮子转动了世界，文字启蒙了世界。最初想出轮子和文字的，肯定是一个或一帮平头百姓，胼手胝足，粗衣乱服，王侯不屑一顾，史家断然弃之。这就让黄帝的史官仓颉捡了个大便宜。《荀子·解蔽》记述，上古“好书者众矣，而仓颉独传者壹也”。说的就是，文字的发明人很多，仓颉不过是其中之一，但最后的功劳，都归到他一人头上。仓颉何幸？推敲起来，不能不归结于他本身就在圈子之内。

世界上的许多发明，都不可能“毕其功于一役”，而是在众多前人的基础之上，传承突破，最终达到广泛运用的效果。

曾经反复把玩你的小传，入眼尽多典型化的细节，难怪陕甘两地的秀才，仅凭四十来字的史料，就结构出一部煌煌大剧。小传说，“伦有才学，尽心敦慎，数犯严颜，匡弼得失”。寥寥数语，就勾画出你的博学、谨慎，而又锋芒毕露、刚正不阿。接着说，“每至休沐，辄闭门绝宾，暴体田野”。好一个“暴体田野”！《后汉书》在这儿留下了千古悬念，有学者解释这是指“深入民间”，更多的学者则认为这是在行“日光浴”。对此，我不想作进一步考证，姑且从众。你啊，你，一个宫廷内臣，逢到休假，就关门谢客，然后躲去旷野，裸体享受日光的抚摸！这仅仅是字面上的意义，内涵，应远比说出的更为丰

前一种解释似乎更合理。正如前文所说，“胼手胝足，粗衣乱服，王侯不屑”的平头百姓，他们之中蕴藏着大智慧。蔡伦发明造纸术绝不是轻易获得的，更不是臆想的产物，民间是其发明创造的智慧源泉。

富。我想起《草叶集》、《桴鼓集》的歌者惠特曼。惠特曼为了强身健体，一度奉行日光浴，大自然裸着身子，他也裸着身子，放浪形骸，自由自在。不仅凭双眸和心灵，而且用四肢百骨去领悟什么叫天籁，什么叫纯洁、健康和美。蔡伦，可叹你生不逢时，也不逢地，没能遇上一代艺术大师米隆、米开朗琪罗或罗丹，因而也就不可能有如《掷铁饼者》，如《大卫》，如《青铜时代》那样元气淋漓、大气磅礴的塑像问世。

惠特曼（1819～1892），美国著名诗人。

日光浴能让人强身健体、延年益寿，中国古人早有认识，早有记载。杜甫、白居易等皆喜好日光浴，并赋诗吟咏。

其实也不必感叹遗憾。就如后文所写的塑像矗立北大校园的塞万提斯，当他69岁在马德里与世长辞时，天主教忌恨他，连墓碑都不给他立，西班牙人民却永远记着他。功过自有后人说，历史自有公论，民众心中的塑像，心中的纪念碑才更高大、更持久。

让我们静下心来想一想，即使你在野外日光浴的途中，有幸碰到上述任何一位艺术大师，也不会激发古典而阳刚的联想。你的肌腱不会勃怒如奔马，你的身材不会魁梧如金刚，因为你是太监，大“势”已去。势，即睾丸，失去势，你就失去男性的势头、势派、势焰。你从形貌到嗓音，都已扭曲变节如女子。此中酸楚、哀怨，读者只要翻一翻司马迁的《报任少卿书》，便不难感同身受。想当初，司马迁因为替兵败途穷、不得已而降敌的李陵说了几句公道话，触怒汉武帝，罹患宫刑，一腔抑郁，纠缠盘结，二六时中，无有了时，乃愤而著书，究天人之际，通古今之变，终成一家之言。而你之去“势”，性质固然与司马迁不一样，但作为阉者的隐痛，则不难臆测。丈夫立世，雄风消歇，仰愧于天，俯怍于地，长夜耿耿，辗转难眠。因而，你的种种异言异行，包括先前的“暴体田野”，以及而后的创意造纸，不外是一种生命的渴求与呐喊，都可以在弗洛伊德的学说那里找到经典的诠释。

一日有十二个时辰，二六时中即一整天的意思。

太史公发愤著书。蔡伦发愤创意，刘勰说“蚌病成珠”，韩愈言“物不平则鸣”，欧阳修曰“穷而后工”，都彰显了强烈的生命主体意识，绽放着坚韧奋进的精神光芒！

今天，前文已经说明，恰值2002年的元旦，离开你的生辰，蔡伦，应该是多少周年？你为什么笑而不答？难道，这也涉及保密？哦，你说，你只能提供史书已经记载的，史料已经证实的，除此而外，一律无可奉告。我想你是对的，史学的游戏规则，人人都得遵守，否则，必然引发天下大乱。我呀，只能恨史官的吝啬，史料的短缺，后汉书只标明你去世的年份，公元 121 年，你的生辰，千百年来始终是一个谜。对了，今天我出行的第一站，是北京大学，拜谒素所敬重的一位恩师。抵达校门的那一刻忽然想到，作为巍巍学府，北大已矗立起若干伟人的塑像，屈指算来，有老子、严复、蔡元培、李大钊、马寅初、陈岱孙，此外还有西班牙的塞万提斯。那么，能否再添上一座你呢？对，就添上一座你，蔡伦！

塑你的像难道还用得着理由？你发明了纸！大学是用来干什么的？传道授业，培养人才。没有纸，哪来书本？没有书本，哪来近代意义上的大学？纸，是知识的载体。纸啊，你发明的“蔡侯纸”，公元 2 世纪的高精尖产品，激活了中华文化，奠定了中国书法，中国绘画，中国作风，中国气派。在你之前，幼发拉底河流域的文化，刻写于泥板，尼罗河三角洲的智慧，记录于纸莎草，恒河沿岸如沙数的知识结晶，靠贝叶留痕，爱琴海哺育出的《伊利亚特》和《奥德赛》，仅凭口口相传，而以黄河和长江的涛音为母语的《诗经》与《楚辞》，也只能锲刻在甲骨和竹简。孔夫子周游列国，一架牛车才装得几本书？传说他晚年酷爱读《易》，乃至“韦编三绝”，——串联竹简的牛皮绳，先后被翻断三次，一方面可见阅读之勤，另一方面，不也说明了竹简之笨重！始皇帝日理万机，其中，光批阅的简牍文书就重达一百多斤。东方朔作了一篇美文送呈汉武帝，共用去竹简三千多片，两个武士累得贼死，好不容易才抬进皇宫。汉家天子你就等着劳筋累骨吧，若想一尝阅读的快感，不出它几身臊汗才怪。当然，那个时代已有了缣帛，缣帛是理想的书写材料，轻而且薄，而且绵软，而且结实。但是，缣帛是书写的奢侈品，不要说古代，即使在今天，又有几人消费得起？而现在，好了，公元105年，你，蔡伦，一位经理宫廷御用手工作坊的老板兼工程师，积前人之经验，化树皮、碎布、麻头、破鱼网为神奇，制出了漂亮而又实用的纸。《淮南子》说："昔者仓颉作书，而天雨粟，鬼夜哭。"那是神话，我不信。但我相信，蔡伦，当你造出了第一张纸，照耀东都洛阳的太阳，一定更加明亮了几分。

连拂过城头的风，也变得馨香而欢快。这是解放文化的东风，加快信息传播的东风。中国风。公元2世纪，神州大地开创了纸上作业、纸上逐鹿，其意义，不亚于20世纪60年代升空第一朵蘑菇云。那年头，虽然没有感悟"时间就是金钱"，但文化的加速流转，必然带动滚滚滔滔的财富。虽然没有标榜"效率就是生命"，但知识的空前密集和传递，必然赢得日新日新又日新。纸的台阶，也是文化、文明的台阶。犹如网络时代，你无法拒绝电脑，怎能设想，隋王朝开科取仕，少得了试卷的配合？又怎能设想，盛唐的背景音乐，少得了书页的沙沙声？当王羲之笔走龙蛇，砚旁铺开的，岂能是一块块骨版？当李白下笔千言，侍者递上的，岂能是一片片

"天雨粟，鬼夜哭"虽然是神话故事，但其蕴含的"智能越多，德行越薄"却是不争的事实。人的能力增进了，巧诈也就萌生了。

文房四宝不是同一时期发明的，它们的出现有早有晚，按出现的顺序排列，应该是笔、砚、墨、纸，造纸术的改进，使得笔、墨、砚也不断有所改进，文化更加飞速发展，东汉以后有成就的文学家、书法家、画家更多了。

龟甲？边塞海疆的官府告示，吸引了多少蓄客的目光。通都大邑的学宫蒙馆，勾去了多少留学生的魂。越南、朝鲜、日本的遣唐使络绎于道，大西洋沿岸的冒险家，隔着西亚和中亚高原，犹陶醉于纸的芬芳。想此时，欧罗巴海盗的祖先，碧睛还在丛林、荒原间逡巡。文艺在羊皮纸上嗷嗷待哺。莎士比亚、歌德无缘提前出世。《十日谈》尚未开篇。印刷术在人的思维之外酣睡。纸是文化领域的丝绸，纸的流布是一种更为令人感叹的丝绸之路。公元8世纪，唐朝的工匠把造纸术西传至撒马尔罕。而后更一路西传至伊拉克至叙利亚至埃及至摩洛哥……。而望纸兴叹、馋涎欲滴的欧洲，以及白种人的马蹄尚未敲响、印地安人的酋长犹在呼风唤雨的美洲，还要分别等上四与九个世纪，才得以分享东方神纸的芗泽。

这不是自炫自夸，20世纪70年代，美国学者迈克尔·哈特出版了《历史上最有影响的一百人》，在这部囊括世界顶尖人物的排行榜上，你，蔡伦，高居第七。前六位，分别是穆罕穆德、牛顿、耶稣、释迦牟尼、孔子与圣·保罗。除了科学泰斗牛顿，其余都是各大教派的掌门。孔子也算，儒教。而哥伦布、爱因斯坦、马克思、伽利略、列宁、达尔文、秦始皇、成吉思汗……这些彪炳史册的巨星，统统等而下之，排在你的大名之后。迈克尔·哈特写道："大多数的发明都是其时代的产物，它们的问世带有必然性，即使张三没有成功，李四也会成功。但是就造纸而言，性质就大不一样。造纸术的发明远比世人想像的更为艰难。它需要一个发达的国家做背景，并且还需要杰出的个人天赋。”作为科技精英，你排本行业第二！而在中国籍的伟人中，你也是位列第二！当然，这是就当事人在历史上的影响力而言，而不是根据其地位、学问、名誉或财富。按照哈特先生的观点，东西方文化的发展态势犹如跷跷板的两端，公元2世纪之前，西方在上，东方在下，自打蔡伦发明了纸，由汉而唐，由唐而宋，双方的地位发生逆转，东方变得高高上扬，西方几乎一坠到地，及至15世纪，德国的古腾堡在引进造纸术的平台上，推出了现代印刷，东西方的形势又再度易位。此事不能绝对，一绝对就难免滑入唯技术论的泥沼，但不管如何，文化载体的强弱，肯定是社会前进中一个至关重要的因素。啊，蔡伦！昂藏是什么？风骚是什么？浩然之气又是什么？轰轰烈烈又是什么？曾经让刘邦生出“大丈夫当如是”感喟的，曾经让项羽发出“彼可取而代之”誓言的，那腔热血，始终奔涌呼啸在你的周身，只是，换了一种筋络走向。哈特在卷首引用的那段弗朗西斯·培根的名言，正好可以用来为你树碑勒铭。培根说：“随之我们就会看到智慧和学问之碑是怎样远比权力或武力之碑更加长垂不朽。因为荷马诗歌已流传两千五百多年而未失去一个音节或一个字母；而在此期间却有无数座宫殿、庙宇、城堡和市镇已被腐蚀完毕或毁灭殆尽，事实不正是如此吗？”

“昂藏”是仪表雄伟、气宇轩昂、超群出众的样子。

诚如元散曲大家张可久所言：“兴亡千古繁华梦。”世事沧桑，一切朝代的兴亡盛衰、得失荣辱都如梦幻般转瞬即逝，只有真理、智慧、知识、学问闪烁着动人心魄永恒的光芒，是生而为人真正的追求所在。

光荣啊，不朽啊，蔡伦！而我，也正由于上述排行榜，才激起见识见识你的欲望。没想到你的资料是如此残缺不全，填不满任何一页现代程式的档案。没想到，你竟是一名遭阉割的太监，像明代的郑和。郑和据说生得高大而英武，啊，不是据说，是根据典籍记载。而你，史无旁证，只能在我的想像中英武而高大。我曾想，倘若我们效仿哈特，也来编一本“中国历史上最有影响的一百人”，那么，你会排名第几？我敢断言，肯定不会进入前十，极有可能是名落孙山。这块国土历来崇尚王冠与权柄，风流都叫秦皇汉武唐宗宋祖占去。科学每况愈下地失去行政依托。文化反反复复地陷于精神阳萎。浑天仪混同摆设。指南针止于风水。七下西洋的郑和，终了也没能走出天圆地方的樊篱。火药的问世，充其量只是繁荣了爆竹与烟花。“四大发明”虽然人人拿它当歌唱，但真正顶礼膜拜、崇之敬之、仰之慕之的，又有几人？不信请看：撇开蔡伦你，那位发明活字印刷，本应和德国的古腾堡一较高下的毕昇，不是一直被排除在正史之外，仅仅在沈括的《梦溪笔谈》聊存一笔！而指南针与火药的专利权人，千载之下，依然是一笔糊涂账！

时下流行商品“出口转内销”，想不到名声也是。蔡伦，我从小学课本熟知你，却从国际坐标重新定位你。2001 年 9 月 8 日，你的湖南老家——古称桂阳，今称耒阳——正是在哈特先生的启迪、鼓舞下，召开了首届“蔡伦科技发明节”。耒阳是你的诞生地，城里有你故居的旧址，如今辟为纪念公园。园内保存有蔡侯祠、蔡子池、蔡伦墓，还有唐代焚烧纸钱的宝鼎，以及当年你从都城洛阳返乡，传授造纸术时用作舂捣纸料的石臼。明人胡文璧咏《蔡池夜月》云：“茧札分明胜简编，旧池犹为蔡侯传；风清夜籁舂声古，日漾寒波藻思鲜。”其景其韵，

当下的中国经济实力大增，但国民的科学精神和科学情怀仍然处于缺失状态：地理学家李小文辞世多日，媒体才播发了一则短消息，歌星姚贝娜离世前，媒体就开始大肆炒作；演员黄晓明的婚礼倍受瞩目，屠呦呦的报道却倍显冷清……拥有人文情怀、科学精神是成为魅力大国，有终极竞争力强国的核心要素。

仍然触目可见，支耳可闻。为配合此番发明节的召开，城内新辟有气势雄伟的“发明家广场”，你的青铜雕像巍然而立，翘首云天，古今中外上百名科技大家陪衬左右，宾主分明。呵，呵，蔡伦，你创造了纸，纸也造化了你。在小城两千余年的历史上，你的大名是唯一的亮点。在知名度提升市场经济的今天，你被理所当然地从幕后请到了台前。这是又一部不是排行榜的排行榜，它泄露出故乡人的跃跃雄心，或者说是勃勃野心。唯一煞风景的是：天南海北的与会者，居然绝大多数目不识“耒”（lěi），他们总是将它读作“来”（lái）；犯这错的，还包括中央电视台的播音员。来阳？耒阳？“来”、“耒”不分，出口成讹。主人难免摇头苦笑。客人也觉出乖露丑。听罢这插曲我不禁哑然失笑。我想，不，我建议：蔡伦，倘若你的故乡，这座位于湘南丘陵的无名小城，立意要冲出千古寂寞，闯荡21世纪的精彩世界，何不干脆脱胎换骨，改“耒阳市”为“蔡伦市”?！这样一来，不仅好读、易记，还管保百分之百地发挥出你老人家的名人效应！

出这样的错，露这样的丑，也折射了播音员的职业素养，既缺少文化底蕴又缺失负责敬业的态度。

哦，梦笔生花，是每个文人的向往，如果上帝也赐我一支彩笔，蔡伦，我愿纵情为你高歌。你必定有一个天真烂漫的童年，那时你是幻想之子，自然之子。你必定也有一个忧郁的青年，鸟翼系上了黄金，骏马拴在了磨道。当青春的激情，不能喷薄向长天，而被迫锁于内心，你是有恨啊，愁多织就千千结，枝头红豆不堪看，看时满眼相思泪。当你创造的天赋，经千回百转，终于在造纸大业上找到突破，你是真正有爱，而又敢爱，仰天一笑山水绿，跬步江山见寥廓。汉和帝刘肇对你欣赏有加,造纸业迅速推向全国。刘肇死后,殇帝刘隆即位,没一年,安帝刘祜登基,封你为龙亭侯。以宦竖之身,博公侯勋爵,这是几人能得的殊荣?蔡伦啊,站在现代人的立场上,我多想为你重新策划进退。可惜前尘已定,这只能是一厢情愿。客观地说,倘若没有在朝廷的高位,尤其是掌管御用作坊的便利,你的造纸术不会如此一帆风顺。但是,有道是成也萧何,败也萧何,可叹你身为小黄门不久,约莫二十郎当的青嫩年纪,就身不由己地卷入了肮脏的宫闱政治,结果,四十年河东须臾转为河西,蓦然回首,你已从侯爵之身,沦为敕令投案待审的囚徒。那时,你正在陕西的封地安度晚年,因为耻于进京受辱,遂沐浴整衣,饮鸩自尽。死得虽然苏格拉底,毕竟不值。幸亏生命的终结不等于创造的终结,创造自己另有日月。

汽车绕过未名湖,再拐两个弯,目的地就到了。再见,蔡伦!当我初次单独驾车出行,有你的目光一路相随,令我倍感轻松和温馨。寂寞而又庸碌的写作生涯,惟温馨可赢得气定神闲,且确保心灵的自由驰骋。啊,我有时也多么想,多么想生活在东汉,与你携手造纸,分享灵感叩门时的心弦急颤,像纤指轻拂下的古筝。但那一切都已远我而去了,纸的发明,已成了一种元素,一脉基因,一缕东风,一道虹彩,我只能仰望,并且呼吸,并且缅想。今天,地球虽然转入了信息产业时代,纸的光芒,仍有增无减。何况,电脑屏幕呈现出另一种纸,鼠标是另一种笔,这是“电子纸张”大行其道的世界,也是继揭示文章的写作题旨、意图。

古腾堡之后，西方文明的又一次浩荡东征。东方古国呼唤科学、文化复兴，呼唤21世纪的蔡伦。呼吸是清醒的过滤。缅想最终是为了超越。但愿归程，但愿在未来的时日里，你的目光，从公元2世纪射出的创造炬火，仍一往情深地温暖着我。但愿东方古国能从此摆脱文化人格上的自戕与他戕，自萎与他萎。也但愿，下一届在你老家召开的"科技发明节"，我能有幸驱车前往，不是矫情，为的是像老榕树那样一路尽情伸展根须，汲取历史与现实交融的质感；同时也为了实地挖掘并且结构，方才在马达的浅咏曼吟里无意间浮上心头的这道题目：《蔡伦：在历史时空的一幅肖像》。

文天祥千秋祭

一

怦然令我心跳的，是他已活了七百六十岁。七个多世纪，一个不朽的生命，从南宋跨元、明、清、民国昂昂而来，并将踏着无穷的岁月凛凛而去。他生于公元1236年。当他生时，“直把杭州作汴州”的临安朝廷，已经危在旦夕，人们指望他能挽狂澜于既倒，扶大厦之将倾，然而，毕竟“独柱擎天力弗支”，终其一生，他没能、也无法延续赵宋王朝的社稷。他就在四十七岁那年化作啼鹃去了。当他死时，不，当他走向永生，九州百姓的精神疆域，陡地竖起了又一根立柱，虽共工也触不倒的擎天玉柱。

他是状元出身，笔力当然雄健，生平留下的煌煌笔墨，正不知有凡几。只是，真正配得上他七百六十岁生命的，则首推他在零丁洋上的浩歌。那是公元1279年，农历正月，他已兵败被俘，恰值英雄末路，在元军的押解下，云愁雾惨地颠簸在崖山海面。如墨的海浪呵，你倾翻了宋朝的龙廷，你噬碎了孤臣的赤心。此一去，“百年落落生涯尽，万里遥遥行役苦”；“以身殉道不苟生，道在光明照千古”。无一丝一毫的张皇，在这生与死的关头，他坦然选择了与国家民族共存亡。但见，一腔忠烈，由胸中长啸而出，落纸，化作了黄钟大吕的绝响。这就是那首光射千古的七律《过零丁洋》："辛苦遭逢起一经，干戈寥落四周星。山河破碎风飘絮，身世浮沉雨打萍。惶恐滩头说惶恐，零丁洋里叹零丁。人生自古谁无死？留取丹心照汗青！"

《过零丁洋》所达到的艺术高度无与伦比。因感动苍天，连地名都来帮忙，让他的惶恐和零丁都融入了草木山川。

文天祥（1236～1283），吉州庐陵（今江西吉安市）人。南宋宝祐四年（1256）状元。以忠烈名传后世。与陆秀夫、张世杰被称为"宋末三杰"。

文天祥殉难后，王炎午写了《望祭文丞相文》，赞扬文天祥像岁寒的松柏一样坚贞，他的死，使山河顿即改色，日月为之韬光！

假如文天祥在这时候就死去，结局又会怎样？毫无疑问，他是可以永生的了。南宋遗民清楚这一点。所以，他的战友、庐陵人王炎午，才在他被押往北方的途中，张贴了数十份《生祭文丞相文》，疾呼："大丞相可死矣！"敦促他舍生取义，保全大节。他自己又何尝不明白这一点。因此，一路上才又是服毒，又是绝食，自谓"惟可死，不可生"。然而，且慢——打量历史，我们只能作这般理解——日月还要从他的生命摄取更多的光华；社会还要从他的精神吸收更多的钙质；盘古氏留下的那柄板斧，需要新的磨刀石；长江和黄河，渴求更壮美的音符。一句话，他的使命还没有结束。于是，同年 10 月，他就在一种求死不得、欲逃又不能的状态下抵达元大都燕京。

二

在北地，考验他的人格的，是比杀头更严峻的诱降。诱降决无刀光剑影，却能戕灭一个人的灵魂。但见，各种身份的说客轮番登门，留梦炎，就是元人打出的第一张"王牌"。

留梦炎是谁？此公不是凡人。想当初，他和文天祥,曾同为南宋的状元宰相。然而,两人位同志不同,就是这个留大宰相,早在公元1275年的临安保卫战中,就伙同权奸陈宜中,暗里策划降元。为此,他极力干扰文天祥率军驰卫,而后又弃城、弃职逃跑。待到临安沦陷,他又拿家乡衢州作献礼,摇身变成元朝的廷臣。

留梦炎一见文天祥,就迫不及待地推销他的不倒翁哲学。他说:"信国公啊,今日大宋已灭,恭帝废,二帝崩,天下已尽归元朝,你一人苦苦坚持,又顶得了什么用呢?那草木,诚然还是赵家的草木,那日月,却已经是忽必烈大汗的日月了。"

一语中的,"不倒翁哲学"乃投降哲学、保命哲学也。

天祥转过身去,只给他一个冷背。真的,你让葵藿如何与狗尾巴草对话?你让铁石如何与秽土论坚?留梦炎之流的后人对乃祖的投降哲学又有发挥,最形象,最直白的是"有奶便是娘"。岂知这种"奶"里缺乏钙质,他们的骨头永远不得发育。此辈精神侏儒,哪里识得文天祥的"千年沧海上,精卫是吾魂"!哪里配闻他的"人生自古谁无死?留取丹心照汗青"!

不识相的留梦炎仍然摇唇鼓舌,聒噪不已。天祥不禁怒火中烧,他霍然转身,戟指着留梦炎痛骂:"你今天来,就是给我指这条出路的吗?你这个卖国卖祖卖身的奸贼!你,身为大宋重臣而卖宋,可是卖国?身为衢州百姓而卖衢州,可是卖祖?身为汉人而卖汉节,可是卖身?……"

"你、你、你——,老夫本是一番好意,你不听也罢,凭什么要血口喷人?"留梦炎饶是厚脸昧心,也搁不住文天祥这一番揭底剥皮,当下脸上红白乱窜，低头鼠窜而去。

九岁的赵显，堪称是元人手里那种不带引号的王牌。这位南宋的小恭帝，国隆的日子没有赶上，国破的日子似乎也不觉得太痛苦。同是亡国废帝，南唐后主李煜的依恋："春花秋月何时了，往事知多少！小楼昨夜又东风，故国不堪回首月明中。雕栏玉砌应犹在，只是朱颜改。问君能有几多愁，恰似一江春水向东流。"只怕他是既不识梦寻，也不懂悲怀。元人想到了杠杆原理，想着废物利用，比如，现在就让他以旧主子的身份，出面劝说文天祥归顺。古话说一物降一物，你文天祥不是最讲忠君吗！那么你看，这会儿是谁来了？

文天祥料到元人会有这一着，怕的也就是这一着。因此，思想上早做好了准备。他没等赵显走上会同馆的台阶，赶紧跨出门槛，来个先发制人。但见他抢前数步，挡住赵显，然后南向而跪，口呼"臣文天祥参见圣驾"，随即放声痛哭。小皇帝被这突如其来的哭声闹懵了，傻乎乎地站在那里，说不出一句话。

天祥这一场大哭，本是策略，旨在让故恭帝无从开口。但他哭着哭着，想到今日幼主为人所制，竟不自知，而自己和千万忠臣义士浴血疆场，抵死搏战，还不就是为了保卫赵宋江山！一时心中涌上万般酸楚，不由动了真情，遂跪地不起，长哭不已，并且一迭声地泣呼："圣驾请回！"

赵显这边慌了手脚，越听哭声心里越发毛，早把元人教给的言语，忘了个一干二净。少顷，又搁不住文天祥的一再催促，便乐得说声"拜拜"，转身

文天祥对忠君与爱国二事处理得非常恰当。宋恭帝投降前，他起兵勤王；宋恭帝投降后，他没有跟着投降，而是坚持君降臣不降。此时宋恭帝劝他投降，他还是不从，在他看来，宋恭帝是君王，不幸而失去了国家，值得同情，但当此之时，社稷为重，君为轻，他决不能以忠君的行动去改变他忠于国家的信念。

回头，辚辚绝尘而去。

劝降招安活动并没有就此止步。这就要谈到元世祖忽必烈——也就是那位一代天骄成吉思汗的孙子。平心而论，忽必烈也称得上是一代枭雄，他不仅识得弯弓射大雕，还尽懂得治理天下。且说眼前，他就深知接管汉室，光凭蒙古人的力量，是不能畅达无阻的，须得借助汉人，实行“以汉治汉”才行。而在汉人中，最具号召力、影响力，因此也最能帮他巩固统治秩序的，当数文天祥无疑。所以，天祥愈是不屈，他就愈想招安。留梦炎、赵显两番碰壁，这一次，他就转派中书平章政事阿合马上阵。

胜利者多的是淫威。此时不要威风，更待何时，阿合马在一干僚臣的簇拥下，趾高气扬地来到会同馆正厅，着人传文天祥。

一会，文天祥从容步出。他虽然衣单形瘦，眉宇举止仍不失大国之相的雍容。天祥站在厅内，以宋朝官礼向阿合马行一长揖，随后泰然入座。

阿合马眯缝着眼打量文天祥，恶声问：“姓文的，知道是谁在跟你讲话吗？”

天祥微微一笑：“听人说，来的是宰相。”

“既知我是宰相，为什么不下跪？！”

天祥扬了一扬眉：“我是南朝宰相，南朝宰相见北朝宰相，彼此彼此，哪有下跪之理？”

“嘿嘿！你既是南朝宰相，又怎么到这儿来的呀！”阿合马抖抖朝服，晃晃珠冠，戏谑地发出一阵噱笑。

天祥面如闲云，待阿合马笑够了，笑不下去了，才盯住他的眼：

“老实告诉你，南朝要是早用我为宰相，你们一定打不到南方去，我们也不会落到这个地步！”

阿合马先是被天祥盯出一阵寒战，接着又被他的回答激得恼羞成怒，无奈辞拙，找不出话来反驳。试想，大草原的马背上摔打出来的将军，总共才读过几行书，论说理，哪里是江南士子的对手。何况他今天面临的又是彻底陌生的语言和行为系统！阿合马没了辙，只好抛出杀手锏：

“老子不跟你斗嘴皮。你要晓得，你的性命，可是捏在老子的掌心！”

这又显出了阿合马的浅陋。像文天祥这样的一代奇男，是杀头所能吓趴的吗?！岂不知“高人名若浼，烈士死如归”！文天祥固然无法预见，七百年后有个叫毛泽东的，把太史公司马迁“人固有一死，或重于泰山，或轻于鸿毛”的箴言，定音为人品人格的最高层次。不过，他在缧绁之中，倒是常拿了这几句诗勉励自己：“千年成败俱尘土，消得人间说丈夫”；“一死鸿毛或泰山，之轻之重安所处”！

天祥听罢阿合马的恫吓，果然昂首挺胸，一脸不屑：“要杀便杀，说什么捏在你的掌心不掌心！”

消息反馈给忽必烈。这位元朝的开山始祖，眼见诱导不成，威逼也无效，但他仍不死心。这就见出了他的目力，一代政治家的战略巨眼。同时也折射出一个饶有深意的现象：在人类的发展史上，在权力的高地，往往是那些敌对派别的首领，也就是对峙的双峰，才更为了解，更为识得对方的价值。

忽必烈心生一计，下令将文天祥铐上长枷，送入兵马司囚禁。为了耗蚀文天祥的锐气，消磨他的精神,还规定不准带一仆一役,日常做饭、烧茶、洗衣,乃至打扫园林,都要他自己动手。

一月后,他们估计文天祥肯定经受不了这番折辱,想必已经回心转意,于是让丞相孛罗亲自出马,伺机渡文天祥投诚。

历史记载这一日天寒地冻,漫空飞雪。文天祥随狱卒来到枢密院,他看到孛罗之外,还有平章张弘范,另有院判、签院多人。天祥往厅堂中央一站,草草行了个长揖。通事(翻译)喝道:

"跪下!"

天祥略一摆手:"你们北人讲究下跪,我们南人讲究作揖。我是南人,自然只行南礼。"

孛罗听通事译完,气得乱髭倒竖。他吸取了阿合马的教训,决定先来个下马威。于是喝令将文天祥强行按跪。几名侍卫一拥而上,又拖又拽又按又压,强迫文天祥屈膝。奈何强按不是真跪,天祥仍奋力抬起头,双目射出凛凛的威光。

孛罗冷笑:"文天祥,你现在还有什么话要说的呀?"

"天下事有兴有废,自古帝王将相,因国破而遭杀身之祸的,哪一代没有?"天祥亢声说,"我今日忠于大宋王朝,沦为阶下囚,只求速死。"

孛罗追问:"就这些,再没别的了吗?"

天祥正色:"我是宋朝宰相,国破,论职务唯有一死;战败被俘,按法律也唯有一死,还有什么其他可讲的!"

"你说天下事有兴有废,我问你,从盘古到咱今天,一共有过多少帝王呀?"孛罗摇晃着脑瓜,摆出一副蛮有学问的样子。

"莫名其妙!"天祥露出无限蔑视,"一部煌煌十七史,你让我从哪里说起呀?我今天又不是来赴博学宏词科,哪有工夫陪你闲扯!"

孛罗这才想到有点文不对题。但他是丞相,且负有劝降重任,所以不得不强自镇定。随后又挖空心思,多方诘难,企图从根本上摧毁文天祥的自尊,以便乘隙诱归。也真是,整个江山都已姓元不姓宋了,你一个文天祥,还倔强个什么?这当口,只要文天祥的膝盖稍微那么一弯,立马就可以获得高官厚禄。奈何,奈何他的膝盖天生就不会向敌人弯曲。"亦知戛戛楚囚难,无奈天生一寸丹!""忠肝义胆不可状,要与人间留好样!"文天祥打定主意就是誓死不降。孛罗忍受不了这种刺激,终于又归于了阿合马一路。他站起身,一掌扫落案上的杯盏,歇斯底里地狂吼:

"文天祥!你一味想死,我偏不叫你死!我要囚禁你,让你求死不能,求生不得!"

天祥哈哈一笑,从留梦炎到赵显到阿合马到孛罗,已足以让他看出元朝统治者的黔驴技穷。他仰得一仰头,运气丹田,声震屋瓦:

"文某取义而死,死且不惧,你囚禁又能把我怎样?"

三

漫长的囚禁生涯开始了。

站在文明文化的角度看,这是人类的一场灾

难。一个死去七百年犹然光芒四射的人物，一个再过七百年将依然如钻石般璀璨的人物，当年，他生命的巅峰状态，却是被狭小的土牢所扼杀、窒息。且慢，正是站在文明文化的角度看，这又是人类的一大骄傲。迄南宋以来，不，迄有史以来，东方爱国主义圣坛上一副最具典型价值的人格，恰恰是在元大都兵马司的炼狱里丰盈、完满。

说到文天祥的崇高人格，我们不能不想到他那些撼天地、慑鬼神的诗篇。请允许我在此将笔稍微拐一下。纵观世界文学史，最为悲壮、高亢的诗文，往往是在人生最激烈、惨痛的漩涡里分娩。因为写它的不是笔，是生命的孤注一掷。这方面，中国的例子读者都很熟悉，就不举了。国外太大，姑且画一个小圈子，限定在文天祥同一时代。我想到意大利的世界级诗人但丁，他那在欧洲文学史上具有划时代意义的《神曲》，便是在流亡生活最苦难的阶段孕育。圈子还可以再画小，比如威尼斯旅行家、仅仅早文天祥四年到达燕京的马可·波罗，日后也是在热那亚的监狱里，口述他那部蜚声世界的游记。本文前面提到的太史公司马迁和南唐后主李煜，亦无例外，他两人分别是在刑余和亡国之后，才写下可歌可泣的力作。观照文天祥，情形也是如此。在他传世的诗文中，最为撼人心魄的，我认为有两篇。其一，就是前文提到的《过零丁洋》；其二，则是在囚禁中写下的《正气歌》。

法国作家缪塞说："最美丽的诗歌是最绝望的诗歌，有些不朽的篇章是纯粹的眼泪。"这是对生命最深刻的解读，是最深沉的精神诉求。

你想知道《正气歌》的创作过程吗？应该说，文天祥早就在酝酿、构思了。滂沛在歌中的，是他自幼信奉的民族大义；呼啸在歌中的，是他九死一生的文谏武战；最后，催生这支歌的，则是他的宁死不屈的坚贞，以及在土牢里遭受的种种恶浊之气的挑战。何为恶浊之气？关押文天祥的牢房，是一处狭窄、阴暗的土室，每当夏秋，外有烈日蒸晒，暴雨浸淫，内有炉火炙烤，加之朽木、霉米、腐土、垃圾，联合进攻，空气是坏得不能再坏的了。这时候的文天祥，愈加显出了他一腔凛然、沛然、浩然的正气，在常人难以忍受的恶劣环境里，照旧坐歌起吟，从容不迫。他把这些恶浊之气，总结为"水、土、白、火、米、人、秽"七种，并向天地宣称："彼气有七，吾气有一，以一乱七，吾何患焉！"——这就激发了他一生中最为高昂的《正气歌》。

让我们把镜头摇到公元1281年夏末的一个晚上。那天，牢房里苦热难耐，天祥无法入睡，他翻身坐起，点起案上的油灯，信手抽出几篇诗稿吟哦。渐渐地，他忘记了酷热，忘记了弥漫在周围的恶气浊气，仿佛又回到了"夜夜梦伊吕"的少年时代，又成了青年及第、雄心万丈的状元郎，又在上书直谏、痛斥奸佞、倡言改革，又在洒血攘袂、出生入死、慷慨悲歌……这时，天空中亮起了金鞭形的闪电，随后又传来了隐隐的雷声，天祥的心旌突然分外摇动起来。他一跃而起，摊开纸墨，提起笔，悬腕直书：

天地有正气，杂然赋流形。
下则为河岳，上则为日星。
于人曰浩然，沛乎塞苍冥。
皇路当清夷，含和吐明庭。

文天祥驻笔片刻,凝神思索。他想到自幼熟读的前朝英烈:春秋的齐太史、晋董狐,战国的张良,汉代的苏武,三国的严颜、管宁、诸葛亮,晋代的嵇绍、祖逖,唐代的张巡、颜杲卿、段秀实,他觉得天地间的正气正是充塞、洋溢在这十二位先贤的身上,并由他们的行为而光照日月。历史千百次地昭示,千百次啊:一旦两种健康、健全的人格走碰头,就好比两股涌浪,在大洋上相激,又好比两颗基本粒子,在高能状态下相撞,谁又能精确估出它所蕴藏的能量!又一道闪电在空中划过,瞬间将土牢照得如同白昼,文天祥秉笔书下:

时穷节乃见,一一垂丹青。
在齐太史简,在晋董狐笔,
在秦张良椎,在汉苏武节。
……

一串霹雳在天空炸响,风吹得灯光不住摇曳,文天祥的身影被投射到墙壁上,幻化成各种高大的形状,他继续俯身狂书:

是气所磅礴,凛烈万古存;
当其贯日月,生死安足论。
地维赖以立,天柱赖以尊;
三纲实系命,道义为之根。
……

室外,突至的雨点开始鞭抽大地。室内,天祥前额也可见汗淋如雨。然而,他顾不得擦拭,只是一个劲地笔走龙蛇。强风吹开了牢门,散乱了他的头发,鼓荡起他的衣衫,将案上的诗稿吹得满屋飘飞,他兀自目运神光,浑然不觉。天地间的正气、先贤们的正气仿佛已经流转灌注到了他的四肢百骸、关关节节!

啊啊,古今的无穷雄文宝典,在这儿都要黯然失色。这不是寻常诗文,这是中华民族的慷慨呼啸。民族精魂在历史发展的紧要关头,常常要推出一些人来为社会立言。有时它是借屈原之口诵吟"哀民生之多艰",有时它是借霍去病之口诵吟"匈奴未灭,何以家为!"这一次,便是借文天祥之口诵吟《正气歌》。歌之临空,则化为虹霓;歌之坠地,则凝作金石。五岳千山因了这支歌,而更增其高;北斗七星因了这支歌,而益显其明;前朝仁人因了这支歌,而大放光彩;后代志士因了这支歌,而脊梁更挺。至此,文天祥是可以"求仁得仁"、从容捐躯的了,他已完成在尘世的使命,即将跨入辉煌的天国。

哲人日已远,典型在夙昔。
风檐展书读,古道照颜色。

写完最后四句,文天祥掷笔长啸。室外,滂沱大雨裂天而下,夹杂着摧枯拉朽的电闪雷鸣,天空大地似乎将要崩裂交合了。天祥凝立不动,身形俨如一尊山岳!

悲壮的超越

凡人不幸陷于末世,注定了要上演悲剧;一个大有作为的人不幸陷于末世,同时也是他那个时代的悲剧。郑成功,无疑是晚明的一位军事天才兼政治天才:取名“成功”,就径直道出了他经邦济国、扶助乾坤的赫赫大志,又字“大木”,寄寓的同样是独木柱长天的煌煌抱负;倘若他与刘邦并世,当不失为登台拜将的韩信;倘若他替李唐定鼎,将不亚于凌烟阁上的秦琼。且看他的云水胸襟:“只有天在上,而无山占齐;举头红日近,回首白云低。”但他不幸生活在朱明王朝的薄暮,自打踏上政治舞台,浓重的悲剧雾霭就已把他重重包裹。

郑成功(1624～1662),祖籍福建泉州石井(今属南安市)。明末清初军事家,民族英雄。以赶走荷兰殖民主义者、收复祖国领土台湾的业绩载入史册,海峡两岸均立像树碑纪念。

这首诗表现了郑成功非凡的才能和凌云的壮志。

公元1661年(清顺治十八年)正月某日,厦门岛,全副戎装的郑成功在一队亲兵的簇拥下,登上岛西侧的一处炮台。——这是一幅陈子昂《登幽州台歌》式的立轴,挂在我心头已有十多年;之所以刻骨铭心,是因为那一年报考研究生,在一道必须用日文回答的有关“国姓爷”(郑成功)的历史试题前,栽了个大跟头,险险乎断送前程;从那以后我对郑成功的生命信号就特别凝眸;不久前造访他的故乡泉州,还特地瞻仰了设在南安的郑成功纪念馆;闲话打住。——让我们借郑成功的虎目来看一看吧。时值傍晚,遥望一水之隔的对岸,但见天低八闽，残阳如血，荒村漠漠，寒山隐隐；俄而暮色侵空，悄然四合，天和地仿佛一艘被炮火击毁的战舰，在灰蒙蒙的海平面上截截下沉，下沉。这时，一阵海风袭来，他冷不丁想起前次北伐征讨满夷，自瓜州至金陵渡中兴起的感慨："闻道吾皇赋式微，哀哀二子首阳薇。频年海岛无消息，四顾苍茫泪自挥。"

郑成功真是生不逢时。早在十七年前，在他还只有二十岁的时候，朱明王朝就在李自成农民大军的炮火中降下了帷幕；随着吴三桂投降爱新觉罗氏，满人进关，入主中原，仓促上马的南明弘光政权，以及随后并起的鲁王、唐王政权，也都旋起旋灭；如今，抗守西南一隅的桂王朝廷亦是幕燕鼎鱼，倾覆在即。而他，既然生为大明遗民，有幸为唐王朱聿键亲赐国姓，自是矢志廓清山河，不惜和清军血战到底的了。这是一段艰辛曲折、可歌可泣的历程。想当初，他焚去儒服，披上战袍，高擎"反清复明"大旗，统率有志之士，连袂云，挥汗雨，击楫闽、粤之陬，雄视江东，是何等壮怀激烈！比方说最近四年多来，他就以厦门、金门两岛为根据地，三次誓师北伐；其中，以第三次声势最为浩大，大兵一路进入长江，连克瓜州、镇江，直捣金陵。"缟素临江誓灭胡，雄师十万气吞吴。试教天堑投鞭渡，不信中原不信朱"；至今想起，犹令人仰天长啸，血沸神飞。可惜呀，可惜！由于他被空前的大捷冲昏了头脑，误中了金陵城守军的缓兵计，末了，反落得损军折将，惨败而归。

大明的江山，眼看着已如西坠的红日，落入满人的乾坤袋中去了。他恨，恨大敌当前，南明的几届小朝廷犹自荒淫昏聩，不是纵情声色，醉生梦死，就是窝里斗，自相残杀；时局竟和南宋惊人相似："南渡君臣轻社稷，中原父老望旌旗。"他恨，恨由于自己麻痹轻敌，一意孤行，导致甘辉、张英、潘庚钟等一大批骁将屈死沙场；还带累势头正盛的盟友张煌言孤掌难鸣，落入清军重围，乃至全军覆没。他叹，叹前月派往东瀛借兵的张光启回来报告，对方只答应提供少量武器，决意不肯出兵；连与他有血缘之亲的日本也不肯鼎力相助，还能指望谁呢？他叹，叹这几天又有噩耗传来，说拥戴桂王、坚守西南的李定国不幸战败，桂王本人正四处逃匿；残局竟如此，夫复何所言？唉唉，天亡我大明，是何其速也，是何其迫也！

嗟叹间，海风愈来愈劲，愈来愈烈，吹得港湾里的水面腾波涌雪，吹得炮楼上的旌旗伴着将士的铠甲发出金属的铮鸣。猛低头，他看到骚动的波涛间幻化出吴三桂、洪承畴等一批无耻汉奸的身影。郑成功嚓地从腰间掣出长剑，恨不得把他们一个个都碎尸万段。皇天啊，皇天！为什么偏生这等逆子?!后土啊，后土！为什么竟容此辈奸尤?!残酷的是，在巨大的政治利益的诱惑下，无耻之徒的队伍在节节扩大。这真是要为赤县神州扼腕长叹的了！你看，叠印着吴三桂、洪承畴，波涛间又推出他老师钱谦益北向长跪、俯首称臣的优雅儒姿；尤其令他撕肝裂肺的，是在老师的形影之上，又有一副向着满清政权胁肩谄笑的熟悉面孔破浪而出，此公不是别人，正是他的老父郑芝龙！啊啊，伤心自古唯一哭，此刻的他，却是欲哭无泪，切齿有声。

钱谦益在降清后也从事了反清活动，力图在传统道德上重建自己的人生价值。他的身上，不乏晚明文人纵诞的习气，但又时时表现出维护传统道德的严肃面貌。这种人生态度的矛盾，不仅给自己造成心理的苦涩，而且既为明朝遗民所斥责，又为清朝皇帝所憎厌。

波涛在聚聚散散，幻影在明明灭灭。这回，长波间闪烁的却是他生母田川氏大义凛然的身影。郑成功禁不住为之一振。啊，他敬爱的、永生的母亲，原本生长在日本的平户，从小没有受过先儒的教育，长大也不曾得到明王朝的恩泽，只因她嫁了一个中国丈夫，就心心念念以男方的朝廷为重。她是在和儿子、丈夫分手了十几、二十年，才渡海来到泉州的。然而，来华生活还不过年把，这位善良温婉的异国女子，在民族存亡面前，却表现得比许多汉族须眉更有骨气。她不忍看汉家山河破碎，更痛恨丈夫的卖国求荣，在清兵占领她的居地安平镇之时，不惜以死抗争，自杀殉国。母亲，母亲，郑成功在心底轻声呼唤，儿子一定誓报国仇，以慰您老在天之灵。

然而，天未厌乱，国步多艰，方今之时，伪满朝廷的气焰正炽，山河纷纷沦于敌手，形势对义军极为不利。如何才能扭转时局呢？谈判，——在这之前不是没尝试过，说到底，那只是敌人诱降的翻版，他又岂甘自毁节操；开仗，这是早晚免不了的，不过，将不再是他们主动北伐，而是清军大兵压境，四面围剿。以区区两岛目前的实力，要和胡运当空的清军抗衡，显然凶多吉少，只怕扬州、江阴的惨烈局面又要在眼前重演。史可法公的《复多尔衮书》固然写得辞采飞扬，“城存我存，城亡我亡”的誓语也不失昂愤激烈，结果，不过是使淋漓的鲜血更加淋漓，至多是增加几缕悲壮的尾音而已；恨血千年土中碧。老天啊，老天！以四海之广，八荒之大，难道就没有我义军更好的出路了吗？

作者在解读郑成功的同时，实际上也是在观史，读史。“城存我存，城亡我亡”的誓言固然不失昂愤激烈，但事实只能是：“使淋漓的鲜血更加淋漓……”

突然，——这里用得上突然，海上狂风大作，洪波如山涌起，俄而，就像神话中仙人骑避水兽从龙宫跃出，远近的海水唰地分开一条大路——该是冥冥中有神的力量启示，郑成功在刹那间完成了生命的突围：他决计战略转移，先行跨海东征，收复眼下为荷兰人强占的台湾……

这种景象是郑成功内心思想激烈斗争的反映，也是郑成功决计战略转移，完成生命突围的灵光闪现，是郑成功悲壮超越的瞬间，那海面上分开的一条大路，暗示着这是一条成功之路。

三百多年后，当我偕中州才子唐兴顺，漫步在太行山麓的红旗渠畔，遥望千山万壑尽头的大寨，思绪忽然就飞到了厦门，定格在那一个值得大书特书的傍晚。思绪的飞越是从山与水的联想引起的。从我当时置身的地方望出去，山，皆磊磊万状，争气负高，水，皆夭矫曲折，喷珠溅玉，这是自然的属性，也是造化。因想，大寨当年的辉煌，在于她气薄云天、一呼百诺式的垒石造田，在于她是一项磅礴的造山运动，吃亏呢，再明白不过的，在于缺了水的洇润、渲染；而红旗渠当初几乎与大寨齐肩并行的荣耀，则得力于她穿山越岭的奔腾，源源不绝的喧闹，既占有山的雄伟，又兼有水的激越，因此长流到今日，依然英名不减，或许……从红旗渠感慨大寨，这时我猛一激灵，不由就想起了半月前的泉州之行，想起了绝处逢神助的郑成功。

以后的故事，就是大家熟知的了。郑成功力排众议，包括昔日盟友张煌言的讽劝——“中原方逐鹿，何暇问虹梁！”——坚决东征台湾。现在看来，虽然他当日的决策，着眼点偏于创建根据地，休养生聚，待机恢复明朝；虽然他尔后血战九个月，赶走盘踞在台湾达三十八年之久的荷兰殖民者（这一时间跨度正好与他的年龄相等），仅仅被时人看作一种局山河铭记着他为保存国土完整（收复台湾）所作的贡献，历史弘扬着他智勇忠义的民族精神。

部性的战功；且看他在《复台》诗中流露出的欣慰："开辟荆榛逐荷夷，十年始克复先基。田横尚有三千客，茹苦间关不忍离。"但是，他本人没有来得及吟唱的，山河已经替他镌刻了；时人没有来得及升华的，历史已经替他弘扬了。山不转水转，他以悲壮的战略转移超越了悲壮。这是大义之上的大义，战场之外的战场。它超越了单一民族的狭隘视野，是个体生命在错综复杂的国家、民族矛盾面前所能爆发出的最强度的璀璨。伟业不一定在顺境。伟业不一定在全过程。尽管，郑成功在收复台湾后的第二年，便不幸日落中天，遽然病逝，但他奇迹般地从绝境中把握住了未来。他是以大智大勇、大忠大义去撞击时代，从而在华夏民族大一统的版图上，留下了倚天仗剑的永久性造型。

张謇是一方风水

一

阳光从头顶白花花、明晃晃地喷洒下来，仿佛蓝天无穷无尽的诉说。它泼泻在田野，溅落在房屋，激射在河流。它沐浴着、抚慰着大地全部敏感的神经。有一刹那，它刺痛了我的睫毛，连同睫毛森严拱卫下的瞳孔。因为你不得不仰起头，眯了眼，打量矗立于大道中央的这位状元——张謇的铜塑。紫褐色的身姿挺拔在两米多高的大理石座，那起点就攒足了气势。太阳的光芒聚焦在他的圆颅、方肩，飞弹出一派银色的光辉。张謇一手拄了文明棍，一手插在大氅的口袋，气定神闲，蔼然远视——如果乡人不说，我会当他是孙中山，或是陈嘉庚，反正他们生活的背景相近，衣着神态也八九差不离。

凝视着眼前巍然昂然的景观我忽然证悟：人性惯于狎小媚大。即拿张謇的这副造型来说吧，倘若高不及尺，恐只宜置于案头清赏；即使高与人齐，搁在蓝天大野，也是寻常又寻常，甚至有点儿显得滑稽；而一旦耸出人本身一头，立时便令凡夫俗子肃然起敬；如果再往高里耸出若干又若干呢，世人就会高山仰止、低回流连而不忍遽去。

张謇(1853～1926)，江苏海门人。政治家、实业家、教育家。清光绪二十年(1894)状元。创建大生纱厂，先后开办20多个企业；创办中国近代垦牧第一滩的通海垦牧公司，开发了苏北沿海滩涂。中华民国南京临时政府首任实业总长。

这“小”和“大”决不仅限于这铜塑造型上的“小”和“大”。

我在张謇的铜塑前沉思了个把时辰，想要离开挪不了步——你无法从他的目光中逃遁。这是因为，他唤醒了我关于“根”的一连串记忆，以及帮我重新扫描知识阶层在新一轮世纪之交的多元光谱。

二

张謇是光绪二十年(1894)的状元。我们多半记不住这具体年份，但却不会忘记“甲午海战”。也就在这一年，老大的中国和小小的日本打了一场恶仗，打得国人的脑子既空虚又清醒。乃至时过一个世纪，痛定思痛的人们，也包括我，还实地去丹东大鹿岛一带凭吊。张謇大魁天下不久，就遇上了“唤起中国四千年之大梦”的甲午血战，他的脑袋，也应该是既空虚又清醒。

“空虚”的是战败后签订的《马关条约》中的巨额赔款(2亿两白银)，民生经济大受打击，财富大量流出；“清醒”的是中国的国际地位已非昔比，一落千丈，一向被中国看不起的“倭寇”竟全歼北洋水师，获得巨款，割走国土，朝野上下由此自信心丧失殆尽。

自隋唐开办科举考试以来，中华大地总共出了多少状元？文武加在一起，也就七百多吧。人间一个状元，就是天上一颗星哩。按照科举游戏的规则，当一位士子荣登榜首，独占鳌头，他的命运就发生了质变。虽然每一块皮肤，每一根毛发，每一节骨骼，都是原封未动，但当皇帝的朱笔在他试卷上轻轻一点，世人的眼球就全都变了颜色，状元周身上下，望上去就有了一道又一道的紫气缭绕。

张謇的名字马上就要挤入文曲星的行列了。这一天，确切地说，是1894年5月28日。五更时分，张謇和殿试的士子一起，恭候在乾清门外，等待最后的揭榜。这是一个感觉分分秒秒比一年四季还长的时刻。这是一种期待大地激烈簸动万丈云梯凌空出世的体验。嗵嗵跳的，是悬着的心。汩汩响的，是奔流的血。而终于天光迸现天门大开——随着丹墀上传来宣“一甲一名张謇上殿”的纶音，这位来自江北通州的幸运儿，激动得连打了几个寒战，接着又绊了一个踉跄。人们到此才会明白，范进中举后为什么会发疯——巨大的喜悦，像山洪一般冲垮了他心灵的堤坝，使他彻底失去了承受力——所幸张謇还不至于如此，他迅速定下心神，调整好脚步，低着头，躬着腰，上殿接受光绪皇帝的陛见。

好了！好了！活了四十一岁，苦读了三十多个寒暑，足下终于踏了青云，翼下终于生了双翅。离天为近，离帝为近，去偃蹇困顿日远，与飞黄腾达厮守。张謇啊你就等着好好儿侍候皇上他陛下，好好儿升官发财吧。这一天实在来之不易。这一地步绝对要万分珍惜。就好像披星戴月、胼手胝足、精疲力竭地爬上华山峰巅，回望来路，禁不住眼花欲坠，小腿直打哆嗦。全国有多少怀笔如刀的士子啊，而机会只有一线！天下有多少龙骧虎视的对手啊，而状元只有一人！“学成文武艺，货于帝王家。”此事说来容易，做起来难啊，难上难！“一将成功万骨枯”，一士成功也是万骨朽啊！……不谈了，不谈了，大喜头上，大捷头上，讲这些干啥？张謇啊你是福大命大！你是十世所修，祖坟冒烟！

张謇于34岁、37岁、38岁、40岁四次参加会试，均遭失败。

但张謇本人却不这么想。他的脑袋瓜一定在哪儿出了毛病，光绪皇帝亲赐的翰林院修撰——从状元阶梯上能捕捉到的最高职位，拢共才对付了三个来月，屁股还没把椅子焐热，拍拍身子就想走人。说什么“謇天与野性，本无宦情”！说什么“愿成一分一毫有用之事，不愿居八命九命可耻之官”！都是哪码对哪码呀！不想当官你还拼命考它干啥？哦，莫不是验证了一种既得心理：世人面对欲望中的高峰，未攀之前，常常是心向往之，寤寐求之，及至登高凌绝，一切都踩在脚底下了，待最初的惊喜消退，便会觉得实际的乐趣也不过尔尔？或者是刚刚在宦海扬帆，就遇到了黑风恶浪，如不及时转舵，难免有灭顶之灾？或者……

都不是，都不是。张謇一百八十度的大转向，比这些猜测统统要更深一层，更进一层。这是一个噪动于主体意识迅速觉醒中的时代精英，我相信他一定是听到了天籁，听到了历史车轮越来越快、越来越快的铿锵撞击声。那响遏行云的长啸，常令他一夕数惊。那钢与铁的交奏，总叫他坐卧不安。有朝一日，人类如果发明一种望远镜，不，望时镜——能像探测星空一样，一截一截地深入逝去的时间，那么，我们就会准确无误地把它定格在1894年夏秋之交的某日某时，地点为京城南通会馆，于是，我们就会像闲常观看录像，看张謇张翰林如何皱眉蹙额，绕着狭小的天井徘徊，一会儿走到一株老态龙钟、筋骨毕露的国槐前，拿拳狠命擂它的干，用双手使劲撼它的根，一会儿又仰起脸，透过枯黄稀疏的叶片，怅望灰蒙蒙、虚幻幻的苍天……

陶渊明不愿为五斗米折腰而辞官归田，李密欲孝养祖母而拜表陈情不受官，或坚守了自身的气节，或弘扬了应尽的孝道。而张謇的辞官是因为心中装着天下。

1894年德国研制成功了第一台汽油内燃机车，并将它应用于铁路运输，开创了内燃机车的新纪元。1894年美国工业产值已经跃居世界首位。而1894年的中国，爆发了中日甲午战争。如此情形，一个心怀天下的知识分子怎能不皱眉蹙额、痛心疾首？

三

张謇很快就溜回了南通老家——多亏这一溜，否则，我眼前这个南来北往、东行西去的交叉道口，不会耸起他的铜塑，而我，此刻亦不会在他的光与影内徘徊——为什么说溜呢？因为，他要是直接辞官，皇上肯定不准，上司也不能接受。这时，恰逢老父病危，他便以探亲为名，急急离开京城。到家后，才知道老父已经过世。按惯例，他又请了三年长假，一边守着丁忧，一边干自己真正想干的事。

三年期满，张謇又找理由续假。续假期满，不得已返回京城。正式复职后的第二天，他又请假。这是1898年的盛夏，“维新派”闹得轰轰烈烈而又危机四伏的当口。作为一个血性文人，他为康梁们的变法，欢欣，奔走，但很快就归于失望。真的，与其向顽石中苦苦寻觅微弱的生命，不如把目光投向外部生动的世界。

张謇南归，用今天的话说，就是下海。冲出京城浮荣虚誉的包围，立刻就感到外面的世界广阔而精彩——飞船脱离地心引力的刹那难免失重，赢得的却是令上帝也额手称庆的进步。那么，张謇下海后究竟都折腾了一些什么呢？在老家南通和海门，他建成了包括农、工、商、运输、银行，兼及教育的宏大体系。其中，轰动当时而又泽被后世的，大体有三个方面：创立大生纱厂；组建垦牧公司；兴办师范学校和中小学堂。创办纱厂旨在振兴民族实业，组建垦牧公司既是为了开辟纱厂的原料基地，也是为了解决濒海地区无地农民的生计，兴教办学则是为了从根本上培养富国强民的人才。归总一句话，就是要“实业救国”、“教育救国”。张謇坦言：以上作为，“不敢惊天动地，但求经天纬地”；不敢指望它立竿见影，疗救古国千年沉疴，但求“播种九幽之下，策效百岁之遥”。

与他同时代的人相比，张謇确实有思想。思想不是祭台上的供果，不是星级饭店大厅里的盆景，不是长街通衢抛着媚眼的霓虹，思想是青梅煮酒纵论英雄之际冷不丁自天外炸响的一声惊雷；是深埋千年，一经掘出依然寒光闪闪、吹毛可断的宝剑；是茫茫太空无影无形、无踪无迹而又无远弗届、无处不在的电波。最深刻的思想总带有最彻底的爆炸性、进攻性、扩散性。张謇拿他的思想在通州乃至苏北大地搅出了一派新局面，在历代文曲星的方阵间别树起一面光帜。他或许还不完善。他肯定还不完善。既然有资料说，20世纪初叶人们的宇宙观，渺乎其小，只是今天人们的一百万分之一，那么，我们就应该体认张謇的局限。他的思想，毕竟还带有它脱胎出来的母体的污血。但它红光灼灼，高悬天际。他让从唐太宗起就精心策划的、让天下读书人尽入彀中的“金钟罩”，有了明显的豁口。他让一个僵化了的状元躯壳，有了异质的活泼泼的生命。文学史中有一种人物，生平、著述皆湮没无闻，仅仅留下了一首诗，或一句诗，便尽情享受不朽。张謇留下的是他叛逆的个性，和个性化了的实业，百载后依然砥砺社会，雕镂人心。

曾是新科状元的张謇，背叛了学而优则仕的传统道路，转而走上实业救国的艰辛里程，开了中国从小农经济向近代大机器生产发展的先河，成为一位“状元实业家”。

状元的诗文也相当出色。这里仅举其一篇《季直论雅》，是他在上海卖字、为人题写在三把折扇上的。首把扇写的是：“财风送雅气，爽身也。身有纨绔，雅在衣；居有华堂，雅在室；出有车马，雅在途。此为外雅，而非真雅也。季直论雅之一。”次把扇写的是：“才气送雅风，静思也。口出诗文，此谓口雅；

心有经纶,此谓心雅;手有技艺,此谓手雅。口心手雅,是谓内雅,乃为真雅也。季直论雅之二。”第三把扇写的是:“气动为风,无风而雅,神至也。夫子闻韶,三月不知肉味,神与韶相随,此为神雅也。雅有三境,此境最高。季直论雅之三。”虽说是逢场作戏,率尔为之,毕竟含蕴着他的锦绣文采和坚挺人格。人格的光辉往往显露于细节。张謇为解决纱厂的周转资金,跑到上海告贷,结果,不但钱没借到,连回南通的路费也没了着落。此时此地,他能放下架子,公开设摊卖字。这是什么?形雅也。张謇办实业多年,日常大进大出,经手的款项成千累万,自己却坚持不在厂里开支一分一厘。这是什么?内雅也。张謇逝世七十多年了,他的操守还在为后学谈论,他的形象还在供世人敬仰。这是什么?魂雅也。不要小看了这三雅,百年后的中国文人,包括官员,也包括商人,终久又有几个能赶得上他?其生也,磊磊落落,直往直来;其逝也,清风朗月,润及千秋。大雅之质,美矣茂矣。

四

吾生也晚,张謇等不及我眼底的流云,我也抓不着他飘然远去的衣袂。然而,毕竟有缘,还在依偎在大人膝下,听解学士、唐伯虎一类故事的稚年,我就熟晓南通张状元了。把张謇引入我的视野的,是我那位乡村知识分子的祖父。

这里,有必要交代一下我祖上的籍贯。按我手头保存的一份宗谱,我的远祖,原本生活在江南苏州。明朝初年,遭逢洪武帝的“阊门赶散”(15 世纪的“上山下乡”),迁徙到盐城南乡。而后就在当地繁衍生息。明清两朝,族内出过不少读书人。最显达的,是进士。到我曾祖的前几辈,又移居到阜宁东沟、陈良。书香虽然未断,进学出仕的却无。曾祖本人,据说是“乡董”,家道还算殷实,倘若按照 20 世纪 50 年代的阶级成分划线,应该圈为地主。不幸的是(对我们后世子孙,也许是万幸),大约在 20 世纪 20 年代中期,曾祖家里挨了土匪一次“扒”(即抢劫),不久,又遭了一把大火,这就穷下来了。

接下来谈我的祖父。他老人家生于 1886 年,在兄弟姐妹中排行老大。早年读书,青壮务农。起先家境宽裕的时候,日子就这般熙熙和和、从容不迫地流去。生计转为窘迫,那感觉就不一样了。作为长子,他自然要肩起重振家业的重担。理想是一种能量,贫穷也是一种能量,并且是比理想更为急迫的能量。苏北地区的人,尤其是盐城、阜宁、淮安一带的人,从前为贫穷的鞭子抽赶,一个最大胆的腾挪,就是远跑上海——就像现今的川人、湘人远跑广州、深圳——跑去上海后干什么?多半是在码头充任杠棒苦力。我父我母,也曾被卷进南下的民工潮,在“十里洋场”谋生。然而,我的祖父,却掉头向东,闯荡正在垦荒中的“东海”(阜宁人把濒临黄海的滩涂地区叫做东海)。与其去繁华中淘金,不如去荒凉中掘金。青年时代的祖父,也做了一次大气磅礴的抉择。

贫穷也是一种能量,对个人、对国家、对社会皆如此。“穷则思变”,也是我们国家改革开放的一个原动力。

那时地图上还没有我现在的故乡射阳——射阳县是 1942 年才从盐城、阜宁两县析置的——早先这里基本上是荒滩一片。大海年年向东边退让,滩涂年年跟着推进。南北一望无垠,东西纵深百里。盐碱遍地,芦苇称王。野兽出没,杂草疯长。我祖父来了,是因张謇的召唤而来的。他从没见过这位状元,但见到了状元的实绩。由于张謇领导下的盐垦公司的运作,大批大批世居长江北岸的海门人,被集体招募到这片百年荒滩。他们按面积划分场区,按场区分配住户,大规模地种植棉花。这情景有点像20世纪50年代遍布全国的农场,又仿佛我20世纪80年代初在新疆见到的建设兵团。

于是又有他乡异地人持续不断的加盟。于是南北两股生命的热流就在这片处女地上激起了缤纷的浪花。我生于斯长于斯的县城合德,在我祖父刚刚迁来的时候,才有寥寥可数的几户人家,到了五六十年代,就异军突起,在盐阜地区赢得了“小上海”的美名,可见她的繁荣发达之速。而射阳县呢,20世纪80年代以来,屡屡亮相在国内各大报刊的新闻版面,不光是因为她拥有天然妙绝的丹顶鹤饲养基地,也不光是因为射阳河上新开张的龙舟闹猛,而是由于她的棉花产量,多次雄踞全国榜首——这也是一种状元,并且不折不扣是张謇张状元的遗泽。张謇没能看到这一天,但预料到了。他曾满怀希冀地自期:“天之生人也,与草木无异。若遗留一二有用事业,与草木同生,即不与草木同腐……”张謇是一簇春苗。张謇是一蓬火焰。张謇是一方风水。他的精神,注定是要在我家乡生根发芽、蔚为壮观的了。不用去南通访他的实验遗迹,在这五百里外的海陬一样看得分明。张謇生前并没有到过射阳,但他参与创造了射阳的历史。

孔子在《易经》中说:“举而措之天下之民,谓之事业。”也就是说,用自己的绵薄之力,为天下人民谋福利的,才是事业。人只有有了这样的追求,才会看到生命的荣耀和宝贵,也会有成熟的价值观,并由此找到生命的意义,拥有一个丰盛的真正能带给自己满足的人生。

真正造福人类的事业应是比生命更长，它的辉煌不是毕露在创始者的生前，而是隐藏在他的身后。他只能依稀把握到它的开端并且竭尽全力地做。——难能可贵啊，张謇，你这从翰林院出逃的叛逆！站在长江口观沧海，是胆怯，还是激动？这就好比站在外星球上看地球，是依恋，还是欢呼？也许两者都有，但激动，欢呼，却为永恒。

单元链接

高中课本中，文天祥的《〈指南录〉后序》记述了他于危难之中出使北营，又历经艰险逃回南宋的经历，亦是一首“正气之歌”，可以深入体会。郑成功的故事历来为人传颂，电影《郑成功》和电视剧《大英雄郑成功》都对其英雄形象和英勇事迹有生动诠释，陈锦昌著《郑成功的台湾时代》同样是值得阅读的作品。而傅国涌的《天地之大德曰生——张謇和大生集团的命运》，同学可以对它进行研读，相信会有一些更深层的思考。

附录 读卞毓方散文

贾平凹

人与人的交往,知己者不一定有趣,无趣却难以亲昵。卞毓方就无趣。他来西安,敬重他而去见他,他骨多肉少,面不生动,说话没有习惯性的口语,且层次分明,一句是一句,似乎都经过了深思熟虑,记录即可成文件。见面后,有人问我:卞毓方怎么样?我说,这样的人可以当领导,可以谋密事,可以托孤,但不可以做情人,不可以吆三喝四着去吃酒肉,不可以领会消遣良辰美景。

而,卞毓方是文人,他的散文写得相当出色。

写散文,从古到今,大多属性情中人,才华横溢,文字飞扬。卞毓方似乎不入此类。他的散文不华丽,也不"悠然见南山",但硬朗沉重。许多大师的文章善用闲笔而形成独自的风格,而模仿大师得其皮毛的人又易沦落成琐碎腻歪,卞毓方不理会小节只讲究实质,平实里见风骨,不是以水流的行状而显示水的急缓大小,而是水在翻腾曲折之中体证河床的宽窄高下。读他的散文,你没有会心的微笑,但有叹息或心为之一沉。这样的散文不能以才华扶摇,却必是以思想为本,所以,他不能多产,读时也不能一气多读。

文人和文章在某种意义上讲是轮回的,灵性类的散文我们已经读得相当多了,虽然有闲的文字能使我们生命快活,但并不是所谓"学者散文"的卞家散文常常在文中揭示我们人生和人性中的困惑的东西,隐秘的东西,使作品有了另外的维度,实在是难能可贵。

图书在版编目(CIP)数据

长歌当啸 /卞毓方著;刘晓惠,毕伟玉编注.—上海:东方出版中心,2011.4(2020.1 重印)
(著名中学师生推荐书系)
ISBN 978-7-5473-0308-5

Ⅰ.①长… Ⅱ.①卞… ②刘… ③毕… Ⅲ.①散文集—中国—当代 Ⅳ.①I267

中国版本图书馆 CIP 数据核字(2011)第 030814 号

长歌当啸

出版发行:东方出版中心
地　　址:上海市仙霞路 345 号
电　　话:(021)62417400
邮政编码:200336
印　　刷:上海万卷印刷股份有限公司
开　　本:890mm×1240mm　1/32
字　　数:194 千字
印　　张:7.125
插　　页:2
版　　次:2011 年 4 月第 1 版　2020 年 1 月第 11 次印刷
ISBN 978-7-5473-0308-5
定　　价:24.00 元
